SpecTator

스펙테이터

스펙테이터

1판 1쇄 찍음 2014년 9월 11일
1판 1쇄 펴냄 2014년 9월 16일

지은이 | 약먹은인삼
펴낸이 | 정 필
펴낸곳 | 도서출판 **뿔미디어**

편집장 | 이재권
기획 · 편집 | 주종숙

출판등록 | 2002년 9월 11일 (제081-1-132호)
주소 | 경기도 부천시 원미구 상동로 117번길 49(상동) 503호 (우)420-861
전화 | 032)651-6513 / 팩스 032)651-6094
E-mail | bbulmedia@hanmail.net
홈페이지 | http://bbulmedia.com

값 8,000원

ISBN 979-11-315-3624-7 04810
ISBN 979-11-315-0000-2 04810 (세트)

BBULMEDIA FANTASY STORY

SperTator

스펙테이터

약먹은인삼 퓨전 판타지 소설

7

Contents

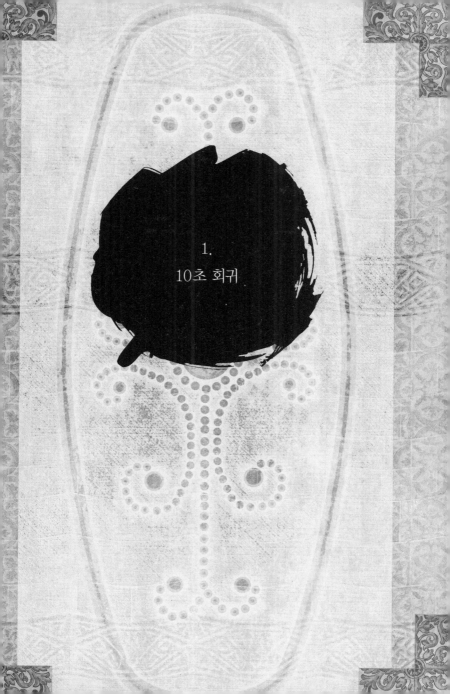

1.
10초 회귀

짧은 시간이 반복되는 것.

처음에는 알지 못했다. 두 번째에도 인식하지 못했다. 그러나 세 번째가 되자 몸이 알려 왔다.

지금 이 길, 이 풍경, 이 상황이 익숙하지 않으냐고. 기시감에 집중하여 보노라니 과연 분절된 시계(視界)가 포착되었다.

진작 알지 못한 것은 육체와 정신의 괴리 탓이다. 만약 내 지혜가 현재의 격에 걸맞은 수준이었다면 즉시 알아챘으리라.

그러나 상대적으로 부족한 지혜 탓에 날아오는 화살을 맞은 뒤에야 아프다고 인식한 것과 마찬가지였다.

교실 안을 훑어보던 중 반대쪽 복도에서 태진이가 나를 발견한 듯싶다. 내가 이상현이라는 것을 알고 한 짓은 아니다. 백색 머리칼에 법의를 입은 귀신같은 존재가 지나가니 놀라서 쐈을 터.

몰래 지켜보며 내 정체를 파악하려는 것으로 보였다.

제법이다. 또한, 의외였다. 내가 알고 있는 녀석의 힘은 가속이었는데.

'체감도 변화가 아니었단 말이지?'

나는 의식적으로 조금 전과 똑같이 움직이며 감각을 복도 너머에 집중했다. 펜던트의 기능으로 왼쪽 위에 현재 시각을 띄웠다.

AM 11:37분 23초.

천천히 걸어 교실의 창을 살피고 시선을 돌리려는 찰나,

째깍째깍……!

깜빡!

시계가 사라졌다. 실로 눈 깜짝할 사이에 일곱 걸음 이전으로 돌아간 것.

3층의 첫 번째 교실을 보려고 고개를 돌리는 상황에서 리플레이였다. 현재 시각은 AM 11:37분 13초.

사라진 시간은 10초였다.

'잘됐다.'

이참에 정신과 육체의 간극을 좁힐 수 있으리라.

터벅터벅 걸으며 정교한 수정을 집중시켜 활성화했다. 오직 외부 자극에 대한 육체의 반응. 이를 인지하고 인식하는 내 사고 능력에 국한했다.

이윽고 창가를 보고 시선을 돌리는 상황이 다시 그려졌다.

이번에는 용기가 생긴 걸까. 태진이의 모습을 볼 수 있었다.

선생의 심부름이라도 하는지 인쇄된 시험지를 들고 있는 녀석은 한 여학생과 함께였다. 현화 정도는 아니지만 예쁘장한 그녀와 태진이는 웃으며 대화를 했다.

그리고 스쳐 지나가려는 찰나,

깜빡!

AM 11:37분 38초에서 28초로 시간이 바뀌었다.

웃고 떠드는 태진이의 은밀한 시선이 나를 훑었다. 녀석은 10초간 나를 관찰한 뒤 스쳐 지나는 순간 시간을 다시 되돌렸다.

'너도 룬과 일체화된 거냐.'

분명히 직접 사용했다, 다른 어떤 물건도 아닌 본인의 육체로.

나는 주의 깊게 녀석을 관찰했다.

그렇게 30번의 시간이 반복됐다.

※   ※   ※

회귀. 시간 반복. 자른 매듭을 잇고 묶듯이 시간의 천 자락이 썩둑 잘리고 붙기를 거듭했다.

그리고 나의 정신이 분절된 시간의 경계를 조금씩 벌리기 시작했다. 적응하기 시작한 것이다.

처음에는 뿌옇게. 다음에는 흐릿하게. 더욱 선명하게. 그리고 명료하게!

아무리 내 지혜가 부족하다 해도 이토록 대놓고 쓰는 기술을 분석하지 못하랴. 정교한 수정이라는 극의의 도움까지 있는데 말이다.

뻔뻔하고 자신만만하게 녀석이 나를 관찰할수록 나는 태진이의 바닥까지 샅샅이 훑었다.

'극소량의 소멸로 파생된 힘의 공백. 그 틈새를 오가는 것이 요체였던 거군.'

태진이를 통해 알게 된 회귀의 힘. 그 비밀은 힘의 충돌과 그 틈 새로 스며드는 운용 능력이었다.

혈력과 마력, 기력이라는 기본 체계는 다를 바 없다.

중요한 것은 여백. 더 채우고 더 강하게 운용해서는 절대 얻을 수 없다. 경쾌하며 변화무쌍하게 충돌시켜 깨끗하게 힘의 공백을 만든 다. 그 찰나에 살포시 정신을 띄웠다.

그래야 시간을 타고 경계를 흐를 수 있으니까.

그리고 알 수 있었다. 완벽하게 분석한다 한들 나는 회귀 능력을 얻을 수 없다는 것을.

'용납할 수 없다.'

회귀 능력은 내 가치관과 맞지 않는 유치한 힘이었다.

불리하다. 한 수 물려 줘! 떼를 쓴다.

질 것 같다. 안 해! 하고 고개를 홱 돌린다.

져 버렸다. 무효야! 판을 엎어 버린다.

이건 말괄량이다. 천둥벌거숭이나 다를 바 없다. 오랜 연륜과 세 월로 뿌리 깊이 내리는 세월의 나이테로는 이런 장난스러움을 감히 용인할 수 없었다.

대신 마구 떼쓰는 꼬맹이의 볼기짝을 시원스럽게 때려 줄 수는 있다, 과거 신진권의 별장에서처럼.

'그랬던가.'

알았다. 정확하게 이해했다. 그때 그런 힘을 발휘할 수 있었던 이 유와 정확한 근거까지 비로소 알았다. 그 순수한 지적 쾌락에 웃음 이 지어졌다.

[상태창에 변화가 생겼습니다. 지혜+15 마력+1 위엄+1]

펜던트가 반짝였다.

30회의 반복된 탐색.

어깨를 스치며 좁은 복도를 지나는 태진이는 이를 끝으로 시간을 돌리지 않았다. 이 정도면 충분히 보았다고 여긴 듯하다.

'그래서야 쓰나.'

오래간만에 너를 만나기 위해 왔는데 말이다.

"충분히 관찰했나?"

우뚝.

촤라라락-!

"어? 태진아, 떨어뜨리면 어떡해."

뒤쪽에서 놀란 태진이가 프린트물을 우수수 떨어뜨리는 소리가 들렸다. 나는 이름 모를 여학생에게 말하며 몸을 돌렸다.

"반으로 돌아가라."

"아이참. 순서대로 정리하는데 한참 걸…… 네. 그럼 나 먼저 갈게."

자연스럽게 내게 고개 숙인 여학생은 태진이에게 말하곤 종종걸음으로 교실에 들어갔다.

나는 힐끔힐끔 보던 오래된 친구와 비로소 눈을 마주하였다. 녀석은 주먹을 꽉 쥐고 이를 앙다문 채 눈을 한 번도 깜빡이지 않았다.

전보다 더욱 훤칠하고 건강해졌다. 회귀 전 180㎝가 되지 않던 녀석의 키는 186㎝를 넘었고, 숙련된 전사처럼 언제고 힘을 쓸 준비가 되어 있었다.

에일락 반테스의 경험으로 보건대, 즉시 전력으로 쓸 만하다. 100인대를 맡길 만큼 기본이 제대로 닦였다.

다만 녀석은 나를 알아보지 못하고 있었다.

'하긴.'

기억하는 것이 외려 기적일 터다. 호감이 되며 완전히 바뀐 외모지 않는가. 2m를 가볍게 넘기는 육체에, 흰 체모마저 휘날리는 이 몸을 어찌 알아보랴. 그렇기에 나 역시 녀석을 처음 보는 사람으로 대했다.

"그게 무슨 말씀이시죠?"

"회귀 능력."

짐짓 태연하게 묻는 태진이에게 대꾸하자 녀석이 놀라 뒷걸음질 쳤다. 곧 선명한 이질감과 함께 녀석의 몸을 중심으로 주위 배경이 뒤바뀌기 시작했다.

역류하는 시간에 편승하여 보노라니 무려 1분이 역전되었다.

나는 떠밀려 학교의 2층을 돌아보던 그 순간에 손을 뻗었다. 그리고 멱살을 잡아 그대로 들어 올렸다.

"컥!"

세찬 압력이 손부터 시작하여 내 몸을 지났지만, 너끈히 버텨 냈다.

"어, 어떻게……! 난 여기 없었는데?!"

발버둥을 치던 태진이는 내 손가락을 꺾고자 안간힘을 썼다. 이에 던져 버리니 2학년 교실의 문이 부서지며 녀석의 몸이 나뒹굴었다.

"뭐, 뭐야!"

"꺄악! 선생님! 뒤…… 뒤에!"

"교복이 우리 학곤데…… 어?"

"피가 나잖아!"

웅성웅성.

한창 수업 중이던 반은 물론, 옆의 다른 반에서도 창문이 열렸다. 단숨에 시장통을 방불케 된 교실.

마력을 실어 크게 일갈한다.

―모두 수업에 집중한다.

쩌렁쩌렁 울리는 한마디에 열렸던 창문이 닫혔다. 학생들이 밀린 의자를 원위치하고 차분히 앉자 선생은 프레젠테이션을 넘기며 읽기 시작했다.

뒤쪽에 몰래 잠을 자고 슬며시 만화책을 보던 이까지 집중해서 수업을 듣고 발표를 서슴없이 했다.

정숙하고 차분한 수업의 재개.

"얘, 얘들아! 선생님?!"

신음하던 태진이가 이를 보고 망연자실했다.

"이, 이게 뭐야…… 이건 너무하잖아…… 이런 걸 어떻게 이겨……!"

곧 나를 보며 피를 토하듯 소리쳤다.

"대체…… 도대체 넌 뭐야! 나한테 왜 그래?! 너도 신진권 그 개새끼 부하냐? 나보고 어쩌라는 거야!"

"그게 무슨 말이냐?"

"뭐?"

"능력을 써서 마음껏 훔쳐본 건 너야. 난 그 이유를 물었을 뿐이거든. 그리고 신진권 말인데…….'

고개를 끄덕였다.

"반대가 맞아."

"바, 반대?"

"녀석이 내 부하란 거지."

이에 엎드린 채로 찢어질 듯 눈을 부릅뜬 태진이가 나를 가리켰다.

"신진권이…… 부하라고…… 요?"

"그래."

"너…… 님이…… 보스?!"

"그렇지."

와장창!

대답을 들은 태진이는 그와 동시에 유리창을 깨고 뛰어내렸다.

순간, 잠시 멍해 있던 나는 눈살을 찌푸렸다.

"이…… 새끼!"

화가 치밀었다. 실망감에 짜증까지 날 정도였다.

이 상황에서 외면한다고 무엇이 달라지겠는가. 격이 다른 존재가 눈앞에 있는 판국이다.

말 한 마디로 수많은 이의 정신 상태를 좌지우지하고 세상의 상식을 뒤흔드는 이를 마주한 처참한 순간이었다.

그런데 고작 도망이라니!

회귀를 일찍이 알고 과거를 위해 철저하게 준비했던 놈이 겨우 이 정도란 말이냐!

나라면 대화를 청할 것이다. 아니면 맞서겠다. 의사를 피력하기라도 하겠다. 적어도 저렇게 겁먹고 도망치는 일은 없을 것이다.

'오냐! 너란 놈의 바닥을 봐 주겠다.'

봐 주지 않겠다. 발버둥을 치게 해 주리라.

"김태진!"

체감도와 가속 능력이 전부인 줄 알았던 태진이에게 회귀 능력이 있었던 것처럼 또 뭔가 있을 터. 모조리 간파해 부숴 주겠다.

나는 2층에서 추락하려는 녀석을 향해 몸을 날렸다. 쾌속함에선 이것이 으뜸이다.

도착하기 직전까지 연습했던 움직임. 한바의 그것처럼 직선적이며 난폭하게!

콰앙-!

포탄이 떨어지는 소리와 함께 운동장은 운석이 떨어진 양 움푹 파였다. 녀석보다 몇 발 앞서 내려온 나는 태진이의 낙하를 고개 들고 지켜봐 주었다.

까딱까딱 손가락질을 하니 사색이 된 녀석이 이를 악물었다.

"씨발-! 최종 보스가 벌써 나오는 게 어딨어!"

녀석은 등 어림에 손을 뻗었다가 젖혔던 허리를 와락 굽히며 세차게 내려쳤다. 그 동작과 함께 육중한 철근이 쑥쑥 늘어나 순식간에 내 머리를 세차게 내려쳤다.

쩡!

머리칼에 부딪힌 철근이 구부러졌다. 태진이가 비틀거렸다. 쩌릿쩌릿한 반동으로 손을 떨더니 빙글 몸을 돌아 체중을 실어 뒤꿈치로 찍어 내렸다. 순간 환영처럼 떠오른 용의 문신!

혈력이 가미된 new century의 스킬이 내 정수리를 찍었다.

캉-!

쇳소리가 울리고.

우둑!

녀석의 발목이 그대로 꺾이며.

"으아악!

비명과 함께 방향이 뒤틀렸다. 나는 머리부터 떨어지려는 태진이의 발목을 잡아 운동장의 축구 골대로 던졌다. 쏘아진 공처럼 날아간 녀석이 그물을 찢으며 모래판에 처박혔다.

"보관함, 문신술, 스킬."

사용한 능력을 점검하며 발을 떼는 찰나였다.

번쩍!

찰나의 깜빡임에 일련의 동작이 역으로 진행됐다. 그렇게 되돌아간 시간은 5초. 태진이가 철근을 뽑아 나를 공격하는 그 시점이었다.

'단시간의 회귀는 간섭하는 게 쉽지 않군.'

느꼈다. 함께 돌아가며 같은 시간을 보았다. 하지만 조금 전처럼 파탄을 내지는 못했다. 너무 짧았던 탓이다.

타이밍.

정확한 순간을 포착해야 한다.

나는 시계를 띄우고 초 단위에 집중하며 태진이를 바라보았다.

마찬가지로 철근을 뽑아낸 녀석. 이번에는 휘두르지 않았다. 냅다 던지는 것이 아닌가.

툭.

힘차게 날아온 철근이 내 앞 머리칼에 부딪히고 이마에 살포시 닿았다가 떨어졌다. 그 순간, 떨어지던 태진이의 몸이 기이하게 움직였다.

낙하 속도가 눈에 띄게 빨라진 것. 마치 영상을 빨리 돌린 것과도 같았다. 가속 능력이다.

허나.

'개미나 날개미나.'

손을 뻗었다. 더 빨리 떨어지는 속도에 맞춰 발목을 쥐고 반대편으로 휘둘렀다. 반원을 그린 태진이가 그대로 운동장 바닥에 직행하는 순간.

번쩍!

나의 손이 녀석의 발목을 잡기 직전으로 변했다.

'빠르다.'

1초 회귀!

와락 발을 접은 태진이의 등이 그대로 운동장 바닥에 떨어졌다. 꽤 아플 테지만 내 손에 잡히는 것보다 낫다 생각한 것일 터. 냉큼 일어나며 뒷걸음질 친다.

"쇼크웨이브."

손을 펼치자 환혼력의 파동이 뻗어 나가며 몸서리쳐지는 한기가 녀석의 몸에 스며들었다.

싸늘하게 얼어붙는 태진이의 눈!

'또 시간을 돌릴 테지?'

그래. 마음껏 써 보거라. 깡그리 부숴 주마.

번쩍!

팡!

녀석의 선택은 쇼크웨이브를 발동한 직후였다.

'0.5초!'

더 짧은 회귀다.

놓쳤다.

태진이는 떨어지기 무섭게 반대로 몸을 굴렸다. 일어나려던 역동작 없이 그대로 굴리자 아찔하게 쇼크웨이브가 땅거죽을 쓸어 내며 얼렸다.

녀석은 흙먼지 묻고 찢어진 교복 차림 그대로 숨을 몰아쉬었다. 여전히 긴장한 채다. 그러나 처음의 공포는 일부 가서 있었다.

결의가 엿보였다. 녀석도 짧은 회귀는 침범당하지 않음을 체감한 것일 터.

'그래. 그 정도는 돼야지.'

웃음이 났다. 생각보다 봐 줄 만하지 않은가.

저 투지는 괜찮다. 네가 보잘것없지 않다는 사실이 마음에 든다. 그러나 신진권의 대항마로서 선택받은 네가 고작 이 정도여서 쓰랴.

'보여다오, 네가 내 생각보다 더 대단한 녀석이라는 것을!'

환혼력을 운용하는 그때, 태진이가 내게 말을 걸었다.

"당신, 날 죽이러 온 게 아니지?"

혼란이 가신 또렷한 시선이었다. 뭔가를 눈치챈 걸까?

너무 실망스러운 모습을 보여 준 터라 이제는 내 정체를 알아채기라도 하면 오히려 감탄하고 싶을 정도였다. 나는 기대와 긴장을 안고 녀석의 다음 말을 기다렸다.

태진이는 말없는 나와 차분히 눈빛을 주고받더니 공손히 말했다.

"진작부터 이상하다 생각했습니다. 전부 바뀌는데 저만 괜찮았으니까요. 신진권조차 아무 말이 없고 제가 바꾸려는 미래들만 뒤틀렸습니다. 성륜도 아니고 겁륜 역시 잠잠하고…… 정말 모르겠더군요."

'음?'

"그래서 뭐라도 나오라고. 억지력이든 뭐든 아무거나 하라고 마음껏 했습니다. 그랬더니 당신이 온 거군요."

'이놈 봐라?'

"대체 내게 뭘 원하는 겁니까? 아니, 세계님! 저한테 뭘 원하는 거지요? 제가 있어선 안 될 존재이기 때문입니까?! 왜 이런 억지력을 쓰는 거냐고요!"

나는 가만히 녀석을 보았다. 기이하게 일렁이는 눈. 사명감과 불의에 맞서 싸우겠노라는 의지의 눈빛.

"후유……."

깊은 한숨이 나왔다. 나뒹구는 철근을 쥐었다. 굽은 부분을 쫙 피고는 휙휙 휘둘렀다.

이윽고 저 미친놈에게 말했다.

"우선 맞자."

풍류보를 밟으며 마음먹고 투로를 펼치자 사선이 녀석의 몸을 저며 들어갔다. 나는 그중 하나를 골라 휘둘렀다.

퍽!

태진이가 맞는 순간, 깜빡이며 시간이 되돌아갔다.

퍼퍽!

"악!"

또 회귀!

'그래, 돌려 봐라.'

넌 맞을 수밖에 없다.

안간힘을 써서 피해 봐야 1개. 반면에 때릴 경로는 수백, 수천이다.

나는 연신 되돌아가는 시간의 반복 속에서 마침내 찰나를 포착!

그 선을 가르는 데 성공했다.

'요놈!'

빡!

그 순간, 확고한 내 의지가 관통하며 잘렸던 시간이 밀려들었다.

녀석의 몸으로 몽둥이가 폭포수처럼 몰아쳤다.

"으아아악!"

넝마가 되다시피 한 태진이를 철봉에 널었다.

술 생각이 절로 났다.

내 기대를 벗어나지 않았음에 기뻐해야 하는 걸까? 한 치도 발전하지 못한 녀석의 모습에 슬퍼해야 하나.

"크흐으…… 으허엉……."

태진이는 울고 있었다. 저 울음은 자신의 무력함에 대한 걸까? 아니면 그냥 아파서 우는 걸까. 녀석의 변화에 불안해하고 한편으로는 기대했던 내가 실로 덧없게 느껴졌다.

'녀석에게 들을 건 없어.'

태진이의 수준으로 보건대 정보는 딱히 기대하지 않는 것이 좋았다. 저 정도로 수준이 낮으면 알아도 대답할 자격이 없는 상태니까.

태진이에게 물을 바에는 녀석과 관련이 깊어 보이는 김보경, 강유나가 확보한 그녀를 추궁하는 편이 확실했다.

악마라는 존재. 신 급 존재의 부재가 왜 그러한 것인지 이미 파악한 마당이다. 라탄트라가 나를 통해 기도하듯 뜻한 바를 이루고 이세계에서 초월했으리라.

혹, 그렇지 않았어도 관계는 없었다. 오히려 초월하지 못하고 남아 있다면 내가 찾아가 멱살을 움켜쥐면 된다.

쉼 없이 단련하는 이유 중 하나가 그때를 대비하기 위함이 아닌가. 보이기만 하면 저편의 극의로 능히 상대할 수 있는 나다.

남은 선택지는 계약의 룬. 페이엔탈로 제약을 가하는 것.

나는 도장을 찍고 떠나려다 태진이를 응시했다.

"사내가 돼서 울기는."

본의는 아니지만, 어찌 됐든 내게도 기회를 주지 않았던가. 마음의 미진함을 풀고자 말을 건다.

"뭐가 그리 서러운 거냐?"

한 대만 맞아도 뼈가 부러질 철근에 수십 대를 두드려 맞아 놓고도 타박상이 전부인 몸. 인간이 아닌 육체를 한 태진이는 억울한 표정이었다.

다가가자 코를 훔치던 녀석이 얼굴을 가렸다. 거기만은 때리지말아 달라는 듯한 안쓰러움에 나는 철봉에서 녀석을 떨어뜨렸다.

모래판에 누워 웅크린 태진이.

"안 때린다."

"지, 진짜지요?"

"그래. 그보다…… 넌 대체 뭐가 그리도 서러운 거냐?"

들고 있던 철근을 보관함에 넣노라니 태진이가 퉁퉁 부어오른 눈두덩을 만졌다. 잠시 후 호흡이 진정되자 입을 열었다.

"세, 세계님이 보시기에 어땠는지 몰라도…… 으흑. 저, 진짜 준비 많이 했거든요. 그런데 다 바꾸셨잖아요. 제가 얼마나 조심했는데, 그렇게 몽땅 바꾸셨잖아요!"

태진이의 목소리는 억울함에 더욱 커져만 갔다.

"제가요, 나쁜 짓 하나도 안 했구요. 처음 왔을 때 이거…… 이거, 이거, 룬 구할 때 아무도 안 다치게 했어요. 진짜 조심해서 했는데 대체 왜 이러시는 거냐구요!"

나비효과니 어쩌니 하며 주의한 것은 나도 잘 안다. 룬을 구하는 방식 역시 관여한 만큼 정확하게 알고 있었다.

녀석의 말대로 그가 과거로 돌아와 바꾼 일은 몇 되지 않았다. 고작 자기 앞가림을 하고 그 지식을 이용해 캐릭터의 성장을 꾀한 것.

그게 전부였다.

그런데 말이다.

"바라던 것은 다 이뤄졌잖아."

"세계님이 다 망쳐 놓으셨잖아요!"

발끈하여 노려보는 녀석의 머리에 손을 얹었다. 흥분을 가라앉히라는 뜻.

"과거로 돌아왔잖아. 네 동생의 미래를 바꿨잖냐."

"설마! 그래서 저를 이렇게 괴롭…… 으으윽!"

손아귀에 힘을 주다 풀었다.

"나비효과 따위의 개소리는 집어치우자. 고작 그런 행위로 이만큼 미래가 바뀔 리 없잖아, 태진아."

"으으…… 예! 세계님."

"계획대로 되지 않아서 억울하냐? 미래가 바뀌어서 서러워?"

손을 떼자 잠시 멈칫했던 태진이가 될 대로 되라는 듯 크게 말했다.

"예! 그 고생을 하고 돌아왔는데 하나도 제 마음대로 된 게 없어요!"

"정말, 하나도?"

"……몇 개는 그렇긴 한데, 정작 중요한 건 다 비틀렸다고요! 더군다나 이래선 그녀를 볼 수도 없단 말입니다!"

"태진아."

"예!"

할 말은 해야겠다는 듯 노려보는 녀석.

"과거로 돌아왔잖아."

"그랬지요!"

……단순해서 그럴까. 회복이 참 빠르다.

"그 이상을 바란다는 건, 세상 모든 걸 마음대로 하고 싶다는 거냐?"

"전부는 아니어도 제가 아는 만큼은 이뤄져야죠. 세계님 말씀대로 나비효과도 아니라면 그래야 정상이지 않습니까? 실패를 바꾸려고 회귀를 했는데요!"

"실패하지 않는 완벽한 삶을 살려고 한다?"

"예!"

완전한 인간. 완전한 삶. 왠지 일맥상통하는 느낌이다.

아울러 나는 왜 말이 통하지 않는 이를 강유나와 신진권이 경멸하는지 가슴 깊이 이해할 수 있었다.

"태진아."

반사적으로 녀석의 뒤통수를 때리려다가 힘을 뺐다. 어쨌든 잔뜩 주눅이 들었다가 자기 의견을 피력하는 모습이다.

기다려 온 시간과 달리 이렇게 대면할 일도 앞으로 없을 것이다. 괜히 폭력을 써서 대화를 망치고 싶지 않았다.

"과거로 돌아왔잖냐."

"안다고요! 세계님이 다 망쳤고!"

후우—

"기회를 잡은 것. 그 사실만으로도 최고의 행운이라는 생각은 들지 않는 거냐?"

"압니다. 그러니까 그 기회를 제대로 활용하려고 했어요. 그걸 세계님이⋯⋯."

"망친 거고?"

"예!"

원망에 가득 찬 녀석의 눈.

'이 한심한 새끼 같으니.'

내가 평생을 믿었던 친구가 고작 이런 놈이라니. 보면 볼수록 헛헛해진다. 왜 쥐고 있는 보물을 흘리며 멀리 있는 황금만 쫓는단 말인가.

"그러니까, 모든 기회를 거머쥐고 모든 실수를 바로잡으며 원하는 모든 것을 이루려고 했는데. 너를 제외한 이 세계의 모든 것이 정물화처럼, 새겨진 사서의 하나처럼 그대로 판에 박혀야 했는데. 모두가 NPC가 되어 플레이어인 너를 중심으로 움직였어야 했는데 그렇지 않아서 불만이다, 이거냐?"

"그⋯⋯ 꼭 그런 건 아니고요⋯⋯."

부정하지만 어떻게 다른지는 설명하지 못하는 녀석.

"그럴 거면 체감도를 낮췄어야지. 너보다 못한 사람들과만 어울리고 너보다 부족한 것들. 어린아이들과 소꿉장난을 하면 충분했지 않냐."

"그걸 말이라고 해요? 온라인 게임 말고 에디터 써서 PC게임 해 봐야 무슨 재밉니까? 그럴 거면 new century를 왜 하겠어요? 회귀씩이나 하며 그 고생을 왜 하느냐고요?"

"묻자. 무슨 고생을 했지?"

"네?"

"어떤 고생을 했느냐고."

"죽을 정도로 고생했습니다!"

"……죽을 만큼 new century를 했겠지. 아니, 그러다 죽었지!"

주먹을 꽉 쥐며 노려보는 태진이를 보며 나는 일어났다.

끝이다. 도저히 말이 통하지 않는다. 네가 했다는 new century에서의 고생을 누구보다도 내가 잘 안다. NPC와의 사랑이 실패했다는 상실감도 들어서 잘 이해했다.

그러나 저건 아니지 않은가.

머나먼 시작의 때로 돌아와 인생의 분기점이 되는 가장 큰 잘못을 바로잡았다. 현화는 아직도 밝고 모두의 사랑을 받으며 아름다움을 뽐내고 있다.

태진이는 현실의 어떤 운동선수도 따라잡지 못할 육체와 new century의 스킬을 통한 초인적인 능력까지 쓰게 되었다.

그런 아들을 자랑스러워하는 부모님을 더 행복하게 만들고 주위의 이들에게까지 성공을 나누어 주었다.

이미 그들 가족은 과거의 정점보다 사회적으로 더욱 높은 위치에 있었다.

그뿐 아니다.

1점이라는 점수. 1초라는 기록. 이를 위해 평생을 노력한 이들을 우롱하는 실력을 고작 게임만 하다 얻은 것이다.

그런데 아직도 부족하다고 한다. 내게 떼를 쓴다. 전부 다 뜻대로 되지 않는다며 하소연하고 역정을 낸다.

정해진 미래가 역사에 불과함을 왜 이해하지 못하는 걸까.

"네가 과거에 매몰된 이상 미래는 없을 거다."

"설마…… 회귀 스킬을 봉인하려는 겁니까? 아, 안 돼요!"

마지막 충고조차 제멋대로 해석한다.

어쩌랴, 이런 녀석인 것을.

"그깟 스킬. 관심 없다."

나는 펜던트를 거머쥐었다.

"태진아, 네 뜻대로, 네 마음대로 살아라. 앞으로 다시는 네 앞에 나타날 일이 없을 테니. 나비효과니 봉인이니 신경 쓰지 말고 네 판단대로 열심히 살아."

"예? 그, 그럼…… 제가 시험에 통과한 겁니까?"

뜬금없는 소리에 바라보노라니 녀석이 화색을 하며 말했다.

"그렇다면 소원으로 한 가지를 들어주시는 거죠?"

"……."

기대에 찬 초롱초롱한 눈을 보며 나는 보관함에 손을 넣었다.

"좀 더 맞자."

"으아아아ㅡ! 왜, 왜! 왜?!"

철근을 본 녀석이 비명을 질렀다.

한바탕 매타작을 한 나는 기절한 녀석의 뒷목에 페이엔탈을 찍었다. 그리고 포션을 조금 뿌려 준 뒤 학교를 벗어났다.

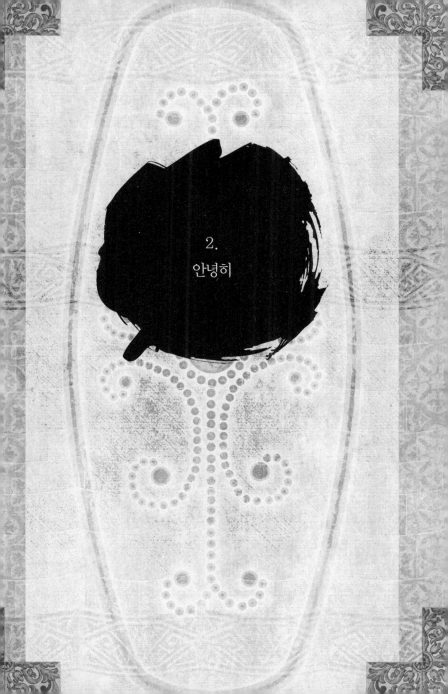

2.

안녕히

상가 밀집 지역을 벗어나 호젓하게 뻗은 가로수 길에 들어섰다. 근래 한적하고 넓은 곳을 즐겨 찾게 된다.

송사리 떼처럼 나를 피하고 순종하는 사람들에게 괜한 폐를 끼치지 않기 위함이었다.

거닐며 강유나를 호출했다.

[친구와의 만남은 유쾌했나요?]

저편에서 웃음기 가득한 목소리가 들려왔다.

"친구라. 글쎄, 불쾌한 단어군요."

[미안해요. 상현 님이 김태진이 new century를 하는 데 큰 도움을 주셨기에 한 말이었어요. 보호도 계속해 주시고…….]

"겁륜의 주인이지 않습니까. 생각보다 비중 있는 존재는 아닌 것 같지만 독특한 능력도 갖췄고. 그런데 유나 씨, 김보경에 관한 조사는 어떻게 됐습니까?"

[김태진의 검륜인 다이엘란 말인가요?]

태진이가 회귀 능력을 자유롭게 사용하긴 했지만, 녀석은 륜과 일체화됐노라고 보기엔 너무도 급이 떨어졌다.

검륜과 대화하는 편이 효과적일 터.

그런데 강유나의 답변은 내 걸음을 멈추게 하였다.

[진작 먹었죠.]

"……그런데 보고가 늦었군요."

[그녀의 능력을 분석하는 데 생각보다 시간이 걸려서요. 놀랍게도 예지 능력이 아닌 시간 역행이었지 뭐예요. 앙큼하게도 저한테 활동할 몸을 얻게 해 주겠다고 제안했고.]

지금은 해결된 부분이었지만, 활동할 몸이라는 것은 과거 신진권에게 밀려 연구소에 갇혀 있던 그녀가 절실하게 원하던 바였다.

"불필요한 제안이었네요."

[상현 님도 허락하신 마당이라 진작 먹었답니다. 생각보다 기억이 많아서 읽느라 시간 가는 줄 몰랐어요. 뭐, 태반이 엉터리라 분류에 애 좀 먹었지만 쓸 만한 것도 꽤 있었죠.]

그녀가 웃었다.

[유물 외에 륜을 먹어선지, 아바타를 하나 더 얻었지 뭐예요. 덕분에 아메바처럼 독립된 인격으로 동시에 다른 일도 할 수 있게 됐어요.]

"아바타요?"

[륜의 틀을 활용해서 격을 채운 인형인데, 아메바의 것보다는 한층 뛰어나죠. 상현 님의 분신 정도랄까요?]

그녀의 교성을 들으며 나는 펜던트에 비친 내 얼굴을 보았다. 딱

딱하게 굳은 표정.

영상 통화를 하지 않기를 잘했다. 대면한 상태라면 그녀는 나의 변화를 읽고 의심을 했을지 모른다. 왜 놀라느냐고.

내가 경각심을 가진 부분은 '기억이 통째로 흡수되었다'는 사실이었다. 그렇다면 회귀 이전의 나도 알게 되었다는 뜻이니까.

그런데 잠시 생각해 보니 의외의 답이 나왔다.

'상관없잖아.'

태진이가 아는 과거의 이상현.

회귀 후 호감이자 지배자 급이 된 이상현을 비교하자면?

절대로 맞지 않는다. 과거의 기억이나 현재 그녀가 파악한 정보 모두 펠마돈의 비서를 얻은 나는 존재하지 않는 까닭. 오히려 양자 간의 기억에서부터 괴리되어 더욱 알 수 없는 존재로 비칠 뿐이다.

결론!

경거망동하고 전전긍긍할 필요가 전혀 없다.

"쓸 만한 거라면 회귀 능력에 대한 분석을 마쳤다는 겁니까?"

[아뇨. 다각도로 테스트를 하고는 있는데 영 풀리지가 않아요. 대신 방향을 바꿔서 굴절 차원의 입자 전송 식으로 시도해 보는데, 아직 성공하지 못했어요.]

당최 무슨 말인지.

[대신 새로운 종에 대한 확실한 표본을 얻었답니다. 다음 패치 때 포함될 새로운 종은 바로 흡혈종. 뱀파이어라 불리는 거예요. 지금 다이엘란의 육체를 재현해서 new century를 열심히 탐색하고 있죠.]

여하간, 많은 일이 동시에 착착 진행되는 중인 듯하다.

[상현 님은 어떠세요? 북극 탐방은 잘돼 가고 있나요?]

"그럭저럭입니다. 환혼령주를 한 개 완성했고 현재 보스 몬스터를 사냥하고 있지요. 아, 그러고 보니 먼저 말해 줬어야 했네요. 보스 몬스터 사냥이 마무리되면 백마력이 대거 남쪽으로 흘러 들어갈 겁니다. 패치를 준비하는 김에 이 부분도 참작하세요."

[네? 갑자기 백마력이라뇨? 정보 좀 주세요!]

그녀의 애교에 나는 펜던트의 기록을 구분했다.

강유나에 대한 신뢰도와 필요성을 고려하여 라탄트라와 관련한 부분. 펠마돈의 비서와 초월을 제외한 부분을 전해 주었다.

개략적으로 알려도 얼마든지 간파할 수 있는 그녀다. 어차피 정황을 말하면 증거를 이해하는 강유나이기에 과감히 주었다.

다만, 의도적으로 바꾼 부분이 하나 있기는 했다. 현재 벌이고 있는 몬스터 사냥이 불멸의 씨앗을 심는 과정이 아닌, 환혼령주를 완성하는 과정에서 생기는 파급효과로 한 것.

마치 회색 늑대가 사라진 자리에 코요테가 기승을 부리듯 백마력을 꽉 쥐고 있던 보스 몬스터들의 사망으로 북극의 마력이 활발히 내려간다는 식이었다.

[우와! 아아—!]

전송하기 무섭게 지나친 환호성이 들렸다. 뻔하디뻔한 인사치레를 나눌 것이 분명했기에 나는 기뻐 어쩔 줄 몰라 하는 그녀와의 연결을 끊고 다음 대상을 찾았다.

'산동네에 들러 볼까?'

나름 알차게 보내던 그때를 생각해 보았다. 아직 오후이니 한나가 하교하기 전까지 충분히 다녀올 수 있을 것이다.

멀리 보이는 산동네의 풍경은 전과 다를 바 없었다. 아마 재개발 공사 계획이 정확하게 잡히지 않는 한 언제까지고 저 모습일 것이다.

회귀 이후 지냈던 추억의 장소.

이곳에 오면 감상적이게 된다. 분명 내 인생의 변곡점이 여기에 집대성된 탓일 거다. 나는 비 오는 날의 차분함과도 같은 이 작은 단상을 흐르는 그대로 두었다.

이곳에 오지 않았다면 어떻게 됐을까?

이용택 관장을 만나지 못했더라면?

의문형의 상념부터 허영의 신진권을 마주했을 때의 긴박감과 봉사활동을 할 때의 소소함이 뇌리에 머물렀다.

'정답은 없어.'

살아가며 체감하는 것은 모든 문제에 딱 맞는 해답이 존재하지 않는다는 것. 세월이 지나면 그 또한 별것 아니게 된다는 것뿐이다.

한탄할 필요도 없었다. 원망할 이유가 없었다. 그리고 크게 기뻐할 것도 없었다. 부딪치고 때론 막히고 가끔은 융통하게 흐르며 유장하게 살아가는 것이 인생 아니던가.

'연륜이라……'

이 단어는 곱씹으니 씁쓰레한 깔끔함과도 같았다.

시간을 확인했다. 5학년인 미령이가 하교할 시간이 다가왔다.

나는 산동네 앞의 버스 정류장에서 기다리며 다시금 풍경을 감상했다. 학교가 가까워 버스를 타지는 않지만 딱 길목이니 여기서 보일 터다.

그렇게 기다리는 내 눈에 장필모 목사가 보였다. 두 어린아이의 손을 붙들고 함께 기다리는 것이 선교원 아이들을 데리고 잠시 들를 곳이 있나 싶었다.

괜히 다가갈 필요가 무엇이랴. 말을 걸어야 내게 순종할 것이 분명하기에 나는 조용히 있으려 했다.

그런데 슬쩍 두 아이의 눈을 가리며 장필모 목사가 옆의 슈퍼마켓으로 향하는 것이 보였다. 그가 방향을 튼 곳에는 건너의 대형 교회에서 나온 일단의 무리가 큰 목소리로 전도하고 있었다.

문득 궁금해졌다.

사람 좋은 미소를 짓는 그는 같은 종교인으로서 어떤 생각을 할까?

"아이들에게 보이고 싶지 않은 모습인가 보군요."

"예. 달가운 광경은 분명히 아니니까요."

담백하게 질문하자 그가 선선히 답했다.

"왜 그렇게 생각합니까?"

"저는 목회자…… 아니, 모든 종교인의 역할은 쓰러진 이에게 기운을 북돋아 주고 다시 일어설 수 있도록 돕는 것이라 믿습니다. 일어나 앞으로 가라며 어깨를 두드릴 필요도, 주님을 믿으라고 권하는 것도 올바른 신앙이 아니라 생각하지요."

그는 말하고 있되 자신의 의견을 피력하지는 않았다. 나 역시 그저 듣고 있을 따름이다.

"전도는 그런 저의 삶을 보고 누군가 따라올 때 이루어지는 것일 뿐입니다. 사랑을 전하는 데 조건과 대가가 있어서는 아니 되는 것이지요. 주님께서 십자가로 전하신 가르침이 희생이 아닌 사랑인 것처럼."

마음에 담아 두고 있던 그의 가치관과 신념의 울림은 새삼 내게 다른 깊이로 다가왔다.

"저 모습이 영업과 서비스로 보이겠군요."

"솔직히 말하자면 그렇습니다. 그렇기에 매일 기도하며 간구하고 있지요. 제가 하나님의 말씀을 오독(誤讀)한 것은 아닌지. 저의 신앙이 부족하기에 생긴 편협함은 아닌지를."

"스스로 확신이 부족하다면 그 아이들의 눈을 가린 것도 잘못 아닙니까?"

"그건 아닙니다. 말씀을 알기에는 아직 어리지요. 아이들은 달콤한 과자와 재밌는 놀이 같은 미끼를 보고 홀몸 노인들은 관심과 온정에 목매답니다."

비즈니스다.

"갖고 싶어 하는 그것을 흔들며 교회로 인도하는데, 그런 것이 신앙이고 올바른 믿음으로 교회를 나간다고는 생각하지 않습니다. 분명한 것은 천지를 창조하신 하나님의 말씀을 오직 한 곳. 오직 한 분 목사님의 입을 통해서만 들어야 한다는 것은 잘못되었다는 겁니다."

거기까지 들은 나는 손짓하여 그를 보냈다.

곱씹으니 그의 사상은 좁고 깊었다.

"륜과도 흡사한 것 같은데."

메그론과의 대화를 되짚었다. 좁다는 것을 방향이며 깊다는 것을 올곧음이라 정의했던 그와 장필모 목사의 신앙관이 잘 맞아떨어지는 것 같았다.

저 좁은 눈으로 주위를 보면 편협하지만, 자신을 깊이 있게 알고 나아가 인간이 다 비슷하다는 것을 안다면 그 깊이가 곧 올곧은 지혜가 되는 건 아닐까.

그리 생각하다 웃어 버렸다.

우뚝 서서 순수하게 풍경을 감상했다. 잠시 일상을 추억한지 얼마나 되었을까. 저편에서 미령이가 보였다.

친구들과 한데 어울려 밝게 웃는 모습이 과연 피아노를 치게 하고 자신감을 북돋은 효과가 큰 것 같았다.

"미령아."

나의 부름에 책가방을 멘 소녀가 달려왔다.

"네! 부르셨어요?"

행인과도 같은 반응. 나를 전혀 모르는 순종하는 자의 모습이었다.

"내가 누구인지 기억나니?"

"잘 모르겠어요."

혹시 했는데 역시였다.

"그래. 네 언니가 보고 싶어서 왔단다. 셰라핀이라고 했었는데, 어딨는지 알려 주겠니?"

"언니는 예전에 떠났는데요?"

"떠나? 언제?"

"아빠 몰래 캡슐 방에 간 적이 있거든요. 그때 무슨 무슨 말을 하더니 일주일 뒤에 떠났어요."

나는 잠시 생각하다 물었다.

"혹시 네 언니가 들어가 있거나 잠시 쉬는 그런 물건은 없니?"

"네!"

미령이는 고개를 끄덕였다.

"셰라핀과 비슷한 언니나 동생이 보이지는 않고?"

"요즘은 안 보여요. 친구들이 많아져서 그런가?"

소리의 정령으로 짐작되는 존재는 사라졌다는 이야기.

'영령술 계통이었나.'

타고난 무녀인 셈이지만 new century를 접하고 마음의 안정을 얻으며 본래의 특성을 잃는 중이었다.

나는 헤어짐의 인사로 '행복해라'라고 하려다 말을 멈추었다. 그 말에 구속될 것을 알기 때문이었다. 행복은 행운과도 같아서 집착하고 움켜쥐려 하면 멀어지게 마련.

강요된 행복은 다른 의미로 저주이다.

"그래."

나는 '잘 지내라'는 끝인사를 삼키며 웃어 보였다.

외전 : 〈미령이〉

하교 시간이 되자 멀리서 아우성과도 같은 아이들 소리가 들려왔다. 둥근 보자기 속 이야기보따리가 불쑥불쑥 나오듯 소재가 끊이지 않는 재잘거림.

그 가운데 한 방향으로 다가오는 발걸음이 있었다.

"안녕하세요!"

활기찬 목소리가 교회 안을 울렸다.

장필모는 보고 있던 책을 덮었다. 경쾌한 발걸음 소리를 듣고 있자니 척 하니 감이 왔다. 그 아이가 온 것이다.

일어난 그는 문밖으로 고개를 내밀었다. 저만치서 보이던 미령이가 단걸음에 교회 복도를 가로질러 코앞까지 달려왔다.

"욘석아, 뭐가 그리 급해?"

"저 피아노 좀 칠게요!"

"요즘은 통 안 치더니."

미령이는 기대에 들뜬 얼굴로 말했다.

"이번 학예회 때 합주를 한대요. 제가 피아노를 맡아서 선생님하고 친구들이 엄청 기대하는 거 있죠?"

해쭉 웃는 천진난만함에 빙그레 화답하는 장필모였다.

"반주라도 하는 게로구나."

"내일 음악 시간에 맞춰 보기로 했어요."

피아노실 쪽으로 쌩하니 달려가 안으로 사라지는 미령이. 장필모의 입으로 소리 없는 흐뭇한 웃음이 감돌았다.

저 아이가 밝게 변한 이후로 얼굴만 봐도 하루의 피곤이 싹 달아나 버린다. 아마 누구든지 그럴 것이다.

뒤에 숨어 말도 잘 하지 않던 아이가 이제는 눈을 마주치며 웃어 주고 있는데 녹아내리지 않고 버틸 수나 있을까.

그나저나,

'학예회라고?'

자신도 모르게 묘한 표정을 짓고 말았다. 기대되고 즐거운 마음 절반에 작은 걱정도 뒤섞인 다소 우스꽝스러운 얼굴이었다.

"상현 군에게 말을 해 봐야 할까?"

미령이가 연주를 하는데 단순한 학예회로 끝날 수 있을지 모르겠다.

목사실로 돌아온 장필모는 의자에 깊숙이 몸을 뉘었다.

하던 일은 잠시 접어 두었다. 아이의 연주가 시작되면 어차피 다른 일을 못 하니까.

달칵.

고사리 같은 손이 전등의 스위치를 올렸다. 점등과 함께 확 밝아진 정경에 미령의 기대감은 더욱 커졌다. 이곳은 소녀의 놀이터이자 공부방이고 휴식처였다.

"헤에~"

먼지 하나 떠다니지 않는 냉랭함이 감도는 방 안. 검은 윤기가 흐르는 그랜드피아노의 자태가 드러났다. 비록 아무 소리도 내고 있지 않았지만, 함부로 건드리지 말라는 도도한 위압감이 풍겼다.

"잘 있었어?"

건반에 미령이의 손가락이 닿았다.

띠링~

피아노의 스트링이 경쾌한 잔향을 남겼다. 공명판을 타고 퍼져 나간 음이 방 안을 한 바퀴 휘감고 돌아왔다.

떨림은 점차 잦아들고 다음 음을 애타게 기다리는 여운이 손짓했다.

흑백의 단조로움에 총 천연의 무지개가 아로새겨지는 순간이었다.

"응. 나도 보고 싶었어."

단지 한 음.

미령이의 손끝에서 피어오른 음은 차가운 공기를 씻어 내고, 연주자를 애타게 기다리는 악기만 남게 했다.

고고한 기운을 물씬 풍기던 피아노는 동화 속으로 인도하는 마법의 거울이 되어 소녀의 감성을 고스란히 비치기 시작했다.

미령이는 가방을 뒤적거렸다. 그리고 꺼낸 것은 한 쌍의 동물인형. 각각 멍룽이, 묘룽이로 불리는 그녀의 오랜 친구들이었다.

고급스런 피아노와 전혀 어울리지 않는 봉제 인형이 선반 위에 나란히 앉았다. 흡족한 표정으로 두 청중과 눈을 맞춘 미령이는 드디어 양손을 건반 위에 올렸다.

"누구 노래부터 쳐 줄까?"

미령이의 눈길이 왼쪽을 향했다.

"멍롱이 먼저? 좋아!"

하얗고 검은 면 위에 자리한 손가락이 아기자기한 선율을 그리기 시작했다.

ㅡ쇼팽, 강아지 왈츠.

익살스러운 소리가 공명판을 뒤흔들었다. 좌충우돌하는 스트링에 피아노가 통통거리며 반응했다. 덩달아 멍롱이의 몸도 들썩였다.

벽의 반향을 타고 전해진 음의 파동이 미령이를 휘감았다. 미령이는 꺄르르 웃으며 어깨를 움츠렸다.

"간지러워~"

건반 위에서 왈츠를 추던 손가락이 빨라졌다.

파동에 휩쓸린 멍롱이가 빙그르 돌았다. 그것이 마치 자기 꼬리를 물기 위해 제자리를 도는 강아지처럼 보였기에 미령이는 또다시 웃음을 터뜨리고 말았다.

아직 차례가 오지 않은 묘롱이까지 박자에 몸을 맡기고 들썩이자 피아노 선반에는 삽시간에 무도회가 열렸다.

"아하하!"

'음'으로 말을 걸고 대화한다. 마치 인형에 영혼이 깃들어 소통하듯. 이것은 하모니가 만들어 내는 기적이었다.

바로 이 순간, 소녀의 연주는 말을 넘어섰다. 그러나 그 신비로움에 의미를 두는 어른의 이성은 없었다.

즐거움에 춤추고 노래하며 함께 어울리는. 벽 너머의 장필모조차 어깨를 들썩이게 하는 소녀의 이야기가 펼쳐지는 시간이었다.

이튿날, 학교에서의 첫 번째 수업은 미령이가 가장 좋아하는 음악 시간이었다. 미령은 살짝 화장실에서 쉬는 시간 대부분을 보내다가 음악실로 향했다.

"어?"

세면대에서 손을 씻다가 괜히 어깨를 으쓱였다.

'또 왔네?'

습관이었다. 예전, 친구들과 친하지 않던 때는 교실에 같이 있기보다는 혼자 있는 게 편했다. 그래서 학교에서 조용히 있을 곳을 찾곤 했는데 그 습관을 아직 벗어던지지 못한 것이었다.

하지만 그때와 분명히 다른 부분이 있었다. 예전에는 불편해서 피했었지만, 지금은 아니라는 사실. 더는 눈치 보지 않는다는 점이었다.

'얼른 가야지.'

빨리 뛰어가 음악실의 문을 열었다.

서른 명의 아이가 재잘거리고 있는 음악실. 친구들을 향해 손 흔들려던 미령이는 문득 천장을 바라보았다.

오랜만에 피아노를 실컷 쳐서일까? 세라핀 언니가 떠나고부터 잘 보이지 않던 것들이 눈에 들어오고 있었다.

몽실몽실한 구름이 되어 떠다니는 음표는 콧노래를 흥얼거리는 혜진이가 날려 보낸 것이다. 바람만 잘 불어 주면 샤인걸스의 노래보다 더 높고 멀리 날아갈 수 있을 만큼 예쁜 구름이었다.

구름 음표를 날려 보기 위해 손부채를 흔들었다. 바람이 닿지는 않았다. 의자 위에 올라가 손을 휘저어 보고 싶었지만, 꾹 참았다.

그때.

툭.

어디선가 쪼르르 밀려 나온 구름이 팔뚝에 닿았다. 병아리처럼 귀엽게 생긴 모양이다.

고개를 돌리니 짝꿍 은영이가 초롱초롱한 눈으로 준후를 부르는 것이 보였다. 병아리 구름이 날개를 파닥이며 다가갔지만 준후의 등에 부딪혔다 다시 밀려났다.

'우와!'

미령이는 놀라고 말았다.

저건 노랫소리가 아니었다. 그냥 준후를 부르기 위해 목소리를 높인 것뿐이었다.

'귀엽게 생겼어!'

호기심이 생긴 미령은 손을 뻗어 병아리 구름을 살짝 밀어 보았다.

두둥실 날아간 구름이 준후의 귀에 닿았다. 그러자 준후가 눈을 반짝이며 은영이 말에 귀를 기울였다.

"이야아~"

두 사람의 모습을 지켜보던 미령이의 눈이 반짝거렸다.

전에는 아무리 손을 대도 움직일 수가 없었다. 진작 만질 수 있는 걸 알았으면 세라핀 언니도 예쁘게 화장시켜 줄 수 있었는데.

이번엔 반장 정수가 만들어 낸 구름을 매만졌다. 개구리 구름이 폴짝폴짝 뛰어 명환이의 머리에 척! 올라섰다. 둘은 서로를 보며 킥킥 웃어 댔다.

'이거 무지 재밌는데?'

미령이의 손길이 바빠졌다. 쉴 새 없이 구름이 오가는 사이 아이들의 재잘거리는 소리에도 서서히 운율이 감돌았다. 정신없이 떠들고 있음에도 누구 하나 시끄럽다고 느끼지 못할 정도로.

드르륵.

음악 담당인 한은주 선생이 문을 열자 교실 안을 떠돌던 구름이 옅어졌다. 미령이는 그것을 아쉬워하며 단상에 시선을 집중했다.

"이번 시간은 학예회 연습을 할 거예요. 다들 악기 준비했죠?"

탬버린과 캐스터네츠, 트라이앵글을 손에 쥔 아이들이 한쪽에 앉았다. 리코더와 실로폰도 모여 앉자 한 선생이 미령이에게 손짓했다.

"이리 오렴."

한 선생이 악보 하나를 피아노 위에 올렸다.

"합주용으로 편곡한 거란다. 친구들이 들을 수 있게 먼저 멜로디를 쳐 주겠니?"

미령이는 고개를 끄덕이고 건반에 손을 올렸다. 반 친구들의 눈이 모두 모이자 괜스레 긴장됐다.

은영이가 잘하라는 듯 '힘내~'라는 목소리가 담긴 병아리 구름을 날려 보냈다.

"미령아, 하나, 둘, 세엣~"

한 선생의 박자 신호를 시작으로 미령이의 손끝이 움직였다.

띠링.

부드러운 파동이 공기 중에 흩어졌다. 미령이는 그것을 보고 긴장했던 마음이 두근거림으로 바뀌는 것을 느꼈다. 손끝이 물 흐르듯 다음 건반으로 향했다.

네 마디의 전주가 흐르고, 미령이는 아이들을 바라봤다. 음악 선생님이 들어오고 나서 옅어졌던 구름들이 다시 뭉실뭉실 크기를 더해 갔다.

피아노의 음을 따라 미령이의 즐거운 감정이 흘러나왔다.

'같이 놀래?'

아이들의 눈빛이 달라졌다. 이 피아노를 따라가면 그저 즐거울 것 같다는 기대감이 일었다. 가장 가까이에 앉아 있던 아이들이 리코더를 입에 물었다. 아무런 연습도 하지 않고, 노래조차 몰랐으나 상관없었다.

피아노에 리코더의 울림이 더해졌다.

'너희도 들어와!'

탬버린과 캐스터네츠가 이에 뒤질세라 흥겨운 리듬으로 화답했다. 실로폰과 트라이앵글이 가세해 청량감을 더했다.

손으로 박자를 그리고 있던 한 선생은 난데없이 시작된 합주에 눈이 커졌다.

"이게 무슨⋯⋯."

한 선생은 편곡과는 전혀 다른 음악이 진행되고 있음에도 제지할 수가 없었다. 아니, 오히려 박자에 맞춰 손이 마구 춤을 췄다.

미령이는 만족한 표정으로 풍성한 흐름을 이어 나갔다.

템포도, 강약도, 심지어 음계까지도. 모든 것이 중구난방인 합주. 그럼에도 보이는 모든 것이 아름다웠다. 피아노의 리드만 따르면 어떤 소리를 내도 흥겨움이 가득했다.

'좋아, 애들아! 내일 또 하자!'

다음 날도, 그다음 날도. 음악 시간은 학예회 연습이 아니라 즐거움이 가득한 합주 놀이 시간이 됐다.

음악 시간에 한껏 기운을 쏟은 탓인지 다른 시간에 좀 지치는 기색을 보였으나 미령이는 그저 즐거워서 이 부분에 대해 깊게 생각하지 못했다.

그러던 합주연습 4일째였다.

오늘도 미령이의 피아노 소리가 음악실에 울려 퍼졌다. 악기를 손에 쥔 아이들이 일순 미령이의 얼굴에 시선을 집중했다. 그러나 그뿐. 아이들은 연주를 시작하지 않았다.

"너희들 왜 그래?"

피아노 소리만 나직하게 흐르는 가운데, 미령이는 맨앞에 앉은 짝꿍 은영이를 향해 물었다.

"왜 그러는 거야?"

대답이 없는 짝꿍.

미령이는 피아노의 음에 강제로 리코더의 화음까지 더했다. 리코더를 든 아이들이 멈칫하다 서서히 따라왔다.

왁자지껄한 탬버린. 정신없는 캐스터네츠. 톡톡 튀는 실로폰. 고운 떨림의 트라이앵글까지. 미령이의 피아노에서 수많은 소리의 파동이 뿜어져 나왔다.

조금씩 활기를 띠어 가는 음악실.

그때였다.

미령이의 입가에 웃음꽃이 피려는 찰나, 앞자리의 아이들부터 픽픽 고개를 숙이기 시작했다. 그러나 악기를 연주하는 손은 그대로였다.

마치 팔만 연결된 꼭두각시 인형처럼 고개는 들지 못한 채 힘겹게 손만 움직이는 모습이었다.

"얘들아……."

결국, 피아노 소리가 멎었다. 미령이는 멍하니 친구들을 바라봤다. 그제야 보이는 친구들의 표정들.

소리는 생기가 가득했지만 정작 얼굴에는 아무런 색도 보이지 않고 있었다.

생동감이 없는 것이다.

드르륵.

자리를 비웠다가 막 돌아온 한 선생은 아이들이 잠을 자는 것을 보고 눈썹을 치켜떴다.

"다들 일어나세요. 수업 시간에 자는 거 아니에요."

한 선생이 단상에 서서 손뼉을 쳤다.

"어?"

"선생님, 언제 오셨어요?"

기절한 듯 눈을 감고 있던 아이들이 하나둘 고개를 들었다. 방금 무슨 일이 있었는지 전혀 기억을 못 하는 듯 어리둥절한 표정이었다.

"그게 무슨 말이니?"

한 선생은 한낮의 노곤함 때문에 졸았겠거니 대수롭지 않게 여겼다. 그녀는 여느 때처럼 음악의 아름다움과 즐거움을 보여 주는 천재 소녀의 이름을 불렀다.

"시작해 볼까, 미령아?"

한껏 기대감을 담은 따뜻한 목소리였다. 보여 주는 관심에 평소의 미령이라면 기쁘게 대답했을 것이다.

하지만 지금 소녀는 머릿속이 엉킨 실처럼 어지럽고 복잡했다.

"이상해요."

미령이는 창백한 얼굴로 한 선생을 바라봤다.

"구름이 보이지 않아요."

"구름?"

"소리 구름이요."

다급하기까지 한 미령의 모습에 한 선생이 되물었다.

"소리 구름? 그게 무슨 말이니?"

미령이는 고개를 흔들었다. 말로 해서는 한 선생님께 설명할 수가 없었다. 저건 자신밖에 보지 못하는 거니까. 음악실 안의 누구도 어제까지 내보이던 소리 구름을 내보이지 못했다.

"시간이 많이 지체됐어. 어서 시작하렴."

'이러면 안 되는데…….' 하는 생각이 들긴 했지만. 선생님의 지시는 따라야 했다.

미령이는 어쩔 수 없이 피아노에 손을 올렸다.

띠링.

여느 때와 다름없는 부드러운 소리가 음악실 안을 울렸다. 그녀는 어제와는 다른 마음으로 간절히 불렀다.

'나하고 놀자!'

퍼져 나가는 음의 형태를 보며 마음의 안정을 찾아가던 소녀. 하지만 조금 전처럼 이상한 일이 또 생기고 말았다.

미령이는 하나둘 눈이 감기는 친구들의 모습에 피아노에서 손을 떼고 말았다.

음악실에 정적이 찾아왔다.

'나와 놀기 싫은 거야?'

미령이는 눈물이 그렁그렁한 채로 일어섰다.

미령이는 교회의 피아노실에 들어가 펑펑 울었다.

음악 시간이 끝나고 아무 일 없었다는 듯 행동하는 친구들. 피아노 애기를, 합주 애기를 꺼내면 알아듣지 못하고 자꾸만 딴소리하는 친구들 틈에서 혼자가 된 것만 같은 기분을 느껴야 했다.

한동안 무슨 말을 꺼내야 할지 갈피를 잡지 못했다. 평소의 얘기를 나누며 억지로 시간을 보냈다. 그리고 이곳에 도착하자마자 왈칵 눈물이 쏟아 냈다.

같이 연주하고 싶었을 뿐인데.

좋아하는 소리를 내며 함께 연주하고 싶었을 뿐인데.

퉁퉁 부은 눈으로 고개를 든 미령이는 피아노 선반 위에 앉아 있는 두 친구를 보며 눈물을 닦아 냈다.

'그래도 너희는 놀아 줄 거지?'

미령이는 울적한 기운을 달랠 겸 피아노 건반에 손을 올렸다. 밝은 음이 나오지는 않았지만 잔잔한 음이 방 안을 맴돌자 기분은 조금씩 나아졌다.

[미령아.]

미령이는 귓가를 간질이는 속삭임에 주위를 두리번거렸다. 아무것도 없는데 목소리가 들린다.

[여기야.]

선반에 시선이 닿은 미령이는 입을 벌리고 말았다.

멍롱이와 묘롱이 사이에서 손가락만 한 인형이 손을 흔들었다. 양복을 쫙 빼입고, 중절모에 나비넥타이를 맨 신사였으나 얼굴이 몸 크기인 이등신 다람쥐였다.

"넌 누구니?"

[글쎄, 이름은 아직 없어.]

"내가 지어 줄까?"

[다롱이는 안 돼.]

"으음……."

다람쥐는 선반에 걸터앉아 팔짱을 꼈다.

[세라핀보다 품위 있는 걸로 지어 줘 봐.]

"너는 언니처럼 날개가 없잖아."

[이런 거?]

다람쥐의 등 뒤에서 갈색 날개가 솟아올랐다.

"우와아!"

[훗.]

별거 아니라는 듯 어깨를 으쓱해 보이는 다람쥐. 그래 봤자 인형 등에 깃털 몇 개 덧댄 것에 불과하지만 미령이는 대단하다는 듯 감탄을 연발했다.

"케로빔 어때?"

[케로빔? 이유가 뭐야?]

"머리가 동글하잖아."

[어디서 들어 본 이름 같은데. 만화 주인공 아니야?]

"아니야, 조금 달라. 천사라구."

미령이의 눈동자엔 어느새 호기심만 가득했다.

[뭐, 네가 그리 부른다면야. 이름이 중요한 게 아니니까.]

"좋았어, 케로빔 중사!"

[어이! 천사라며!]

"왠지 이게 더 부르기 좋잖아?"

[아니라고!]

고개를 설레설레 흔들던 다람쥐는 눈물이 아직 마르지 않은 미령이의 눈을 보고는 휘휘 고개를 저었다.

[에이 씨!]

케로빔은 똑바로 서서 미령이에게 척 하니 경례를 올려붙였다.

[충성!]

"헤헤."

머리를 긁적이는 미령이를 보며 케로빔은 혀를 찼다.

[잘 들어. 나는 new century로 떠난 셰라핀 언니의 부탁으로 찾아온 거야. 이쪽 세계에서는 너와 온전히 대화할 수 없어서 인형의 몸을 빌려야 했지.]

케로빔이 선반에서 뛰어내려 피아노 건반 위에 섰다.

[셰라핀 언니의 부탁이 무어냐? 그건 바로 오늘 음악 시간에 생긴 일 같은 걸 또 겪지 않도록 널 돕는 거야.]

낮의 일이 떠오르자 미령이의 표정이 어두워졌다.

"친구들이 내 피아노를 싫어해."

[아니. 그건 음악에 대한 너의 깨달음을 그들이 따라오지 못…….]

케로빔은 갑자기 동작을 멈추더니 입을 가리고 뭔가를 웅얼거렸다.

[다시 말해 줄게. 네 친구들은 너처럼 매일같이 음악을 즐기며 놀 수 있는 상태가 아니라서 그래. 3일이나 널 따라 하느라 지쳐 버렸거든.]

"지쳐?"

[격이 다른 네 명령 때문에 모든 활력을 소모…… 아, 이건 어떻게 풀어야 해.]

케로빔이 입을 가리고 중얼거렸다.

[……씨가 직접 말해 봐요. 아아, 알겠어요, 알겠어.]

헛기침을 몇 번 한 케로빔은 뭉툭한 손을 들어 중절모를 고쳐 쓰고 말했다.

[세라핀이랑 네 반 친구들은 달라. 그 애들은 세라핀처럼 예쁘게 화장하길 원하지 않거든. 그걸 강제로 꾸며 주면 오늘 같은 일이 생겨 버려.]

미령이는 잠시 고민하더니 물었다.

"같이 연주하지 말고 내 피아노만 치면 된다는 거야?"

[비슷해. 네 음에 억지로 끌어들이지만 않으면 친구들이 갑자기 잠들거나 기억을 잃는 일은 없을 거야.]

"그랬구나."

케로빔은 폴짝 뛰어 건반의 한 음을 눌렀다.

[뭔가를 전하고 싶으면 그냥 손끝에만 담아. 주위로 퍼져 나가는 파동에까지 마음을 담으려 하지 말고. 그래야 그 소리를 들은 친구들이 널 자연스럽게 대할 수 있어.]

"손에만 담아?"

미령이가 고개를 갸웃했다. 케로빔은 한숨을 짧게 쉬고 말했다.

[음이 여기저기 날아다니는 걸 모두 움직이려고 하지 마. 화장을 해 줘서 친구들이 자유로운 소리를 낼 수 있게 도와주는 건 중요하지 않거든. 그냥 너의 소리만 내면 돼.]

"잘 모르겠어."

[걱정하지 마. 할 수 있어. 오늘 한 것보다 훨씬 쉬워. 넌 음악에 관해서만큼은 자유 그 자체니까.]

케로빔이 미령이의 손가락을 다독여 주었다.

미령이는 마음이 편안해지는 것을 느끼며 싱긋 웃었다.

"셰라핀 언니는 잘 있어?"

[네 덕분에 new century에 들어가 살판났지. 정령이 살기에는 저쪽이 훨씬 좋거든.]

"캡슐방 가면 셰라핀 언니를 또 볼 수 있을까?"

[그럴 거야. 실제 말도 나눌 수 있게 내가 정령통역 스킬도 붙여 줄…… 이 정도 했으면 그만 봐줘요. 아, 몰라, 몰라!]

케로빔이 손을 흔들었다.

[이제 가 봐야겠다. 일 생기면 또 놀러 올 테니까 앞으로는 울지 마~]

"고마워, 케로빔 중사."

[충성! 그런데 천사 맞는 거지?]

"응!"

내심 찜찜한 다람쥐였다.

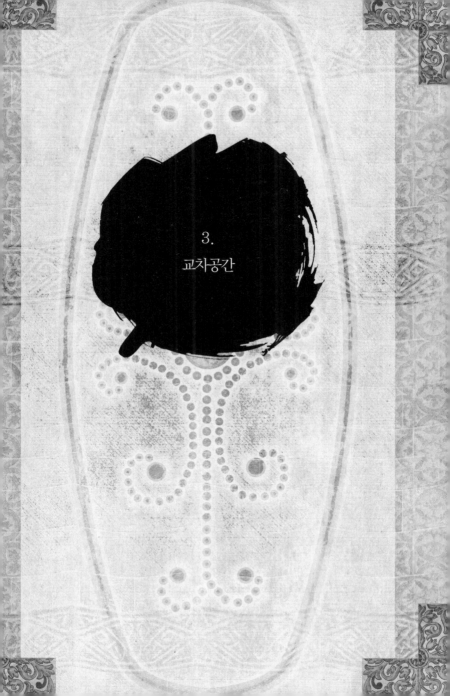

3.

교차공간

현실에 충실한 시간이었다.

스무 날이 흐르며 그동안 참으로 바쁜 시간을 보냈다. 가까운 거리는 달리기를 터득할 겸 폭발적으로 달렸고, 바다를 넘어 해외로 가야 할 때는 개인 비행기를 애용하며 보냈다.

그간 일찍이 인을 찍어 두었던 능력자들도 방문했고 양혁수도 보았으며 선구자라는 이름으로 초인들의 사회를 구상 중인 어린 클라우드도 방문했다.

닭살스럽게도 이상현. 즉, 나를 신으로 모시는 새 종교를 만들어 아메바들을 모조리 신자로 삼아 버린 외팔이 신진권 교주 역시 확인했다.

그러나 전과는 달리 특별히 강력한 제재를 가하지는 않았다. 아랫동네 윗동네에서 물총 싸움을 하는 아이들의 볼기를 때리는 나쁜 어른이 될 수는 없었으니까.

'수준이 맞아야 걱정도 하는 거지.'

적어도 이용택 관장이나 강유나 정도는 돼야지, 이제 갓 뭐 좀 해 보겠다고 아이들의 장난감마저 뺏어야 쓰랴.

가끔 강력한 힘으로 쓸 겸 륜이나 회수해야지 그 외에는 애들은 애들끼리 두기로 했다.

'73번째 능력자는 아예 잠적을 해 버렸고.'

살기 위해 숨은 것은 잘한 선택이지만, new century의 접속 없이 과연 무슨 수를 쓸 수 있으랴. 시한부 생명일 뿐이다.

이블린이 불치병과 민주적인 정책 등에 대해 여러모로 생각하는 듯하니 그저 힘을 실어 주는 것으로 나는 현실세계에 대한 정리를 마쳤다.

처음 정혜란과 한나, 이블린을 비롯한 가족들이 피해를 볼까 걱정했는데 막상 돌아본 현실의 세상은 참으로 쉽고 안전한 곳이었다.

신진권과 강유나 이상의 적이 없음을 확인한 시간이었다.

❈　　　❈　　　❈

new century의 극지다. 나는 눈바람 휘몰아치는 설원을 달렸다.

도망치는 곰을 포착, 살의를 줄기줄기 뿜으며 온몸의 힘을 한데 모아 달려들었다. 그리고 내려치는 주먹에 곰의 두개골이 그대로 함몰됐다. 이제는 매우 익숙하고 몸에 익은 움직임이다.

그때 펜던트가 반짝였다.

[스킬창에 변화가 생겼습니다.]

[스킬 : 질충 습득!]

혹시나 하며 한 행동이 드디어 보상을 받았다.

"좋아, 예상대로군."

결빙의 류, 한바를 보고 얻고자 그토록 힘썼던 스킬이 탄생했다. 본래라면 new century의 시스템보다도, 그 관리자인 강유나보다 격이 올라 더는 스킬을 얻지 못하게 된 나이지만 이곳에서는 달랐다.

하나. 펜던트가 강유나로부터 독립되어 내게 종속되었고.

둘. 질충의 요체가 워낙 단순명쾌하고 내가 완벽하게 분석했기에 익히기 수월했으며.

셋. 가장 중요한 핵심! 그것은 new century의 세계가 평면적이고 이곳이 북극이라는 사실이었다.

곤바로스의 유물을 수습한 강유나의 지혜는 대륙에 머물렀지만, 나는 그 바깥의 공간에서 새롭게 격과 극의를 쌓고 있었다.

그 파급력은 라탄트라의 퀘스트를 진행하며 새로운 종을 만들어 낼 정도. 그렇기에 곤바로스의 힘은 오롯이 내 격의 하위 카테고리에 들어갔다.

즉, 나를 확실하게 보조하는 인공지능 컴퓨터를 얻은 셈이다.

'이용택 관장이 어떤 식으로 막아 낼지 기대된다.'

달리기가 아닌 전력을 다한 돌격형 스킬인 질충은 말 그대로 질주하여 가속도를 실어 강력하게 충돌하는 기술.

조금만 더 연습하고 이번 접속을 마칠 때는 이용택 관장에게 제대로 선보일 생각이다. 그가 약간이라도 당황할 것을 생각하니 괜히 즐거웠다. 깜짝 이벤트를 준비하는 기분이다.

'오늘 사냥까지 잘 마치면 금상첨화겠지.'

나는 지도를 띄워 위치를 확인했다.

처음 43곳이었던 빈자리가 32곳이 되어 있었다. 그간 열심히 다니며 11곳을 점령한 덕분. 그간의 고난으로 환혼령주를 7개째 완성해 가고 있었다.

다음 목표는 꽤 컸다.

북해를 넘어 도착한 곳에 우뚝 솟은 거대한 나무. 이름하여 천공수(天空樹).

거대한 빙하에 뿌리를 박고 구름까지 하염없이 높게 치솟은 이 나무가 12번째의 목표지였다.

환혼력에 비견되는 싸늘한 냉기. 짙푸른 기류가 스멀스멀 다니는 나무의 하얀 뿌리에 올라 나는 펜던트를 가져다 대었다. 한참의 시간 이후 펜던트를 통해 정리된 정보가 떠올랐다.

학명 : 천공수(天空樹) : 樹木

이름 : 루두무라스

중요도 : ☆☆☆☆

[기록]

세계의 끝. 북쪽에 자란다, 전해지는 전설의 나무로서 [승급의 신, 루두무라스]의 이름과 함께 구전되었다. 후일 '초월의 제단', '하늘 계단'이라는 뜻으로 직역되기도 하는 이 나무는 세계에 바닷물이 생성되는 태초의 구멍을 틀어막아 그 물줄기를 양분으로 삼고 천공에 구멍을 뚫어 하늘과 땅을 잇는다 한다(그 시초의 길에 모든 것의 시작이 있다고도 하지만, 근거는 어디에도 없다).

지적 생명체가 살 수 없는 북극의 끝에 자란다는 믿을 수 없는 소문만 남아 그 존재의 허구성을 더욱 증폭시킨 천공수는 오직 이야기만 남아 실체를 본 이는 존재하지 않는다.

[개정]

확인한 바, 전설에 과장은 있으나 세계의 끝에 존재한다는 것 극지의 특이 마력으로 비정상적인 성장을 했다는 것

기생하는 변종 몬스터와 곤곤 열매의 수가 상당하다는 것 나무의 끝에 알 수 없는 비밀이 있다는 것을 확인했다.

앞의 10곳이 적당한 보스 몬스터와 특이한 물건이 있는 장소였다면, 이곳은 그런 곳 수십 개는 합쳐 놓은 대규모 던전이다. 바벨탑이 실존했다면 저와 같을는가.

높이도 높이지만 넓이가 실로 장난이 아니었다. 현대의 어떤 건축물보다도 더 크고 높은 나무.

북극이 아닌 중부 대륙에서도 보일 만큼 거대했는데, 막상 근접해야만 모습을 드러내는 신비로운 천공수였다. 나는 환혼력을 비롯한 령주를 손으로 굴렸다. 그리고 새로 얻은 힘을 점검한 뒤 발을 디뎠다.

나무를 오르는 일은 매우 천천히 이루어졌다.

라탄트라의 퀘스트를 이행하는 것은 물론, 내게 큰 도움이 되는 일이다. 그러나 new century의 세계를 탐험하며 각종 신비를 깨우치는 것은 그보다 더욱 중요한 일.

좁은 공간에 온갖 몬스터들만 가득한 곳이라면 쉬이 박멸했을 것

이나 천공수라면 얘기가 달라진다.

다가가며 알 수 있는 사실은 이 거대한 나무는 그 자체로 놀라운 생태계를 생성하고 있다는 것. 저 심해에는 뜨거운 해류라도 흐르는 걸까.

설혹 용암을 원천으로 삼는다손 치더라도 따끈따끈한 지표 위에서 멀쩡한 나무라는 것은 정말이지 생각 외였다.

'잘 찾으면 문명도 있으려나.'

하다못해 말이 통하는 무언가라도 있으리라는 기대가 든다. 그렇다면 우호적인 상황에서 대화하는 것이 좋을 터. 나는 '평화의 불씨'를 피우고 걸었다.

발끝으로 닿는 두터운 눈이 점차 사라졌다. 녹아서 줄줄 흐르지는 않았지만, 경계를 넘을 때마다 기온이 턱턱 낮아졌다.

접근할수록 따스해지는 공기. 걸음마다 펜던트가 번쩍이며 정보를 취합했다.

[신체에 급격한 변화를 일으킬 것으로 추정되는 특이 마력의 접근을 확인했습니다.]

[수용하겠습니까? 저항하겠습니까?]

펜던트의 경고와 마찬가지로 마력을 보는 나의 눈이 꿈틀거리는 이질적인 마력들을 보았다. 현실에서 new century로 접속할 때처럼 경계를 두고 백마력이 크기와 색채를 바꾸며 변이하고 있었다.

물러서며 펜던트를 접속했지만 강한 경고 메시지만 보일 뿐, 정보를 얻는 데는 실패했다.

'……우선은 피하자.'

급격한 신체의 변화가 무엇일지 섣불리 짐작되지 않았다. 확실한 것은 내 예상을 뛰어넘을 수 있다는 사실.

마력에 대해 저항할 수 있다손 쳐도 그 후유증으로 인간이 아니게 될 수도 있는 일이다.

능숙하게 쇼크웨이브를 두르며 보이는 특이 마력을 피했다. 숨 쉬는 것조차 조심하노라니 물뱀처럼 움직이는 특이 마력이 저만큼 멀어졌다.

나무에 접근할수록 완연한 봄 날씨가 되었다.

평온함을 음미하는 내 눈에 무언가가 보였다. 마술처럼 눈 깜짝할 사이에 불쑥 나타난 그것은 아름다운 꽃밭과 천진난만하게 뛰어노는 아이들이었다.

그들은 두 개의 눈 이외에 이마에 하나의 눈을 더 갖고 있었다. 특이한 일은 덩치가 대단히 크다는 것.

'거인 족에도 급이 있나 본데.'

성큼 다가가니 풀이 내 키보다 크고 꽃은 건물 간판만 해졌다.

까르르 웃는 아이의 몸은 작은 집과 비견될 정도였다. 엉금엉금 기는 아이보다 큰 뛰어노는 아이는 그 자체로 보스 급 두두보다도 거대했다.

부드럽고 깨끗한 피부. 성장기가 끝나기는커녕 오지도 않았다는 표현이 맞을 어린아이.

그중 한 갓난아이가 엉금엉금 기어와 내게 손을 내밀었다. 평화의 불씨를 쥐려다가 나를 발견하곤 눈동자를 데굴데굴 굴린다.

"아부우~"

혀 짧은 소리를 내며 큼직한 손이 나를 잠자리 잡듯 움켜쥐려 했다. 슬쩍 피하자 까르르 웃었다.

곧 아이가 양손으로 잡으려 들었다. 그리고 이 작은 소란을 알고 하나둘 모여들었다.

'이거 곤란한데……'

평화의 불씨로는 어쩌지 못할 적이 나타났다. 때려잡는 것은 일이 아니지만, 그래서야 말이 통하는 이를 만나도 대화를 하기 껄끄러워진다.

우선은 더 피하기로 했다.

—우브!

호기심. 즐거움.

그 두 가지로 무장한 아이들이 나를 쫓았다. 적대적 의도라고는 조금도 없는 아이들의 모습에 재빨리 풀숲 사이로 숨었다.

나무로 향하는 걸음걸음마다 점차 거대해지는 초목들 사이로 꾸물꾸물거리는 지렁이와 곤충들도 보였다.

물컹하고 질척한 촉감. 땅의 느낌이 이상하다.

'뭐지?'

생김새가 기묘했다. 지렁이의 몸통으로 갑각류와도 같은 다리가 나 있고 식물의 뿌리는 연체동물의 다리처럼 스멀스멀 움직이며 흙을 강하게 움켜쥐었다.

그리고 돌과 흙의 작은 알갱이들은 익숙한 잘린 몸. 팽창한 육체. 일그러진 얼굴 등 황색과 잿빛의 찌꺼기들이었다.

그 뒤로 천사 같은 표정의 순진한 아이들이 우르르 달려왔다.

나는 아이들이 모여 있던 근처를 지나며 낱낱이 해체된 곤충과 병아리와도 같은 작은 동물의 잔해를 발견할 수 있었다.

"가히 지옥이구나."

슬며시 평화의 불씨를 치웠다. 곧 잠잠했던 흙의 입이 내 종아리를 깨물고 식물의 촉수가 쇠꼬챙이처럼 곤두섰다.

평화의 불씨를 비추자 와락 깨물었던 흙이 떨어지고 물에 젖은 해초처럼 풀뿌리가 평화롭게 하늘거렸다.

후웅—!

풍류보를 밟자 둔중한 파공성과 함께 있던 자리의 풀들이 와르르 몸을 숙였다. 까르르 웃으며 흙더미를 던지고 막대기를 든 아이들이 어느새 근접해 있었다.

펜던트에 흙이 닿자 떠오르는 메시지.

[재료 확인 : 확인된 등급 이외의 역변의 흙을 발견하였습니다.]

[분석 및 연금 과정을 통해 기존의 재료(역변의 흙)를 한 등급 올릴 수 있습니다.]

[재료 분석 중…… 정지 상태에서는 더욱 원활한 처리가 가능합니다.]

쓴웃음이 절로 나왔다. 이곳이야말로 라탄트라가 반길 최적의 장소가 아닌가. 그가 자신의 이론을 완성하고 즈운을 축조하지 않았다면, 그곳에서 만족하지 않았다면, 최북단인 천공수에 이르렀을 것이다.

아울러 알 것 같았다. 왜 천공수의 설명에 초월의 제단이자 하늘 계단이라 하는 언급이 있는지.

깨달은 연금술사들의 무덤이 즈운이었듯이 그 자리에서 만족하지 않은 초월자들이 이곳에 이르지 않았을까.

만약 라탄트라가 나를 만나지 않았다면, 불멸의 이름을 위해 노력하다 진전이 없었으면, 스스로 이곳에 이르렀을지 모른다는 생각이 들었다.

그때, 눈앞으로 특이 마력이 보였다. 호흡을 멈추며 몸을 트는 순간.

'뭔가 온다.'

본능적인 섬뜩함이 스쳤다.

자세를 낮추며 유수행으로 몸을 젖혔다. 동시에 머리칼이 무언가에 휘감겼다. 너무 튼튼해서 끊어지지 않은 탓에 몸이 빙글빙글 돌았다.

직접 잘라 내며 보노라니 아찔하게 스치는 것은 거대한 새의 발톱.

평화의 불씨는?

여전히 잘 타는 상태였다. 그럼에도 선공을 받았다는 뜻은, 이곳에서의 나는 적이 아닌 탓. 한낱 먹잇감에 불과하다는 것.

'대지의 뿌리!'

날갯짓에 날아간 몸뚱이가 그대로 땅을 굴렀다. 충격을 스킬로 분산시킴과 동시에 재차 풍류보로 추진력을 얻고 유수행으로 수풀 위를 밟았다.

혓바닥에 엉겨 붙은 흙더미를 뱉었다. 그러며 뒤를 보는데.

'큭……'

아이들은 조금 전의 새를 쫓느라 한창일 뿐. 나는 관심 밖이 되었다.

"이상한 나라에 와 버렸구나."

여기는 토끼가 말을 하고 허수아비가 움직이는 세계만큼이나 묘한 곳이었다. 먹이사슬의 최하층이 적대하고 상위 계층일수록 의식조차 않았다.

그런데 위험했다.

아득하게 머나먼 천공수를 올려다보았다.

암초처럼, 물뱀처럼 떠다니는 특이 마력 사이로 보이는 거대함. 지금이라도 저 마력을 받아들이면 내 육체도 어마어마하게 커지는 건 아닐까?

그런다면 저 나무를 오르는 일도 제법 수월해질 것 같았다. 반대로 발밑의 흙처럼 생태계 일부가 될 수도 있겠지만.

'해 봐?'

위험이 두렵지는 않았다. 그러나 거인화가 되면 나 역시 라탄트라처럼 현실을 버리고 다른 이상을 꿈꿀 수밖에 없으리라.

역시, 저 마력을 받아들이는 일은 하지 않는 게 좋겠다.

"여긴 나중에 다시 보자."

난도가 높으니 이곳은 마지막에 도전하기로 하자.

지도창에 표시했다.

우선은 남은 31곳을 점령하며 역량을 더욱 키워야겠다.

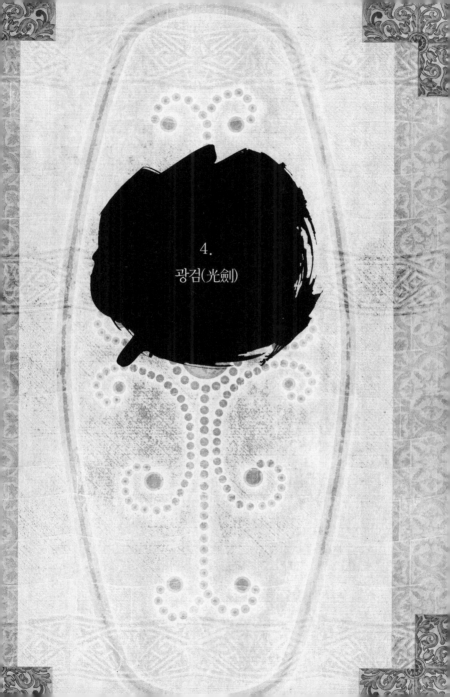

4.

광검(光劍)

접속을 마치고 현실에 도착했다. 시간은 자정(子正).

다른 때보다 접속을 일찍 마친 나는 식당으로 가 50인분의 식사를 했다.

야근 중이던 아바타 하인은 모두 전천후 일꾼들. 일류 요리사의 요리를 원하는 시간에 마음껏 먹으니 이만한 호사도 없다.

그러고 보면 참으로 꿈같은 생활이다. 부족한 것이 없지 않은가.

"우와~ 갑자기 웬 야식이래요?"

한나의 뜻밖의 등장.

"내일 학교 가야 할 텐데, 이 시간에 안 자고 있었니?"

'딸기 아이스크림 주세요~' 주문한 한나는 내 옆자리에 앉으며 몸서리를 쳤다.

"오빠가 몰라서 그래요. 그 언니가 얼마나 빠른데…… 으윽! 오빠한텐 비밀이라지만 이비 언니가 몇 번은 제대로 된 숨법을 쉰다고요. 이제 길을 트는 건 시간문제예요."

"따라잡힐까 봐 그러는구나?"

"피이~ 아직은 멀었죠! 아참."

딸기와 함께 한 숟갈을 떠먹던 한나가 휴대폰을 꺼내 내게 향했다. 그리고 찰칵, 사진을 찍고는 '아싸!' 하며 생글생글 웃었다.

"오빠 좋은 일 있었어요?"

"좋은 일?"

한나는 내 표정이 평소보다 좋아 보인다고 했다.

"음식이 맛있어서 그러나? ……평소랑 똑같은데요?"

항상 아바타의 요리를 먹던 그녀인지라 이제는 자연스럽게 입맛이 고급이 되어 있었다.

이 휘둥그레질 음식을 대수롭지 않게 평하는 그녀에게 나는 통고기를 꿀꺽 삼키며 답했다.

"지금이 좋아서 그래. 쉬고 싶을 때 쉬고, 먹고 싶을 때 먹을 수 있으니까. 보고 싶을 때 볼 수 있고, 하고 싶은 일을 마음 가는 대로 할 수 있는 것이 새삼 행복하더라."

"그게 왜요?"

현생에서는 당연하지만, 전생에서는 달랐다. 부모님이 계실 때는 알지 못했다.

언제고 아침을 먹고자 하면 차려 주시고 내가 입는 옷, 먹는 것은 언제나 있는 것들이었으니까. 나를 봐 주고 신경 써 주는 사람이 당연하기만 했었다.

그러나 사고 이후, 더 이어져 직장을 다니고 결혼을 하며 사회생활을 통해 겪은 현실은 참으로 건조했다.

깨끗한 옷은 언제나 있지 않았다. 세탁기를 내가 돌리고 다림질을 하며 전기세, 수도세 등의 모든 비용도 지불해야 했다.

아침이면 밥이 있는 것이 아니었다. 쌀을 사야 하고, 그 쌀로 밥을 짓고 쓰기 위한 돈을 벌어야 했다.

그러자면 가장 쉬운 것이 멀어진다.

아플 때 누워 있을 수 있는 것. 쉬고 싶을 때 쉬는 것과 먹고 싶을 때 먹는 것. 하고 싶을 때 할 수 있다는 것들이.

'많이 갖는 것이 아니라 원할 때 자유로이 할 수 있다는 것.'

무엇이든 가능하다면 그것이 행복이리라. 그렇기에 나의 행복이 타인의 자유를 침해하는지 나는 경계하고 주의했다.

이것이 내가 거울처럼 살며 주위의 사람들을 목숨처럼 사랑하는 이유였다.

"에이."

한나는 머리를 좌우로 흔들며 아이스크림을 먹었다. 나는 그녀가 아이스크림을 다 먹을 동안 남은 20인분의 식사를 삼켰다.

"안 씹고 먹으면 소화불량 생긴대요."

"나도 이런 식으로 먹어도 맛이 음미된다는 사실이 신기하더라."

스킬의 세계는 참으로 놀랍다.

"살 안 찌는 거 보면 부럽지?"

"그건 그런데…… 그 정도로 안 먹으면 힘들다면서요?"

"그렇긴 하지."

그건 싫다며 말하던 한나가 무슨 생각을 했는지 시무룩해했다.

"어휴. 난 요리 못하는데."

"괜찮아. 난 아무거나 잘 먹거든."

"그건 더 싫어요!"

"그, 그래?"

당최 어느 장단에 맞춰야 할지 잘 모르겠다.

피식.

"오빠 먹는 거 보기만 해도 배가 부르네요. 으으~ 그럼 내일 봐요~"

마지막 남은 한 숟갈을 입에 문 한나가 식당을 나갔다. 나 역시 그 뒷모습을 보며 절로 웃음이 나왔다.

별장 너머의 야산.

이곳이 그와 나의 대련 장소이자 수련장이었다. 제대로 된 장소를 만들려고 사실 무던히도 애를 썼는데, 전부 실패.

이용택 관장이나 내가 부딪치면 우선 모조리 박살 나고 보는 까닭에 건물을 세우는 것도, 땅을 다지는 것도 낭비라는 사실을 절감했다.

그래서 야산 그 자체로 두었다.

'어디 보자.'

사냥도 좋다. 그러나 천공수를 점령하기 위해서는 스킬을 재정비할 필요가 있었다. 나는 몸을 움직였다.

더 빠르게.

풍류보와 유수행은 더 오를 곳이 없는 경지다. 완벽하게 익혔기에 나의 몸은 바람과도 같고 흐르는 물과도 같았다.

변화와 흐름을 통해 자연히 빠름이 깃들었다.

그런데 한바를 통해 빠름 그 자체에 목적을 둔 움직임의 무서움을 실감했다.

덕분에 질주와 충돌의 합성 스킬인 질충을 얻었지만, 천공수의 거대 생명체들에게는 난항을 제법 겪었다.

현재의 몸으로 암초와도 같은 특이 마력들을 피하며 이 난관들을 돌파하는 건 만만찮은 일이었다. 평화의 불씨가 무력화된 마당에 온갖 것들의 공격을 이겨 내야 했다.

막강한 위력을 자랑하는 현실의 비전이 있기는 하지만 만에 하나, 특이 마력으로 몸이 거대해지기라도 하면 이 미션은 실패.

그렇기에 세 가지의 움직임을 모두 녹여야 했다.

질충의 속도로 풍류보의 변화를 내포하며 유수행의 흐름으로 조율하는 것.

'모순이지만, 해내야지.'

발상대로 이리저리 몸을 움직였다. 마력을 조정하고 배합을 달리하기도 하며 육체에 집중했다.

한창 그리 움직일 때였다.

꽃잎이 흩날렸다.

"가끔 그럴 때가 있지, 투박하나 경지를 넘어설 단초가 보일 때가."

아련한 향기와 함께 스러지는 보법. 백의 무복 차림의 이용택 관장이었다.

"꽃냄새가 마누라한테서 떠날 줄을 모르니, 원⋯⋯."

웃으며 휘휘 손을 젓는 그.

"그만한 기파를 사방에 뿌려 대니 내 잘 수가 있나."

툭툭 털며 잔향을 쫓은 그가 한 손을 내밀었다.

"오너라, 모두 받아 줄 테니."

"보여 드릴 것이 꽤 됩니다."

"얼마든지."

건조함이 사라진 그 미소를 보노라니 나 역시 같은 얼굴을 하고 있음이 느껴졌다.

환혼령주를 손에서 굴렸다. 그리고 즐겁게. 아낌없이 살의를 보냈다.

첫 번째 환혼령주를 거머쥐었다. 호캄의 종족 특성으로 익힌 쾌락 사냥의 기운을 타고 죽음의 눈이 뜨였다.

대상을 위축시키는 포식자의 눈이 이용택 관장의 결점을 찾았다. 마력의 흐름을 넘어 상대의 호흡과 심장의 박동을 읽었다.

내부와 내부를 완벽하게 읽는 살의의 눈이 알려 주었다.

허허롭게 서 한 손을 내민 그의 결점은.

ㅡ 없다.

보이지 않는다. 그렇다면 만들어 낼 수밖에.

시작은 질충.

최단 거리를 잇는 사선이 그어졌다.

이에 그의 몸으로 거대한 공간이 열리는 것을 목격했다. 일순간 이용택 관장의 몸은 넓은 통로가 되었고 도도하게 흐르는 마력이 범람하는 물처럼 넘쳐흘렀다.

수십, 수백의 투로가 실체를 가졌다. 마력을 동반한 선들은 그 자체로 파형을 그리며 일대를 쑥대밭으로 만들었다.

마력의 총량에 구애받지 않으며 드나듦에 구분이 없는 숨법의 2

단계.

공간격(空間擊).

'시작이라 그런지 가볍게 오시는군.'

그 자체로도 살상력을 갖춘 가공할 범위 스킬이지만 우리에게는 인사에 불과한 바.

환혼력을 가미한 쇼크웨이브를 몸에 둘렀다.

자세를 낮추었다. 은신했던 호랑이의 습격이다.

"사냥이라!"

대번에 진의를 꿰뚫어본 그. 공수가 부딪치기에 앞서 투로가 엉키며 힘을 겨루었다. 이윽고 그의 투로가 뭉개짐과 동시, 환상을 뒤따라 육신이 달려들었다.

"흡-!"

움츠렸던 무릎이 펴졌다. 쩌릿한 반동이 아련해지며 굉음조차 멀어졌다.

흐려진 시계(視界). 형체를 잃은 사물 속에 본능이 극대화되니 보이는 것. 그것은 따뜻하고 말랑하게 숨 쉬는 저 심장, 피부와 근육, 뼈로 보호되는 저것!

이에 이용택 관장이 우수를 거머쥐어 떨쳤다.

일점집중의 권.

포탄과도 같은 일격이었다. 일찍이 한바에게 했던 나의 대응과 같았다. 순간 당시의 내가 이용택 관장이 되고 한바는 나로 대치되었다.

나는 호캄의 몸짓에 충실히 따랐다.

우지직!

육신을 뒤틀었다. 목과 상체가 와락 꺾여 버리니 이는 인간으로
서는 불가능한 각도. 그러나 굴강의 호캄은 가능하다.

젖혀진 상체가 바닥에 닿을 듯 와락 꺾였다가 불끈 힘을 주자 용
수철처럼 튀어 올랐다. 질충의 타점은 이마로 집중.

타오를 듯 머리칼이 곤두섰다. 그 폭발력으로 공기를 때려 부수
며 파괴력을 꽂아 넣었다.

순간.

팔랑.

내 몸이 뒤집혔다.

체공한 채 거꾸로 보이는 그의 자세.

그 찰나에 제공권을 장악해 유수로 흘렸다? 이 파괴력을?

붕 떠오른 나를 향해 그가 오른손을 펼쳤다.

대수인!

"카!"

이대로 끝날쏘냐!

나는 머리를 젖혀 무게 중심축을 뒤로 두었다. 이에 뒤집혔던 몸
이 그대로 회전하며 두 발이 그의 턱을 향했다.

체조처럼 유연하며 부드러우나 내포한 역도는 가공할 수준.

지속성!

한바를 보며 놀랐던 질충의 효과였다. 스킬이 끝나기 전인 1회의
공격은 육신이 감당하는 한 이어진다.

과부하가 걸리긴 하지만 호캄이라는 종족은 능히 그 반동을 견디
며 특히 나의 굴강은 가히 불멸.

순간, 위험을 느낀 걸까.

이용택 관장이 자세를 바꿔 양손으로 둥근 원을 그렸다. 붉고 푸른 속성이 가미된 마력이 평형 상태를 이루며 중심축으로 검은 공간이 생겼다. 그리고 발과 부딪치는 순간 폭발!

아찔한 충격파가 몸을 휩쓸었다. 맨몸으로 철벽에 달려든 양 몸 전체가 쩌릿쩌릿했다.

이용택 관장 역시 백의 무복의 소매가 산산이 찢긴 상태.

"처음 보는 기술이군요. 비전을 복원하신 겁니까?"

"반탄이다. 두 제자를 가르치다 보니 절로 익혀지더군."

엉망이 된 지표에 착지하자 그는 양손으로 다른 원을 그렸다. 손가락의 움직임으로 교차하는 속성 마력이 한 손으로 검은 원, 다른 한 손으로는 백색의 원을 그렸다.

흡수와 반탄의 원이다.

"너야말로 별난 기술이구나."

"질충입니다. 최고의 사냥 스킬이지요."

그는 한차례 보여 준 뒤 팔을 돌리며 상처를 살폈다. 놀랍게도 피멍이 들어 있었다.

사실 그가 살아 있다는 것 자체가 기적이었다. 세계를 넘으며 절대적이기까지 한 법칙성을 갖는 것이 스킬의 위력이지 않던가.

필살의 의지로 작렬한 공세를 고작 저 정도의 상처로 받아쳤다는 사실이 대단한 것이었다.

하지만 그는 영 마뜩잖은 듯했다. 뜻밖의 피해에 외려 눈빛이 달라진다. 열기마저 감도는 강한 흥미.

"한 번 더 와 줄 수 있겠나?"

이에 나는 즐겁게 스킬을 사용했다. 절대로 죽지 않을 것이라는 보장. 그리고 기대 이상을 보여 주는 상대로부터 흥미를 끌어냈다는 사실이 매우 흥겹다.

죽음의 눈으로 적을 응시했다. 여전히 빈틈은 없었다.

그러나 반드시 죽인다는 필살의 의지로 온몸을 내던져 일격을 가하는 투로를 형성. 웅크렸던 온몸의 근육을 쥐어짜 단 일격에 파괴력을 극대화했다.

이에 이용택 관장이 부드럽게 손을 내밀어 손목을 빙글 돌렸다. 탄주를 하듯 움직이는 손가락의 흐름이 다섯의 흐름을 형성하고 손목이 비틀리며 더 크게, 팔꿈치의 관절을 따라 하나가 더. 총합 일곱 개의 반탄과 흡수의 막을 형성했다.

쨍! 쨍!

유리창처럼 부서지는 막들. 그만큼 튕겨 나오는 파괴력.

쩡! 쩡! 쩡!

밀고 들어가며 무호흡 상태에서 힘을 터뜨렸다. 인간과는 차원이 다른 육체가 요동치며 파탄 난 힘의 균열을 갈랐다.

죽음의 눈으로 보이는 적의 생명선을 찾아 폭포수를 뛰어넘는 연어처럼, 난폭한 맹수가 교활하게 살기를 발했다.

텅! 하니 백색의 원으로 파고든 주먹이 마지막 반탄의 막에 부딪히며 가일층 증폭됐다. 그 결과 이용택 관장을 목전에 두었던 내 몸이 다시금 뒤로 튕겨 나갔다.

"이제 이 스킬은 다 썼군요. 너무 빠른 것 아닙니까?"

벌써 공략 완료라니!

한 손으로 막아 내며 여유롭게 오른손을 흔드는 그에게 짐짓 투정했다. 진심은 아니었다. 이런 일이 한두 번이어야지. 지금도 저

손으로 후려치면 그대로 맞는 수밖에 다른 도리가 없었을 터다.

"두 번 당하면 창피할 일이지. 그나저나 질충이라……."

담담히 말하던 그가 고개를 까딱이며 몸을 이리저리 움직였다. 내게서 쓸 만한 스킬을 보면 언제나처럼 그 요체를 체화하기 위해 하는 일이었다.

일전에 평화의 불씨와 야영 스킬을 따라 하려다 좌절을 겪은 이후, 그는 그대로 흉내 내기를 포기했다. 대신 스킬의 특성을 고스란히 가져와 자신의 무술에 접목했다.

"이리했던가……."

읊조리매 사방을 점하던 투로들이 두텁게 모여들었다. 그로서도 쉽지 않은 작업인 듯 점차 반개하더니 아예 눈을 감아 버린다.

곧 기후가 바뀌었다.

바람이 일고 구름마저 요동칠 정도로 콸콸 유입되는 마력들. 오로지 그 혼자만이 쓰는 현실 세계의 마력이 망치가 되어 투로를 옆에서 후려쳤다.

깡-! 깡-!

쇠를 정련하듯 비집어 모난 부분을 때려 박는다. 그러며 각각의 투로로부터 인간의 형태가 사라지며 오롯한 의지, 상대를 쓰러뜨리고자 하는 투지만 남아 모여들었다.

'무겁다.'

피비린내 가득한 살의와는 다른 순수한 그것이 내 심장을 오롯이 관통했다.

일직선의 경로를 타고 삽시간에 그의 환영이 엄습!

깜짝 놀라 질충으로 응대했다. 투로가 교차하고 서로의 육체가 무자비하게 밀어닥쳤다.

이쪽이 가공할 완력과 파괴력이라면 이용택 관장의 것은 더할 나위 없이 예리하게 벼려진 검이다.

정확히 같은 곳, 같은 자세로 베는 백연격. 그런데 이게 웬일이랴. 합친 투로를 통해 반복되어 가른 공격이 하늘빛 창창한 검을 형성했다.

번쩍!

'괴물 같으니!'

대경하여 환혼령주의 비축된 환혼력까지 모조리 끌어 올렸다. 합장하듯 감싸 쥐자 광검이 싸늘하게 얼어 버리며 그의 손을 타고 허연 서리가 맺혔다.

힐끗 본 이용택 관장은 몰아지경!

"공의 투로…… 허의 초식이라……."

스스로 되뇌니 반개한 이용택 관장의 신형이 향기를 남기며 일대를 점령했다. 황홀한 변화의 절정. 풍류보의 완성된 모습이다.

각각의 상이 태풍의 핵이 되어 마력을 깡그리 끌어갔다. 풍류보의 변화가 더욱 가속화되기까지 했다!

'진화하고 있어.'

환장할 노릇.

내게 도움을 주겠다며 받아 주겠노라 하더니만 단박에 스킬을 훔치고 무아지경에서 경지마저 오르고 있다. 입장이 완전히 반대되었다.

'질충의 효과가 그만한 단초가 된단 말인가?'

아니다. 그런 생각을 할 순서가 아니다.

중요한 건 당면한 이 상황을 어찌하느냐는 것. 단순히 이겨서는 안 된다.

중요한 것은 무아지경에 빠진 그를 방해하지 않고 나도 살아야 한다는 것.

하는 수 없다.

나는 집중하는 한편 펜던트를 통해 에일락 반테스의 육체로 접속했다.

※   ※   ※

딸그락!

따닥!

권태로이 앉아 있던 몸을 움직이자 함께 죽어 있던 언데드 군대가 창칼을 움직였다. 말도, 손짓도 필요 없이 눈빛으로만 잠재운 그는 1,300의 지혜로 확장되는 거대한 인식의 과정을 거쳤다.

작은 의식의 촛불은 넘치는 지혜의 연료로 본신, 이상현의 상태와 당면한 에일락 반테스의 상황을 간파했다.

'훌륭한 적이군.'

잠시간 추억에 빠져들었다. 전장이 아니었다면 마음껏 검을 나누고 싶었던 이들. 그리고 숨 가쁜 전장이기에 더욱 치열했던 그들과의 생사투.

수염을 쓰다듬으며 너털웃음을 흘리다 칠흑의 어둠을 꿰뚫어 스스로 봉인한 출입구로 검을 뽑아 겨누었다. 오랜 세월을 함께한 그란디움 발베란의 검기가 석벽을 종잇장처럼 갈랐다.

일신이 빠져나갈 통로가 만들어졌다. 저벅저벅 걸어 나가노라니 넓은 공동으로 기묘한 쇳덩이들이 보였다.

'베제인'이라는 이름의 그것들 주변으로는 칠흑의 갑주를 입은 기사부터 뎅겅 잘린 모가지를 한 손에 들고 있는 언데드 등 온갖 몬스터들이 늘어선 채다.

한쪽에서는 미의 종족이라는 천족의 모습을 그대로 본떠 만든 스칼렛이 산적한 몬스터들을 상대로 스킬을 연마하고 있었다.

[밤늦은 시간엔 잠을 자야지요.]

다가가 말하자 그녀가 깜짝 놀란다.

"에일락…… 상현 씨?"

[이제 이름을 부르게 되었군요.]

고개를 끄덕이니 땀에 흠뻑 젖은 그녀가 쑥스러운 표정을 지었다. 몰래 게임을 하다 들킨 것이기에 민망할 터다.

"조금만 더 하면 쉽게 부를 수 있게 될 것 같아서……."

이해하는 얼굴로 고개를 끄덕였다. 그리고 하던 것은 마무리 짓는 의미로 대결을 지속하게 한 뒤 몇 가지를 조언해 주었다. 쉽사리 익히니 가르치는 맛이 있었다.

[배웠으니 익히는 것은 후일 해도 될 겁니다.]

격려하자 스칼렛은 저편의 침대로 가 재빨리 접속을 끊었다.

귀여운 처자다. 다시금 굳은 얼굴로 미소가 지어졌다.

가만, 처자?

나는 이상현인가, 에일락 반테스인가?

'모호하구나.'

그는 쉴 필요 없는 호흡을 의식적으로 마시고 내뱉었다.

작은 의식만 전해 온 탓일까. 마치 1%의 체감도로 접속할 때처럼 기이한 기분이었다. 상황을 면밀히 파악하고 있으나 관조자격으로 바라보게 됐다.

한창때 승리를 만끽하고 축제를 마쳤을 때의 고단함이랄까. 보이는 모두가 흐뭇하고 여유로우니 참으로 언데드가 되고서는 느껴보지 못한 미묘한 기분이었다.

그때 의식 너머로 다급해하는 본신의 모습이 보였다.

후후.

'재촉하기는.'

조급함은 파탄을 부른다. 더군다나 저와 같은 상대를 쓰러뜨리고자 하면 더 위기에 빠질 터, 가능한 한 마음껏 풀게 놓아둠이 옳으리라.

[천품의 무재는 모름지기 바로 죽여야 하는 법.]

수만의 목숨이 명멸하는 전장. 극한 상황에서 빛을 발하는 이들이 있었다. 모든 위기를 기회로 탈바꿈하는 선택받은 자들. 그 위험성을 누구보다 잘 알기에 자라기 전에 악착같이 목숨을 거두었다.

그것이 냉정한 전장의 도다.

허나,

'가족이라면 얘기가 다르지.'

이 얼마나 기쁜 일이랴.

그는 가진 바 스킬들을 조합하여 투로를 전해 주었다. 본신의 강력함은 유례가 없을 정도의 특이함에 있었다.

기존의 스킬은 물론이요, 새롭게 얻은 스킬들 역시 독특하다. 가장 큰 효과는 절대라고 해도 좋을 법칙성.

이를 잘 응용하면?

충분히 버틸 수 있다. 더 나아가 이용택의 경지를 더욱 자극하여 끌어 올릴 수 있으리라.

'좋구나.'

흥취가 일었다. 어디까지 쫓을 수 있을까? 평생을 이룬 무를 과연 저자가 얼마만큼 수용할 수 있을까. 군인이 아닌 무인으로서 보고 싶고 북돋아 주고 싶어진다.

스르릉—!

다시금 검을 뽑았다.

[나를 따라 하시게.]

공동을 벗어나 중턱에 올랐다. 일검에 평지를 만들고 환혼력으로 땅을 굳혔다. 그리고 보이는 적의 형상을 따라 몸을 움직였다.

세계를 격하고 에일락 반테스의 무가 고스란히 현실에서 펼쳐지기 시작했다.

✖   ✖   ✖

강물처럼 도도하게 흐르는 무의 이치. 현재의 내게는 모든 것이 깨달음인 지혜들이 밀려들었다. 하나하나가 내가 믿어 오고 쌓아 왔던 바를 허물어트리는 압도적인 가르침들이다.

무섭다.

'이럴까 저어했다.'

에일락 반테스로의 접속을 자제한 이유.

무작정 따르게 될까 봐, 스스로 잃게 될까 두려웠다. 그의 삶은 분명 도달해야 할 이상향과도 같은 위대한 업적이다.

그러나 이상현이 사라지고 현실의 에일락 반테스가 현신해 버린다면 어떻게 될까.

나의 평생보다 그의 삶과 경험이 더 짙고 풍부하다면, 내가 꿈이고 new century의 삶이 곧 현실로 여겨질 것이다.

그때였다.

[육신이 다르거늘, 존재가 합쳐질 리 있겠는가.]

저편에서 건너오는 기억.

그는 독자적으로 움직이다 죽은 공항에서의 아바타를 보여 주었다. 내가 의식하지 못한 도르도의 현재를 느끼게 했다.

자의로 움직이며 판단하는 그들은 분명 나와 다른 존재였다.

[혹 합쳐지면 또 어떤가. 영혼이 하나이며 기억은 상(狀)의 다른 모습이거늘.]

흩어져 있는 각각을 이은 빛줄기. 지류가 모여 본류를 이루듯 모두가 본신인 나의 육체로서 시작하고 귀결되었다. 나는 그제야 이해했다.

적이 아니다. 침해하는 귀신 따위가 아니었다. 이 하나하나의 모습이 바로 내가 보일 가능성의 시작이며 완성이기도 했던 것.

에일락 반테스는 그중 가장 크고 완벽하게 도달한 종착역의 하나라는 사실이었다.

'조급해할 필요가 없었구나.'

빗장을 열고 수용했다.

뇌리로 간단히 전해지는 스킬의 조합.

환혼력. 쇼크웨이브. 대지의 뿌리. 평화의 불씨.

대지의 뿌리로 몸을 굳힌다. 환혼력으로 내부를 채우며 쇼크웨이브로 표면을 두른 뒤 평화의 불씨를 비춘다.

정신없게 몸을 놀리고 맞상대할 필요가 무어랴. 적의를 없애고 무엇이든 밀치고 무엇이라도 얼리며 모든 충격으로부터 보호하는 스킬이 있을진대.

[자신을 신뢰하게.]

광검의 날카로움에 놀랐던 몸을 멈추었다. 과연 뒤따라오며 몰아치던 회오리가 비꼈고 벼락같던 검격이 간단히 튕겨 나갔다.

작렬하는 벼락 속에서 고요하게 서 있노라니 내가 서 있는 땅을 제외한 곳곳이 무너지며 산사태가 일었다. 나의 육신은 점점 파묻혔으나 고요함은 깨지지 않았다.

'어리석었다.'

스스로 법칙에 준한다 단정해 놓고는 왜 이리 경거망동했던가. 나는 이용택 관장에 대해 일말의 두려움을 가졌음을 인정했다.

그것이 급격한 성장과 함께 증폭하여 나의 냉정함을 앗았던 것이다.

공세가 무효화된 순간.

이용택 관장의 움직임이 바뀌었다.

교차하는 풍류보와 유수행이 일으키는 잔상이 뇌전을 남긴다.

유적에서 내가 익혔던 전천후의 공격형 보법.

"실체는 유구하되 의지는 관통하며 뇌광은 사위에 가득하리라."

유적을 통해 보보마다 환혼력을 머금었던 나의 것과는 다른 이용택 관장의 보법은 전광이 번뜩이며 천지를 일그러뜨렸다. 유입되는 막대 무비한 마력이 모두 광검이 됐다.

중심에 자리한 그의 몸은 빛으로 화해 번뜩일지니, 에일락 반테스가 웃었다.

[이제 그를 제대로 된 경지에 오르게 할 차례로군.]

풍류보의 변화가 유수행을 통해 방향성을 가졌다. 높은 곳에서 낮은 곳으로 흐르는 물의 이치.

꽈르릉―!

하늘이 무너졌다. 이만한 수에 어찌 대응하랴. 길이 보이지 않기에 나는 방어를 굳히고자 했다. 이 절대적인 굳히기를 현 세계에서는 결단코 침범할 수 없다.

이를 그가 만류했다.

[불가해는 몰아를 깨뜨리는 법.]

그래서야 이용택 관장에게 도움이 되지 않는다는 뜻.

세계를 넘은 시야의 저편에서 에일락 반테스가 검을 들었다.

[검로를 따라 의지를 구현할지니.]

잔영을 검술.

시작은 부드러우며 검은 유연하나 그 끝은 난폭했다. 처음 펠마돈의 비서를 접했을 때처럼 묵직하고 큰 것이 뇌리를 관통하였다.

솔직히, 여전히 모르겠다.

'하지만!'

당시보다 나아진 지혜로 나는 그의 검을 흉내 낼 수 있었다.

뚝!

걸고 있던 환혼령주를 끊어 움켜쥐었다. 환혼령주를 뼈대로 유입되는 환혼력이 냉기의 검을 형성. 이로써 보이는 만큼, 최대한 그의 검을 재현했다.

일검이 만 개의 검을 다스렸다. 하나의 검격이 도도한 뇌전의 파도를 관통했다. 거두며 나아가고 찌르는 동작에 실리는 흐름. 장엄하지도 않고 일대를 아우르지도 않는 좁은 경계가 넘치는 광검을 자유로이 휘둘렀다.

터무니없이 튕겨 내던 쇼크웨이브와는 달랐다. 세상과 나를 구분하는 선! 검무를 따라 형성된 그 구분이 빛처럼 빠른 이용택 관장의 광검들을 모두 비틀고 있었다.

"그게 뭐지?"

더 빠르게. 모든 빈틈을 공략하던 이용택 관장의 잔상 중 하나가 물었다.

"기본 검술의 극의. 검계(劍界) 구현."

"검계? 그건 숨법의 1단계인 무의 선과 같지 않던가."

"관장님이 숨법을 개량하며 간과한 무리이기도 하지요."

그러며 그가 전하고자 하는 바를 이해할 수 있었다.

일찍이 서재에서 보았던 모습. 이용택 관장은 넘쳐나는 마력 세계에서 세상과 자신을 구분 짓는 명확한 선이 있었다.

아울러 무는 자신을 세우는 것이며 자신을 지키는 것이라 정의했었다.

"내가 기초를 잊었다?"

"나와 적의 구분이 모호하지 않습니까?"

그랬던 그가 new century를 접하고 숨법을 개량하며 천지에 가득한 마력, 세상의 것을 모조리 쓰기 시작했다.

자신이 하나의 통로가 되었고 그 결과 끝이 없으며 한도 없는 마력을 갖게 되었다.

그게 문제였다.

[무(武)를 잊고 술(術)을 좇아 극기(極技)를 형성했다. 내가 없으며 적도 보이지 않으니 남는 것은 길 잃은 검뿐이구나.]

"주인 없는 위대함이 무슨 소용이겠습니까?"

환혼력의 뼈대로 가공할 번개의 날을 갖게 된 나의 검이 멈춰 있는 그의 상을 베었다.

곧 이용택 관장의 잔영들이 달리 움직이기 시작했다. 검무를 따르며 나가는 발, 굽히는 무릎, 구부리고 펴는 모든 동작을 낱낱이 받아들인 것이다.

그러자 검이 무거워졌다. 근육이 덜덜 떨릴 만큼 힘을 주어도 휘청일 만큼 검이 나를 짓눌렀다.

빼앗긴 주도권. 몰아치는 광검의 제어를 그가 시작한 탓이다.

보인다. 팔방으로 뻗어 나가 사위를 점령하던 뇌광이 실체를 뚜렷하게 갖추는 모습이.

그가 그만의 검계를 형성했다. 환영이 모이며 신처럼 백색의 빛으로 번뜩이는 이용택 관장이 나와 검을 논하고 있었다.

그리고 처음으로 그의 광검과 나의 검이 부딪쳤다.

캉!

폭발음 대신 들리는 격타음!

힘을 갈무리했다는 표시다. 이용택 관장의 광검이 정련되었고 내 검에 얼어붙은 뇌광이 부딪치고 있었다.

백광이 하늘빛으로 바뀌고 서로의 검이 가장 기초적이며 합리적인 움직임을 그렸다. 베고 막으며 피하고 찌르는 등의 검술이 완벽하게 닮아 갔다.

그 단순함에 숨은 응축된 힘을 누가 알랴. 스치는 일격이 산을 허리째 베었다. 그 힘을 내가 견뎌 내는 것은 서로의 흐름이 완벽하게 일치되어 공방을 주고받은 탓이다.

균형의 추가 기울어지면, 스킬의 보호 없이는 일격에 죽으리라.

[다음으로 가 보세.]

껄껄 웃은 에일락 반테스가 다시금 스킬을 전해 왔다. 평화의 불씨는 유지한 채 조합되는 스킬.

마력 응집. 죽음의 눈. 고요의 정신. 마지막으로 대지의 뿌리!

눈이 밝아졌다. 모든 종류의 힘은 물론, 호흡과 피의 흐름까지 명료하게 보인다. 그 채로 에일락 반테스가 유연하게 검을 내리눌렀다.

살랑-!

검계가 휘말렸다. 뚜렷하게 구분하던 선이 낭창 휘어지더니 나풀거리며 이용택 관장의 검을 휘감았다. 그렇게 베고 가르며 찌르는 검에 경계의 모양이 더해졌다.

[나를 세우고 기술을 더한다.]

"이제부터 중급 검술입니다."

반개했던 이용택 관장의 두 눈에 정광이 어렸다. 고요하며 맑은 시선의 그는 고조된 정신으로 상황을 인지하기까지 했다.

"어떤 상황에도 검계를 잃지 않는구나."

"그것이 요체지요. 투로는 여기서부터 비롯됩니다."

검력이 검의 모양을 떠났다. 상대를 쓰러뜨리기 위한 의지가 검을 통해 구현되니 이것이 바로 투로.

단순히 적의 행동을 예측하고 내가 선택할 최선의 수를 고르는 것이 아니다.

검계는 나를 세운다.

검술은 검의 효용을 올바로 한다.

검로는 상대의 의지를 벤다. 이로써 베지 않고 제압한다. 정확히 표현하면 적의 저항 의지이자 투지를 베는 거다.

의식하지 않는 본능의 수준에서 수차례 베어 공포심을 각인하는 것.

[독학하니 방황하는 걸세.]

에일락 반테스는 내가 겉핥기로 익혔던 투로나 용병이 사용한 그것, 이용택 관장의 투로 등을 같게 평했다.

개인이 아닌 수많은 천재가 켜켜이 쌓인 세월만큼 세운 명가의 검은 모름지기 그런 것이라 한다. 그렇기에 전통은 무섭고 그만큼 강력하다.

강력해 보이는 용병들이 기사의 수더분한 검에 픽픽 나가떨어지는 이유가 여기에 있었다. 속이 텅텅 빈 것이다.

'현실의 비전은 그 계단이 빠진 거구나.'

육체만 쓰는 현대 무술로는 도저히 상상도 못 할 영역.

하나하나 올라야 하는데 과정이 없었다.

나 역시 차분히 에일락 반테스로 접속하여 그의 인생을 참오했다면 깨달았을 것이나, 기억으로 읽었기에 체감하지 못했던 부분이다.

의식적으로 꺼린 것도 한몫했을 것이다.

"이제 알았다."

이용택 관장의 검과 나의 검이 이제는 부딪치지 않았다. 대신 검계가 얽히며 검로가 부딪치고 있었다.

서로의 동작이 더뎌지지만 긁히는 검계의 변화폭이 증대되었다. 양상은 처음과 같으나 그때가 풍선처럼 속이 공기로 가득했다면 이 제야말로 올바로 된 검.

new century에서도 인정하는 정통의 투로가 된 것이었다.

상쇄되는 투로.

제압하고자 하는 의지와 경계가 압축됐다. 이로써 더뎌진 검이 무겁게 맞부딪쳤다.

순간 뇌광 위로 창창한 빛이 번뜩였다.

[지금!]

대지의 뿌리를 전력으로 사용!

콰릉─!

벽력음과 함께 거력이 발을 타고 땅으로 퍼졌다. 쩍쩍 갈라지는 것을 넘어 강도 높은 충격파가 뻗어 나갔다. 저택의 벽과 지붕이 허물어지는 것은 예사일 뿐.

지진이 일었다.

멀리 보이는 도시의 불빛이 꺼졌다.

이용택 관장이 일대의 마력을 모조리 모아 광검으로 바꿨던 그 힘이 단숨에 퍼져 나간 것이니 오죽하랴.

속이 헛헛할 만큼 쑥 빠져나간 힘은 그토록 대단했다.

"투로가 절로 광검을 형성했다. 마력을 있는 대로 압축했던 내 것과는 다르군."

"중검의 이치로 피어난 광검에 패(敗)의 묘를 담은 것이지요."

"광검이 끝이 아니라 시작이구나. 이것이…… 상승 검술인가?"

고개를 끄덕였다. 실제로 그란시아 왕실 검술을 기반으로 한 에

일락 반테스의 극의. 발테리아스가 패검의 절정이다. 이용택 관장의
진전은 그토록 빠르고 대단했다.

"달밤의 흥취에 이런 경지를 깨달았다니. 참으로 대단하구나!"

"……제 것이 아닙니다만."

민망함에 대꾸했지만, 그는 다시금 조금 전에 깨우친 무리를 곱
씹고 있었다.

나는 배움을 음미하는 그를 보았다.

양자의 능력에 그저 감탄만 나온다. 이런 무를 이룩한 에일락 반
테스도 대단하고 순식간에 체화하는 이용택 관장 역시 경이로울 따
름.

몸으로 재현해 놓고도 아련하게 멀어지는 나의 지혜와는 참으로
다르지 않은가.

[아직 만족하기엔 이르지. 갈 길이 머네.]

'멀다니?'

[스킬을 익혔으니 극의를 깨우쳐야지 않겠는가. 아울러 아직 익
혔다 하기엔 부족한 수준이고.]

이용택 관장이 부족하다?

내 반문에 에일락 반테스는 차분히 걸음을 옮겼다. 내딛는 걸음.
거두는 걸음. 흐르는 마력이 사뿐하더니 변화무쌍하며 삽시간에 퍼
져 나갔다.

new century의 세계를 얼리는 가공할 눈 폭풍. 그것은 시리
도록 차가운 풍류보였다.

[자네의 고민은 익히 보았네. 헌데, 크게 오해하고 있어. 풍류보
와 유수행은 참으로 좋은 보법이지. 그런데 어찌 바람이 그대로 불

고 물이 자연히 흐르기만 하던가.]

그의 걸음이 일순간 한바의 것처럼 번쩍이며 움직였다.

직선의 움직임. 대기를 얼리는 충격파가 음속을 돌파한 가공할 속도를 증명했다.

툭 치는 손짓에 전면부가 요동치니 질충의 파괴력이 그대로 재현된다.

[질풍일세.]

놀라 멍하니 보았던 나는 정신을 차리고 그의 움직임을 따라 하였다.

검계를 구현하듯 나를 세우고 검술의 이치와 같이 풍류보의 변화를 인지.

그 다양성을 확보한 뒤 확고부동한 의지로 쓰임을 정했다.

가벼움. 빠름. 목표는 신속!

이에 질충의 그것처럼 예리하게 뻗어 나간 의지가 목표를 정했다. 뒤따르는 육체는 말 그대로 바람이 될지니 나는 검으로 그 극점을 찔렀다.

순간 가속했다.

쩡-!

'성공했…… 헉!'

놀람도 잠시. 칼끝으로 전해지는 반동에 정면을 보자 이용택 관장이 땅거죽을 훑으며 주르륵 밀려 나가고 있었다.

광검의 면으로 내 공격을 막아 세운 그가 뒤축에 힘을 불끈 주었다.

씨익.

그가 웃는다.

"그래. 마음껏 나눠 보자."

턱!

멈춘 그의 검이 중검의 이치를 담고 좌수로는 대수인을, 내딛는 보법이 나의 질풍처럼 2차 가속을 했다. 순식간에 스킬을 익힌 그의 공세.

절로 눈이 저편으로 향했다. 답을 알려 달라는 뜻.

[인연 맺은 자에게는 행운의 신이라더니…… 라탄트라라는 인물이 안목은 있구나.]

나는 크게 웃는 목소리를 귓등으로 흘렸다.

지금은 그의 대응을 따라 하기도 벅찼다. 실소가 나올 만큼 힘든 밤이었다.

"술이 있으면 좋을 텐데. 다녀오는 사이에 식을 흥취가 아쉽군."

신명 나게 놀았다. 그리고 서로의 몸에 묵직한 일격을 주고받은 우리는 크게 대소하며 털썩 앉았다.

"비슷한 것이 있지요."

나는 보관함에서 과일주를 꺼냈다. 현생에 없는 것으로 new century의 두두를 잡으며 얻은 곤곤 열매의 발효주였다.

크고 좋은 열매들이 아닌 먹다가 설익은 부분들로 만들어져 품질이 좋지는 않았지만, 상급 포션에 비견할 만큼 훌륭한 효능을 가진 아이템이었다.

코코넛을 연상케 하는 딱딱한 모양이나 그 맛은 매우 좋았다. 두두의 침으로 달콤해진다는 곤곤 열매의 정보를 잊게 할 만큼 알싸

했다.

"지금 생각한 건데, 무공을 만들 수 있을 것 같다."

"무술이 아닌 무공이요?"

턱을 쓱 닦은 이용택 관장이 평평한 벌판에서 달을 보았다.

"기초를 잊고 있었다는 깨우침이 모든 것을 되돌아보게 하더구나. 네가 보인 풍류보의 모습을 통해 나는 기본 무리에 대해 곱씹었다. 그 결과 형으로부터 자유로워지는 것이 강함이 아니라는 것을 알았지."

그의 말에 나는 고민했다. 알 듯하나 개념이 잘 잡히지 않은 탓이다. 에일락 반테스는 그와 나의 대련이 마쳐지는 대로 '배움을 몸에 익히게' 하며 자의로 나와의 연결을 끊어 버렸다.

그렇기에 지금의 대화는 오직 내 본래의 수준에서 이해해야 했다.

'기본을 돌아보았다 했지.'

무는 나를 세우는 것이다. 적과 나를 구분한다. 에일락 반테스는 이를 기본 검술을 통해 알려 주었고 이용택 관장은 진작 숨법을 익히며 전제했다.

세상의 마력을 끌어들이며 잠시 망각했지만, 이제는 확고하게 다졌다.

이와 비교하면 그가 말하는 형은 형식이자 초식을 말하는 것이 된다.

무술의 품새와도 같은 것. 동작을 숙련시키고 백지장과도 같은 몸에 반복적으로 새기는 경직된 행위.

'알겠다.'

하수는 자세에 구애받고 고수는 어떤 자세, 어떤 상황에서도 힘을 쓸 줄 아는 이다.

이용택 관장이 말하는 것은 고수가 자연스러움인 줄 알았던 자기 생각이 틀렸다는 뜻. 즉, 초식이나 형식을 강조하는 것이었다.

"초식과 형식, 방식에 대한 것이군요."

"그래. 점과 선, 면에서 벗어나면 특성을 잃는 것이었다. 무라는 특성을 위해 쌓았던 것을 부수고 다시 건축하는 과정이 있어야 했지. 무초식의 상태에 도달하여 다시금 초식을 만든다."

"그게 곧 무공입니까?"

"무를 새긴 자가 익히는 방법론이니 무공인 게지."

처음. 초식을 익히고 자유로워진다. 무술의 경지에 오르는 기준과도 같다.

다음. 자유로운 힘에 초식으로 경직성을 가한다. 이로써 특성이 강화되니 곧 무공이 된다. 지금 이용택 관장이 말하는 부분이었다.

추측건대 경지를 올리는 구간마다 부수고 재정립하는 과정을 반복해야 할 성싶었다. 물론, 이는 아직은 짐작하기 어려운 훗날의 이야기.

'이제 이해가 된다.'

당장은 현재에 모습을 드러내는 무공. 무술과 비전의 중간 단계를 창안하는 부분에 초점을 두는 것이 옳았다.

우리는 이에 대해 열띤 토론을 시작했다.

"잠시 오판하기는 했으나 나의 무리는 옳았다. 모든 것은 숨법에 있고 행위에 있는 것. 이는 어떤 경지에 오르건 불변하는 이치야."

"그러자면 힘에 대한 정의부터 되어야 할 겁니다."

나는 혈력과 기력, 마력이 어떤 식으로 파생되는지, 부딪치고 때론 어울리며 보이는 다양한 모습들을 보여 주었다.

이용택 관장은 나의 움직임을 하나씩 따라 하며 자신의 숨법을 잠시 되짚었다. 그러며 무색의 구를 띄웠다.

"이를 내공이라 하자."

안정적이며, 보였던 모든 속성에 저항성을 띤 독자적인 힘의 구였다.

들여다보던 나는 너무나도 복잡한 그 힘의 흐름에 내가 선보였던 모든 것이 녹아 있음을 보고 혀를 내두를 수밖에 없었다.

"이건 아무도 따라 할 수 없겠는데요."

"네가 가능한데 아무도라니."

"사모님이나 한나, 이비는요?"

"……나눠 보자."

한참을 노력한 끝에 내공을 모으는 단계를 10단계로 나누고 각각의 숨법에 하나씩 늘어나는 마력 운용에 대한 이치를 포함할 수 있었다.

"익숙한 이름이니 내공심법이라 하자."

나의 가장 강력한 힘. 환혼력과 미루어 대응하던 그는 얼어붙는 것이 더디다는 것을 확인하고 이내 고개를 끄덕였다.

"이제 점의 초식, 선의 형식, 면의 방식을 만들 차례군요."

이는 빠르게 진전됐다. 거하게 술을 들이켠 그가 대수인과 일점집중의 권, 그리고 내가 모르는 또 다른 비전인 만상수(萬象手)라는 새로운 절기를 선보였다.

내공을 이용한 6초의 장법과 3초의 권법, 10초식의 검법이었다.

경직되었으나 위력이 대단했다.

적을 쓰러뜨리는 검의 초식이었다.

"말 그대로 무공이네요. 그렇다면 선의 형식은 어떻게 할 생각이신가요?"

"신공(身功)이라 하자. 대성하면 너나 내 몸처럼 강건해지는 것을 목표로."

"금강불괴 말인가요?"

"그게 익숙하겠지."

선의 형식은 단순히 피부가 단단해지는 정도가 아니었다.

내공을 운용하여 피부를 타고 흐르면 호신지기이고 혈력을 폭발시키듯이 힘과 민첩함을 배가시키는 능력도 보이게 되었다.

신체의 전반적인 능력을 키우는 것을 목표로 한 이 신공 역시도 그는 10단계로 나누었다.

"나누니 전수하기도 쉽겠구나."

"함부로 퍼지지 않게 조심해야겠어요."

"비인부전인 게지."

대성하면 칼날이 박히지 않는 몸에다가 총탄을 튕겨 내는 호신지기를 얻을 것이다. 신체 능력이 급상승하는 것은 덤. 마지막 면의 방식에서는 난항이 있었다.

"내공과는 맞지가 않다."

무는 기본적으로 우리가 아닌 나를 지키고 세우는 것이다. 동료를 돕기는 하지만 이는 적을 죽임으로써 살리는 것이지, 동료에게 직접적인 힘을 주는 것은 아니었다.

"이게 좋겠네요."

평화의 불씨를 보이니 이용택 관장이 은은하게 퍼지는 빛의 파장을 재차 복제하기 시작했다.

그리고 내공과는 사뭇 다른 발산형의 백색 구체를 만들어 내는 데 성공했다.

표정이 썩 좋지는 않았다.

"곤란한데."

평화의 불씨를 모태로 삼은 탓일까. 안온하게 퍼지며 몸의 상태를 최적으로 만드는 데 효과가 좋았다. 활력을 불어넣으니 피로도 풀리고 머리도 맑아지는 기분.

무의 본질과는 대척점에 있는 아주 온화한 기운이었다.

"아예 나누는 겁니다, 딜러와 힐러를 구분하듯이."

양손에 내공과 그 구체를 든 이용택 관장이 합치는 것을 결국 포기했다. 불가능하다는 뜻.

"마음 수련에 안성맞춤이니 심공이라 하자."

내공을 익히면 심공을 익힐 수 없다.

"몸에 두고 쓰기에는 곤란하겠군요."

"그렇지. 육신조차 희생해서 주위에 흩뿌릴 기세니까. 폐기해야겠어."

그러기엔 아까웠다.

"그보다는 사모님께 좋을 것 같습니다. 몸을 쓰기보다는 뒤에서 지원해 주는 것이니까요."

실제로 new century에서도 그녀의 직업이 보조형 마법사였다. 공격보다는 테이머나 치료, 물건 수리 등 잡다한 일을 하는 것을 즐긴다.

"더 보완하지."

아내에게 안성맞춤이라 생각한 이용택 관장은 심공을 손보며 신공의 묘리를 최대한 집어넣었다.

그러나 초식과 형식의 무리와는 대척점에 있으니 방도가 없는 바.

결국, 아내의 안전을 위해 그가 뽑아낸 무리는 풍류보와 유수행이었다.

그 결과 게임으로 치면 광역 버프와 디버프의 개념. 경신법에 최적화되어 상대를 둔하게 하고 옭아매며 침투경의 묘리까지 고루 갖춘 전천후 보법을 창안하는 데 성공했다.

너무 많은 묘리를 담은지라 익히게끔 단계별로 나누니 무려 70개의 구간이 생겨 버렸다. 마음을 지나치게 써서 가장 어려운 무공을 탄생시킨 셈.

"이나마라도 반복시키면 어떻게든 되겠지."

더 쉽게는 무리였다.

"그래도 심공 자체의 효능이면 new century의 어떤 치료 마법과 비교해도 손색이 없을 겁니다."

그때였다.

사이렌 소리는 물론, 헬리콥터가 하늘을 날기 시작한 것은.

한창 그렇게 무공을 만들고 가공하기를 즐기던 우리는 그 현상을 보고 주위를 보았다.

그리고 깜짝 놀라 다급히 저택으로 돌아갔다.

저택은 폭삭 주저앉아 있었다.

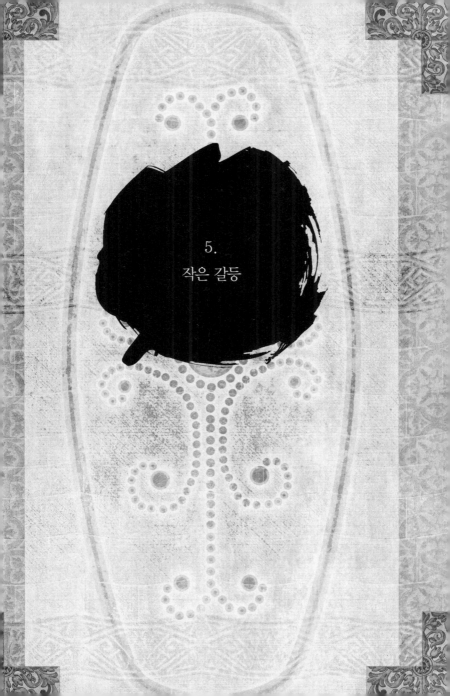

5.
작은 갈등

"정말이지 애들 같으면 무릎 꿇고 손이라도 들게 할 텐데! 얼마나 많은 사람이 다쳤는지 좀 보라고요!"

우리만을 위해 비워진 호텔 프런트에서 대놓고 혼났다. 이용택 관장이나 나나 정말 반성의 빛으로 고개를 숙일 따름.

정혜란의 화는 참으로 당연했다. 저택이 무너지며 아바타 하인들이 사망한 것이나 막 잠들었던 이블린, 한나 등이 놀라서 탈출한 탓이 아니었다.

아닌 밤중에 호텔로 이사하게 된 것으로 화를 낼 만큼 그녀는 옹졸하지 않았다.

이유는 바로 브라운관을 가득 채운 뉴스 속보.

- 원인 모를 대지진! 피 흘리며 넋이 나간 사람들!

"죄송합니다."

차량 사고와 무너진 건물, 뒤틀린 도로 등으로 수많은 사람이 죽고 다쳤다. 이 상황에서 어찌 고개를 들랴. 그런 줄도 모르고 술을 나눠 마시며 한창 무공이니 어쩌니 떠들었으니.

수천억 규모라는 재산상의 손해는 내가 얼마든지 복구하고 대책을 마련해 줄 수 있었다. 지금도 신진권을 통해 국가적으로 총력을 다해 복원토록 지시했으니까.

실제로 현재의 대지진이 내 힘임을 알고 신진권의 기가 바싹 조여진 상태였다.

대통령부터 민간에 이르는 모두가 나서 손발을 걷어붙였다. Z&F의 복제 능력자들이 솔선수범하고 포션에 버금가는 의료 기술로 부상자를 치료했다.

나라 전체가 혼연일체가 되어 수복하는 일은 처음 있는 일이리라. 하여 혼란은 놀랄 만큼 빠르게 진정됐다.

그러나 이미 죽은 사람, 팔과 다리 등 영구 손실을 본 이들에 대해서는 어쩔 수가 없었다.

"정말 죄송합니다."

그 이상 할 말이 없었다. 이미 할 수 있는 조처는 다 한 마당이나, 이 미안함을 어찌하랴.

나나 이용택 관장이나 그저 고개 숙일 수밖에. 침묵하는 것 외의 다른 수가 없었다.

"어휴!"

정혜란 역시 답답함에 성토를 했을 뿐 할 수 있는 모든 것을 했음을 잘 알고 있었다. 한나는 냉랭한 분위기에 차마 내 편을 들 수도, 그렇다고 같이 나무랄 수도 없어 조용했다.

요즘 한창 여행을 즐기는 강하성 소장 내외는 전화를 걸어 혀를 찼다. '상현이, 너냐?' 하는 물음에 그렇다 하니 '내 그럴 줄 알았다. 쯧쯧' 한다.

하긴, 이용택 관장과 겨루며 일대를 아수라장으로 만든 게 어디 이번 한 번이랴. 그의 반응을 모르는 바 아니니 나는 역시 할 말이 없었다.

"최대한 빨리 상황을 수습하겠습니다. 앞으로 현실에서의 대련도 자제……."

"자제요?!"

이용택 관장이 다독였다.

"않으리다. 절대로 않을 테니 그만 화를 풀어요. 내 이리 사죄하잖소."

그답지 않게 다독이기도 하지만 애꿎게 피해를 본 이들에 대한 미안함에 여전히 속상해하는 정혜란이었다.

어쩔 수 없었고 본의가 아니었다, 가능한 한 빨리 수습하겠노라는 이용택 관장과 내 생각과는 사뭇 다른 마음 씀이었다.

그때 이블린이 말했다.

"상현 씨, 사상자에 대한 보상은 확실하게 한다고 했나요?"

"물론입니다. 직접 지시했으니 이 부분은 어떤 부정도 없을 겁니다."

보상금을 노리고 허튼수작을 부리는 이부터 착복하는 일은 추호도 없다.

"하지만 마음의 짐을 덜기에는 부족한 게 사실이지요."

맞는 말이었다. 더군다나 합당한 힘을 가진 내가 그 힘을 제대로 다스리지 못했음이니.

"그렇다면 이참에 상현 씨만이 할 수 있고 모두에게 유익이 되는 일을 하는 게 어때요?"

그런 게 남아 있었나?

모든 조치는 다 취했을 텐데.

"알려 주세요."

"법안을 바꾸는 거예요. 이번 사건이야 상현 씨의 지시로 잘 이행되겠지만 좋지 못한 선례로 남을 수가 있어요. 양심에 맡겨 모든 것이 행복한 결말로 나온 거니까."

확실히, 좋은 생각이었다.

"훗날 참사가 일어났을 때 저들의 온정이 엉뚱한 이의 주머니로 들어가고 자칫 비리가 판을 칠 우려가 있지요. 그러니 아예 비합리적인 부분을 바꾸는 거예요."

"현실 정치에 관여하란 말입니까?"

그녀가 고개를 끄덕였다.

"아침에 보니 한국의 법안들은 이곳의 현실보다는 차용하여 옮겨 온 것들이 많더군요. 저는 상현 씨가 정치인부터 다른 모두에 이르기까지 입맛대로 바꾸라는 게 아니라, 상충하며 혼란만 주는 법안들을 재정비하였으면 해요."

아무나 할 수 없는 일임에는 분명했다. 언제 실현될지 모르는 기적이라 해도 과언이 아닐 터.

"교육 역시 마찬가지죠. 일부가 아닌 전체의 이익을 위해서는 올바른 기본권이 정상 작동해야 해요. 공교육이라는 것은 앞 세대의 투자이자 후대가 거머쥐어야 할 권리. 사회 공공서비스에 대한 부분은 강압적으로라도 청렴한 관리를 하게 정하세요."

말하면 이루어진다. 정확하게는 강제적으로 될 수밖에 없는 것이 격에 오른 자. 초월의 반열에 든 이가 져야 할 책임이었다.

그렇기에 그녀는 딱 정하라고. 그렇게 해 버리라고 하였다.

'명령해라.'

옳고 그름을 떠나, 판단에 신중을 기하는 내 모습은 소심하기 때문일까 배려의 다른 모습인 걸까. 격에 걸맞은 지혜가 없기에 이리도 갈등하는 것이기도 하리라.

"다수 민중에게 법이 기댈 만한 버팀목이자 무기가 될 수 있도록. 그러면 오늘을 기점으로 억울하게 피해 보는 이들이 현저해질 테니 양심에 대한 사과로도 충분하지 않을까요?"

이에 가만히 생각하노라니 정혜란이 무섭게 나를 보았다.

"상현 군, 왜 고민을 하는 건가요? 이게 고민을 할 문젠가요?"

"사모님도 원하시는 겁니까?"

"뭐…… 원한다니? 당연한 거 아닌가요?"

어처구니없어하는 그녀를 나는 가만히 보았다. 사람의 마음을 읽을 수는 없지만 분명 진심이 맞다.

한나를 보았다. 크고 맑은 눈동자.

"네 생각은 어떠니?"

"언니 말이 옳다고 배웠죠."

"학교에서 말이지?"

"네."

"알았다. 그리하마."

일련의 과정을 통해 결정했다. 그 뒤 심사숙고하여 펜던트를 통해 지시를 내리니 정혜란이 정색하며 내게 무어라 하려고 했다. 이를 이용택 관장이 막았다.

"상현이를 힘들게 하지 마시구려."

"당신, 오늘따라 왜 이래요? 지금 이게 옳은 건가요?"

"그게 아니오. 격이 올랐다고 말했지 않소."

"그런데요!"

답답함에 언성이 높아진 그녀.

"무엇이라도 할 수 있기에 함부로 움직일 수 없는 거요. 녀석이
나 내가 마음대로 움직이면, 전부 망가질 테니까."

차분한 이용택 관장의 목소리가 가라앉았다.

순간 멈칫한 정혜란을 그가 품에 안았다. 이어 짧게 눈짓을 한 뒤
그가 아내를 데리고 자리를 옮겼다.

나는 마지막에 불쌍한 듯 보는 그녀의 눈에 그저 웃어 보였다.

좌우를 보며 멈칫멈칫하는 한나.

그리고 가만히 다가오는 이블린.

"미안해요."

그녀가 다가와 안겼다. 품에 들어오는 작은 온기에 나는 다시금,
우울함이라고는 조금도 없는 웃음을 지어 보였다.

"알잖아요. 하지 않을 뿐. 제가 하지 못하는 것은 무엇도 없다는
것을요."

"그래도 미안해요."

"저는 괜찮습니다. 당신이, 그리고 모두가 함께 있으니까요."

전생과 비교해 보라. 현재의 나는 얼마나 기쁘기 한량없는가.

진심으로 행복했다. 진정으로 소중한 것을 모두 가졌다.

나는 저편에 앉아 있는 한나에게도 웃어 보였다.

걱정할 아무런 이유가 없다는 표현이다. 그러나 나를 빤히 보던 한나는 왈칵 울음을 터뜨렸다.

"정말 괜찮다니까. 이제 안 좋은 소식은 없을 거야."

나는 빤히 그녀의 심정을 알면서도 탓을 브라운관에 돌렸다.

얼른 끄라는 내 눈짓에 아바타 하인이 TV의 전원을 꺼 버렸다.

피해 상황을 수습하며 잠시 현실에 집중하는 시간을 가졌다. 정확하게는 가족과 함께 있었다는 표현이 옳을 것이다.

복구는 착착 진행되었고 인명은 순조롭게 구조되며 사과의 뜻을 담은 법안 개정은 아무 탈 없이 마무리되었다.

여당의 누구, 야당의 누군가가 총대를 메거나 하는 일 없이 마치 원래부터 그랬다는 양 슬쩍, 눈 깜빡할 사이에 바뀌었다.

이는 당연한 일이었다. 내가 말하고 강유나가 전파했으며, 신진권이 구석구석 실행했다.

최면이나 기억 조작이라는 방법 이외 나의 말이 있었으니, 이는 마땅히 일어날 일이고 당연히 따라야만 하는 천명과도 같은 것이다.

- **분향소에 사망자들의 넋을 기리는 발걸음이 이어지는 가운데, 사회 각층에서 자성과 위로의 손길이 끊이지 않고 있습니다.**

- **정부는 재난사고대책본부를 긴급 수립하여 모든 지원을 아끼지 않을 것을 약속하였습니다.**

- **현장에 연결하여 자세한 소식 전해 드리겠습니다.**

소식을 전하는 앵커부터 촬영된 장면과 시민의 모습은 어제와 확연하게 달랐다. 눈물바다였고 허탈함과 좌절감에 넋이 나갔던 유가족들은 살아갈 오늘에 주력했다.

슬픔을 망각하지는 않았다. 대신, 이겨 내고 더 밝은 불꽃을 피우는 열정이 도드라진 것이다.

사고 인터뷰에도 슬픔의 눈물보다는 침착한 현실 인식이 지배적이었다.

대개 작은 사고만 나도 자잘한 현장 소식에서 리포터들의 해설과 전문가들의 해석이 각양각색으로 나오는 것이 일반적이다.

하지만 이번 대지진은 누구도 분석하지 않았다. 오직 복구와 구제, 민생 안정을 위해 새로 발의되는 법안 등 확실한 대책과 실질적인 행동에 초점이 맞춰져 있었다.

하루아침에 일어난 극적인 변화.

슬픔을 자양분 삼아 더 높이 도약하는 이 기적적인 순간은 분명히 비상식적인 현상이었다.

가장 중요한 사실은 사회 전체가 이런 사태에 대해 티끌만큼도 의심하지 않는다는 것!

이것이 격의 힘이었다. 압도적인 지배력의 영향이다.

그러나 한나와 정혜란의 반응은 지극히 평범했다.

"엄마…… 하루아침에 다 괜찮아졌어요."

"세상에……."

짐작했으나 크게 와 닿지 않는다는 한나의 반응에 이어 정혜란은 도저히 믿을 수 없다는 경악을 표했다.

이를 본 이용택 관장이 쓰게 말했다.

"격이 오른다는 것을 너무 단순히 생각한 거 같구나."

그가 말을 이었다.

"지난밤 상현이와 비무하며 무공을 창안했지. 지금보다 확실하게 격을 올리는 방안이며 스스로 보호할 비방이라 자신했는데, 내가 틀린 것 같소. 우선 모든 것에 앞서 지혜로워야 할 것 같구려."

"제가 틀렸다는 말인가요?"

그녀의 눈에 당혹감이 가득했다.

"저 사람들을 외면하는 게 옳아요, 그럼?"

천재지변으로 어려움에 빠진 이들. 그리고 자연재해를 일으킨 당사자들. 일에는 책임을 져야 하듯 내가 행한 일이기에 감수해야 마땅한 상황이었다.

규모의 차이가 있을 뿐, 그 원칙은 마찬가지다.

"논점이 잘못됐소."

그는 고개를 젓고 생각에 잠겼다. 이용택 관장의 침묵에 가뜩이나 조용하던 것이 경직되게 느껴질 때쯤.

그가 일어났다.

"잠시 익힌 바를 되새기는 시간을 가집시다. 내 곧 방책을 마련할 테니."

자세한 설명 없이 나가며 이용택 관장은 빈방 중 한 곳에 들어가 폐관 아닌 폐관 수련을 시작했다. 말은 않았으나 따라오거나 문을 열려는 시도는 애당초 하지 말라는 강한 거부의 몸짓에 그녀들이 주춤했다.

그쯤 건너편에서 익숙한 목소리가 들리며 한 사람이 등장했다.

"이야, 호텔 하나를 통째로 빌리다니. 스케일이 다르구나, 달라! 용택아, 내가 어제 티비보다가 깜…… 어? 또 수련? 하여간 좀 쉬엄쉬엄 좀 하지. 어이구. 그래. 거 웬만하면 **빨랑빨랑** 끝내고 나와. 한잔하자. 그래, 이따가 보자."

열린 문틈으로 복도 저편에 손을 흔들어 주는 이가 보였다.

"흐미~ 뭔 일이래냐…… 쟤 저렇게 진지해지는 거 진짜 드문데? 하여간 요즘은 만날 수련, 수련, 난 아주 힘들어 죽겠더구만 그걸 즐겨요."

강하성 소장이다. 꽃무늬 셔츠에 선글라스, 슬리퍼를 신은 모습이 영락없는 피서객이었다. 그는 흑맥주 한 잔을 시켜 가져와 앉았다.

"여기들 있었구나. 혜란 씨도 오랜만입니다. 한나야, 안녕~ 상현이도~ 이블린 양은 안 보이는 거 보니 오늘도 수련 삼매경? 에라이, 수련 중독자들 같으니!"

오래간만의 해우 탓인지 격앙되기까지 한 그는 웃음기 가득한 얼굴로 익살스러운 눈빛을 건넸다.

한창 수련 삼매경일 때는 쏙 들어갔던 뱃살이 도톰해진 걸로 보아 피서지에서 정말 원 없이 먹고 마시다 온 듯했다.

"안주도 마음대로, 술도 마음대로. 어딜 가나 지상낙원이구나. 하여간 다들 너무 팍팍하게 사는 것 같아. 좀 즐기면 좋은데…… 하하. 그런데 무슨 일 있었습니까, 혜란 씨? 용택이가 저러는 거 저도 손으로 꼽히게 보는데 말이지요."

정혜란이 난처한 표정을 했다. 강하성 소장은 대번에 그녀의 눈이 슬쩍 내게 향하는 것을 보고는 검지로 나를 가리켰다.

정확하게. 노리듯이.

"상현이구나? 우리 용택이를 당황하게 할 유일한 괴물 맞수."

틀린 말이 아니었다.

"으흐~ 비싸긴 한데 영 약하네~"

나는 소주를 섞으려는 강하성 소장에게 말했다.

"일으킨 사고 탓에 많은 이가 다쳤으니까요."

"역시 술은 쏘맥이지. 그렇긴 한데. 그게 왜?"

"네?"

"그게 뭔 상관이냐?"

반문은 내 옆에서 들렸다.

"아저씨, 그게 왜라고요?"

"어, 그래. 가만…… 근데 니네 너무 붙어 있는 거 아니냐? 우리 동길이가 보면 서운해하겠다."

"오빠랑 있을 때도 같은데요, 뭐."

한나가 어깨를 으쓱였지만 강하성 소장은 영 탐탁지 않은 투였다.

"에이~ 어떻게 우리 동길이랑 상현이랑 똑같냐? 그래도 쫌 이렇게, 그…… 너무 붙어 있는 건 안 좋아. 요즘 애가 아주 열심히~ 수련하고 있잖냐. 격도 금방금방 오를 거 같더라. 내가 그것 때문에 마누라랑 얼~마나 쎄 빠지게 돌아다니는지 아니?"

한바탕 얘기를 하려는 그에게 정혜란이 물었다.

"하성 씨는 그제 일어난 사건을 보고도 아무렇지 않았나요?"

"그러려니 했지요. 원래 용택이랑 상현이 한판 붙어 주위에 민폐 끼치는 건 하루 이틀이 아니지 않습니까. 오히려 지금까지 그대로인 게 대단하지요."

"그게 무슨 말인가요?"

강하성 소장은 술을 꿀꺽꿀꺽 마시고는 빙그레 웃었다.

"이번에 휴가 가서 마누라랑 얼마나 재밌었는데요. 바다도 참~ 좋고. 남해에 갔다가 해운대도 살포시 밟아 주고 그냥 마음껏 묘한 거 있다면 소문을 따라가 보고 재미나게 관광도 했습니다."

물 마시듯 흑맥주와 소주를 더 시킨 그가 예쁘게 장식돼 있던 쿠키를 땅콩 먹듯이 먹었다.

"후후. 예나 지금이나 담배 피우고 밤마다 악쓰는 애들이 얼마나 많은지, 불러서 집에도 보냈지요. 요즘 참~ 살맛 납니다. 놀아도, 놀아도 이 노는 건 끝이 없더라니까요. 하하하."

와작와작 씹고 벌컥벌컥 삼키는 속도가 나를 방불케 할 정도로 빨랐다. 확실하게 늘어난 식사량이었다.

"이리 먹어도 건강하지. 마음껏 놀아도 풍족하지. 야간에는 게임도 같이 즐기지. 두루두루 좋아요. 혜란 씨."

헤실헤실 웃던 그는 맥주 컵을 받아 들고는 숨을 훅 마셨다가 길게 내뱉었다. 그러며 나직한 어조로 은근히 말했다.

"제가 요즘 이러고 놉니다. 오늘만, 딱 내일만 하고 노는데 끝이 없어요. 그나마 밤마다 new century에서 사냥이라도 안 했으면 주야장천 놀았을 겁니다. 불량학생? 어깨에 힘 좀 주고 다니는 애들? 수련이 확실히 효과가 있는지 옛날처럼 흥분할 것도 없이 툭툭 두드려 주면 알아서 설설 길더군요."

그는 재차 강조했다.

"혜란 씨, 제가 이러고 삽니다. 이 큰 호텔에 이런 복장으로 이렇게 올라와서 있을 줄 누가 알았을까요."

호탕하게 웃는 그와 곰곰이 생각에 빠지는 정혜란.

"우리 동길이도 여기만 오면 고개도 못 들고, 누구 앞에만 서면 순한 양이 되고 그러지, 어디에서도 빠지지 않는 아이예요. 한나보다야 쪼~금. 아주 미묘~하게 부족하지만. 그야 한나가 워낙 예쁘고 착하고 참~ 해서 그런 거고."

강하성 소장은 과자를 만지지 않은 손으로 한나의 머리를 쓰다듬었다. 그러다 나를 보았다. 그의 휘어진 눈에는 흥겨움으로 포장된 거부감과 의심이 엿보였다.

나를 경계하는 것이다.

"그런데 상현이를 보세요. 절대 권력은 절대 부패한다는데, 오늘도 남 얘기를 들어 주고 있잖습니까. 정말 마음대로 다할 수 있는 놈은 따로 있는데 그 녀석이 중용을 지키고 있는 겁니다. 이게 기막힌 거지요. 쟤가 액면가가 30대? 아니, 40대라 그렇지, 아직 스물도 안 된 거 잘 알잖아요?"

둘러앉은 자리. 은근히 시선이 내게 모였다. 교차하는 시선에서는 의심과 관심, 적대의 감정이 물씬 전해오고 있었다.

벌떡!

"흥! 상현 오빠 완전 잘생겼거든요!"

한나의 반박에 강하성 소장이 킥킥 웃었다.

"에이. 그건 아니지~ 양심에 손을 얹고 진짜?"

"……듬직하고요!"

"그러냐? 오늘부터 동길이 밤에 잠잘 때마다 팔다리를 쭉쭉 잡아당겨야겠다."

웃으며 한나랑 티격태격하는 그였다.

"하성 씨의 생각을 듣고 싶네요."

강하성 소장의 장난에도 가만있던 정혜란은 담담히 어제의 이야기를 했다.

그는 이블린의 이야기와 자신이 속상했던 부분을 말하는 그녀에게 엄지를 척 들어 올렸다.

"잘했습니다. 잘했어요. 용택이한텐 제가 이따가 말하겠습니다. 그 녀석이 요즘 크게 착각하고 있으니, 이게 문젭니다."

"그이가 문제가 있는 건가요?"

"어? 이리 말하니 이상한데? 하하. 문제가 아니라 착각하는 걸 알려 주는 거지요."

"아저씨, 뭔데요?"

그는 양팔을 활짝 벌렸다. 큰 나무, 큰 사람, 무조건 크다는 것을 강조하고 싶었는지 어깨까지 들썩였다.

"걔가 상현이랑 어울리다 보니 주위 사람들은 몽땅 다 둘 같은 줄 아는 거야. 너~무 팍팍해. 너무 빡빡하고. 그 수련이란 거, 해 보니까 금방금방 되는 것도 아니더구만."

혀를 내두르는 그의 모습에서 나는 공감했다. 본래 배우기는 쉬우나 익히기는 매우 어렵다. 그런 면에서 두 부녀는 확실한 괴물이다.

"얘네들은 순식간에 탁탁! 우리 한나는 쑥쑥~! 남은 우리는 열심히 헥헥! 이거 아니겠냐? 천천히 살아도, 빠르게 내달려도 모름지기 긴 인생인데."

이에 한나가 밑에서 빤히 나를 보았다. 내려다보자 씨익 웃는다.

건강하게 예뻤다.

친해지며 안 것인데 한나는 큰 곰인형 안기를 좋아하듯 옆에 바싹 붙어 있는 것을 좋아하는 것 같았다.

평화의 불씨라도 피우면 아예 끌어안고 잠을 자곤 하여 적잖게 당황하게 하곤 했다.

그쯤 생각을 갈무리한 걸까. 정혜란이 내게 말했다.

"사과는 않을게요."

"물론입니다."

대신 어제부터 살짝 경직되었던 표정이 사르르 풀려 있었다.

"먼저 일어날게요."

"예. 편히 주무십시오."

"어? 벌써요? 난 더 있고 싶은데……."

"오빠 그만 괴롭히고 이리 오렴."

"안 괴롭혔어요~"

말하던 정혜란이 나와 강하성 소장을 고갯짓으로 가리켰다. 그러자 한나가 아쉬움을 뒤로한 채 일어나 손을 흔들었다. 그렇게 두 모녀는 함께 나갔다.

"이 거리에서 보니까 쟤도 분명히 다 컸는데. 시집가도 될 애가 왜 너랑 있으면 초등학생같이 어려 지냐?"

"키 차이가 크게 나서 그런가 봅니다."

"하긴. 얼추 1m는 더 커 보인다."

크게 웃은 강하성 소장은 손뼉을 쳐 아바타 하인을 불렀다. 이어 '쎈 거. 독한 놈으로 줘.' 하고 주문한 뒤 입맛을 다셨다.

침묵의 시간이 흘렀다. 무언가 할 이야기가 있어 보이는 강하성 소장은 술을 들이켜며 나를 보더니만 고개를 젓기를 반복했다.

그렇게 꽤 의미 있는 5분의 정적 이후 그가 코끝을 매만지며 말했다.

"알지?"

대답하지 않았다. 그저 처음처럼 같은 표정으로 그를 대한다.

보고 헛기침하더니 실소를 하는 그.

"하긴, 네가 모르면 이상하지. 마누라가 닦달해서 그…… 시작하긴 했지만, 솔직히 나도 마음이 있었다. 원래는 없었는데…… 생기더라. 그게."

그답지 않게 머뭇거리다 다 내려놓는다는 투로 말을 시작했다.

"마누라는 네가 무섭고 밉다더라. 생긴 것도 그렇고 능력도 이해할 수 없는 데다가 불쑥 나타나서 다 바꿔 버리는 게 무섭다 한다."

그는 한숨을 푹 내쉬기를 반복하였다.

"우리 귀한 동길이가 네 앞에서 말 잘 들으면 속상하고 집에 와서 하나 얘기하며 웃으면 화가 난다더라. 그만큼 네가 미워진다더라, 상현아. 이해하지?"

수긍했다.

"난 네가 좋기도 하지만, 싫다. 팔자 피게 해 준 것도 좋고 평생 저리 살다 갈 줄 알았던 용택이를 변하게 해 준 것도 좋다. 이렇게 떵떵거리고 힘도 쓰면서 살게 해 줘서 아주 좋아. 그런데 우리 동길이만 보면…… 싫어진다. 처음엔 마누라가 하도 옆에서 잔소리를 해 대 그런 줄 알았는데, 아니더라. 며느리로 귀엽게만 보던 애가 너랑 있는 거 보면 싫다. 쟤 마음 알고 네 마음도 아는데…… 싫다. 이해하지?"

역시 끄덕였다.

"룬이란 게 있다는 거, 그날 처음 알았지 뭐냐. 마누라랑 얘기하다 문득 내가 말했지. 용택이가 예전에 귀신 찾다가 찾은 거라고. 그러니까 이 여편네가 고물이란 고물은 죄다 모으지 뭐냐? 채근하다가 나도 홀랑 넘어갔고. 그게…… 어휴! 인마. 네가 우리 집 안 와

봐서 그러는데, 동길이 방 들어가면 한나랑 찍은 사진이 아주 수두룩 빽빽이야."

답답함에 그는 가슴을 쾅쾅 쳤다.

"걔한테 받은 건 작은 것도 죄다 모았다니까? 그거 보는데……
씨펄! 아빠가 돼서 그냥 보고만 있을 수가 있나?"

"이해합니다."

"……에이 씨벌! 모르는 게 없는 새끼!"

머리칼을 벅벅 긁던 그가 바지 주머니에서 잡동사니와도 같은 물건들을 꺼냈다. 이용택 관장의 바늘처럼 낡은 물건들이고 바퀴의 모양, 룬의 새김이나 흔적이 있는 물건들이었다. 그가 모은 룬이다.

"뭔지는 몰라. 한 이백 개는 더 된다. 백발백중의 명사수는 아니지만 이백 발이나 쐈는데 한 발도 안 맞겠냐? 어딘가 분명히 끼겨 있겠지."

'아님 말고'라 덧붙이는 그는 찾을 때까지 전국을 떠돌 각오가 되어 있었다.

"그런데 이 썩을 것이 우리 동길이 병신으로 만들까 봐 겁나더라.
너나 용택이야 뚝뚝 분지르고 아주 그냥 요리하지. 나 같은 놈이 그런 게 될 리 없잖아? 이 여편네가 뭣도 모르면서 엄마의 힘이니 어쩌니 소리를 해 대는데…… 그런 게 통할 게 아니고."

"현명한 판단입니다."

이겨 낼 수 있는 시련이 아니었다. 내가 말하면 저들이 순종하듯,
격의 차이라는 것은 아픔에 익숙해지는 정도가 아닌, 말 그대로 급이 다른 것이다.

"그렇지? 용택이랑 수련하면서 내가 내 한계를 절감했거든. 아이

고~ 나나 마누라는 안 돼. 동길이도 그렇고. 륜인지 뭐시긴지한테 몽땅 뺏길 거야. 그래서 가져왔다. 우리가 놀면서 겁나게 모은 륜 후보들! 이거로…… 적당한 거…… 커흠. 질 좋은 놈으로 기 좀 죽 여서 우리 동길이 좀 줘."

피식 웃으니 그도 어처구니없는지 낄낄 웃었다.

"아, 거참. 너도 인마, 그렇게 몽땅 다 쥐고 있으면 안 돼. 정보 력이라도 없든가. 권력이라도 후달리든가. 힘이라도 만만하면 뭐라 도 몰래 할 텐데 말이야. 이건 대관절 틈이 없어요, 틈이. 그래서 자진 납세한다. 좀 봐줘. 너도 인생 쉽게 사는 거 아니라는 거 아는 데……."

그러며 진심으로 장난하듯, 진심으로 말했다.

"우리 동길이. 부딪쳐 보고 깨지기라도 해야 하지 않겠냐? 남자 새끼가 그래도 내가 이런 놈한테 지는구나! 라는 거 정도는 알아야 지. 이름도 성도 몰라요. 그런데 시키는 대로 다 할 수밖에 없어. 상현아, 한나 마음 무시하자는 게 아니야."

목소리는 점점 커졌고 부탁은 강요가 바뀌었다.

"그래도 그 애가 보고 살아온 세월이 있는데 귀신 홀리듯 홀랑 끝나 버리면 너무 허무하잖아. 상대 안 되는 거 나도 아는데, 기회 라도 좀 줘. 응? 아, 주라~ 응?! 좀 줘 봐!"

말미에는 떼를 쓰듯 하는 강하성 소장.

그의 심정을 이해한다. 부모의 마음이 어떤지 실패한 인생이지만 느낄 만큼은 느꼈으니까.

기대만큼 실망하고 사랑하는 만큼 마음 아프다. 보이는 관심의 크기만큼 흉터의 깊이가 정해지는 것이 감정 아니던가.

아들을 보았을 때의 감격을 기억했다. 현실에 치여 무미건조해진 나를 기억한다. 아울러 그러한 나와는 다른 강하성 소장을 보았다.

이들 부자의 사이는 매우 돈독했다. 정말 피붙이며 분신과도 같은 아들이다. 그런 내 새끼가 당면한 사실이 부모로서 얼마만큼 속상했을지, 나는 이해할 수 있었다.

하긴.

'이미 예견된 일이었지.'

일찍이 직감하지 않았던가. 강하성 소장에게 머리와 가슴의 판단이 일치하지 않을 때가 오리라고. 조짐을 보았노라고.

하지만 과감하게 쳐 낼 수만도 없는 노릇이다. 어제까지의 나였다면 응당 선을 넘었으니 그에 합당한 결단을 내렸을 터다.

그러나 오늘의 사건을 겪으며 소중한 사람들인 정혜란과 이한나가 아직은 미숙하다는 사실을 체감했다. 그런 그녀들에게 양혁수와 클라우드 때와 마찬가지로 기억을 지워 인연을 정리한다면.

'거부감을 줄 게 분명하다.'

폭력이 그렇다. 타인에게 쓰일 때는 적절한 수단으로 볼 수 있으나 그 방향이 내게도 미칠 수 있다는 것을 직감하면 태도가 달라진다.

더군다나 사회적인 인간을 뿌리째 지워 버리는 기억 말살은 본능적인 거부감을 일으키기 충분하다.

막말로 어제까지 모르고 지내던 사람들을 다음 날 부부로, 가족으로, 혹은 철천지원수로 만드는 것이 가능하다.

그 두려움을 의연하게 마주하고 나를 이해할 이. 함께하며 동등하게 대할 이가 몇이나 될까.

장래는 가능할지 모르나 현재의 정혜란과 한나에게는 부족했다.

"사모님은 어디 계신가요?"

"근처 모텔에 있지. 오기 싫다고 하니 방법이 없더라."

주영순의 행방을 들으며 순간 웃음이 나왔다.

상식적으로 당연한 일이지 않더냐. 태진이가 괜히 이상한 '세계'를 부르짖은 게 아니었다. 삽시간에 갈아엎어진 상황을 자기 식대로 받아들인 발버둥이다.

다만, 내 기대치에 전혀 미치지 못해 외려 화가 났던 것일 뿐.

"소장님."

더 이야기해 보도록 하자.

진심 어린 대화는 마지막이 될지도 모르니까.

"만약 그 계획대로 추진했다면 륜의 유혹에 빠져 동화돼서는 자신을 잃게 되었을 겁니다. 소장님의 판단이 정말 옳은 거였어요."

"그럼 해 주는 거냐?"

"고민 중입니다. 솔직히…… 소장님도 결과를 짐작하시지요? 륜을 얻게 되었을 때 말입니다."

"알지. 아들내미가 안 된다는 거."

그가 입맛을 다셨다.

"동길이의 마음을 모르는 바 아니지만 중요한 것은 한나의 결정에 달려 있습니다. 그리고."

부드럽게 대화를 이어 나가자 강하성 소장은 처음보다 긴장이 풀린 기색으로 과자를 먹었다.

"동길이가 노력하는 것 이상으로 한나도 수련하고 있지요."

"격이란 것도 지금 네가 끌어 올려 줘 봐야 다시 한나보다는 낮아지겠지. 그럼 또 지금처럼 될 거야."

그가 쓰게 과자를 씹어 삼켰다.

"해결책이…… 썩을! 너보다 나은 게 정(情)밖에 더 있냐? 해바라기처럼 바라봐서 동정표 사는 거밖에 없지. 애가 아직 어리고 순수하니까 분명히 먹힐 거다. 열나게 수련해서 격이 올라가면 용택이 자식도 은근슬쩍 응원해 줄 테고."

고해성사하듯 속내를 모조리 풀어냈다.

"근데, 상현아, 마누라가 그러더라. 우리 아들내미가 격이 쳐 올라갈 시간이면 너랑 한나랑 추억이 생기고도 남는다고. 지금 아니면 시도도 못 해 본다고 하는데…… 가만 생각하니 그 말이 맞는 것도 같더라."

"한나의 선택을 강요하는 건 아닐까요?"

"어렸을 때부터 지금까지, 그야말로 나이만큼 같이 지낸 애들이야. 그간 틱틱거리며 쌓은 추억이 얼만데. 게다가 좋아하지 않으면서 불쌍하다는 마음만 갖고 선택할 애가 아닌 거 너도 알잖아?"

"……그렇지요."

이어 한나와 동길이의 추억거리들을 강하성 소장은 줄줄이 이야기해 주었다. 적당히 응대하며 나는 새삼 느꼈다.

타인의 생각을 바꾼다는 것이 얼마나 어려운 일인지를. 무지한 이와는 대화가 통하지 않아 난항을 겪고 영리한 이는 자기 판단에 대한 확신으로 역시 불통이 된다.

나 역시 마찬가지다. 강하성 소장의 솔직한 의견을 나는 그저 욕심이자 합리화로 받아들일 뿐이니까.

"동길이라……."

부딪치는 생각만큼 소파의 팔걸이를 두드렸다.

어떻게 하는 것이 좋을까?

감정으로 호소한 그의 노력에 대한 나의 대답은.

'그래도 어쩔 수 없다.'

마력 응집으로 맑게 유지되는 정신이 강하성 소장 내외를 잘라냈다. 이들 가족은 더는 내 심리적 거리에 들어와 있지 않는다.

내 관심사는 오로지 정혜란과 이한나에게 도움이 되는 방향과 이용택 관장의 의사를 존중하는 것일 뿐.

"지금의 이야기를 모두 백지화할 생각은 없는지요. 저는 들은 바가 없으며 소장님과 대화를 나누다 즐겁게 헤어졌습니다. 단, 동길이는 수련으로 격을 상승시키고 사모님은 이제 륜에 대해 찾지 않는 겁니다."

사실상 내가 생각하는 가장 현명한 방법이지만.

"어휴. 말했잖아. 상현아, 좀 해다오. 이렇게 부탁하마!"

역시. 선택할 리가 없다.

나는 비로소 감은 눈을 뜨며 말했다.

"좋습니다."

"좋다면…… 해 준다는 거냐?!"

벌떡 일어선 그에게 고개를 끄덕였다.

"단, 앞서의 조건을 절대 어겨서는 안 됩니다."

"물론이다마다."

"알겠습니다."

걸고 있는 펜던트를 쥐었다. 그리고 첫 만남에서의 신진권처럼 페이엔탈을 사용했다.

쿵!

마력을 진동시키고 이를 전파하자 둔중하게 울리며 시계가 일그러졌다. 강하성 소장은 눈을 비볐다. 원형의 통로처럼 이지러진 기이한 풍경에서 오직 나와 그만이 멀쩡했던 탓.

거미줄처럼 뻗어 가는 마력이 그의 몸을 파고들었다. 내 의지를 반영한 듯 거칠고 공격적인 움직임이었다.

"이, 이 기분 나쁜 건 뭐냐?"

숨법을 익힌 탓에 마력에 저항하지만 이도 저도 아닌 수준이었기에 마력은 쉽게 그의 저항을 꿰뚫었다.

깊숙이 파고드는 계약의 룬이 그의 육체부터 감정에 이르기까지 샅샅이 끄집어내기 시작했다. 나는 감응 스킬로 그의 형언할 수 없는 기분을 느낄 수 있었다.

처음은 대낮에 알몸으로 내던져진 것과도 같은 모욕감. 그것은 벗어나고 싶은 굴욕이 되었고 절대로 벗어날 수 없다는 공포를 통해 깊은 체념으로 귀결했다.

내심 나를 놀라게 한 것은 그 불안한 감정선을 따라 그의 자아가 점점 위축된다는 사실이었다.

그가 위축되는 만큼 계약의 주체인 내게 읽혔고 시간을 지속할수록 그의 격이 강제로 낮춰지는 것이 피부로 와 닿았다.

'이건 착취로군.'

스멀스멀 내게 차오르는 것은 지배욕.

침식당하는 강하성 소장.

순간 신진권이 거느린 노예들이 떠올랐다. 단순히 조건을 어겼다고 노예가 되는 게 아니었던 거다. 라탄트라와 같은 비슷한 수준의 상대가 아니라면 상대의 의지에 간섭하며 계약이라는 말장난으로 교묘히 옭아맨다.

그리고 강제로 격하시켰다.

이계원을 비롯한 현실의 능력자들에게 제약을 가하면서 계약의 룬이 가진 노예적인 기능을 미처 깨닫지 못했다. 유용하게 사용하면서 그 진실을 이제야 확인한 셈.

이래서야 격에 대하여 피상적으로 알았던 저들과 나나 다를 바가 없지 않은가.

어쩔 수 없다.

'강탈한 만큼 혜택을 줘야겠어.'

제안을 바꾼다.

마력의 침식을 강제로 끊었다.

"으윽! 이건……!"

"룬입니다. 그 힘을 느껴보시니 어떻던가요."

발동시켰던 룬을 갈무리하자 그가 식은땀을 주르륵 흘렸다.

"무섭다. 생각보다 더!"

동공이 흔들리던 그는 황급히 휴대폰을 꺼내 메시지를 작성했다. 전송 후 초조해하던 그는 잠시 후 답장이 오는 것을 본 후에야 안도의 숨을 내쉬었다.

어색하게 웃으며 말했다.

"내가 갈 때까지 절대로 하지 말라고 보낸 거야. 이 여편네가 내가 잘못되면 자기라도 시도해 보겠노라고 마음을 단단히 먹고 있었거든. 어휴. 밀어붙일 땐 아주 불같은 마누라 내가 속이 썩는다, 썩어! 아무튼, 급한 불은 껐으니 안심이다."

그는 손부채질을 했다.

"그런데 그 조건이란 게 뭐냐? 내가 할 수 있는 거지?"

"륜으로부터 관심을 끊는 겁니다."

"그야 물론이지."

자신이 꺼냈던 골동품들을 혐오스럽게 보는 강하성 소장이었다. 재차 말하였다.

"그 정도가 아닙니다. 지금도 저 몰래 일을 진행하셨으니까요."

"에이. 널 속인다는 게 가능하기나 하냐? 다 봐주는 거 알고 그런 거지."

말없이 가만히 보노라니 그가 짐짓 헛기침했다.

"아, 알았다. 마누라한테 내 따끔하게 말하마."

"이곳으로 모셔 오세요."

"어? 왜?"

"간접적으로 들어서는 실감하지 못할 겁니다. 피붙이를 위해 희생할 수도 있어요. 내 자식을 위한 사랑으로 그럴 수 있다는 거, 잘 아시지 않습니까."

강하성 소장이 미간을 찌푸렸다.

"아까 그거…… 나만 겪은 걸로 안 될까? 그거, 기분…… 정말 안 좋았어."

"다른 륜을 사용할게요. 약속합니다. 중요한 것은 경각심이니까요."

그가 이내 수긍했다. 입으로는 나무라면서도 자식과 아내에게는 해를 줄까 걱정하는 모습이 역력했다. 그는 좋은 아버지였다.

"그럼 된 거지?"

"아니요. 두 개가 더 있습니다."

"좀 적당히 하지…… 뭔데?"

소파에 몸을 깊이 파묻으며 너스레를 떨던 그가 내 눈을 보고는 정색하며 당겨 앉았다.

처음보다 위축된 기세가 눈에 띄게 드러났다. 페이엔탈의 영향이었다.

"추후 오늘 같은 일이 생겨서는 안 됩니다. 한나의 일은 오직 동길이와 한나 당사자가 해결해야지, 지금처럼 소장님이나 사모님이 나서시면 곤란해요."

"물론이지. 지가 부딪쳐서 깨져 보면 아파도 배우는 게 있을 거야. 지금이나 네가 너무 좀…… 그래서 여편네가 난리지, 인마. 상황이 너무 그렇잖아. 알지도 못하는데 이쪽에선 계속 좋아하고 또 포기해야 하고."

"끝으로, 사모님과 함께 가서 오늘의 일을 관장님에게 그대로 말씀하세요. 사실 저보다는 관장님의 허락이 있어야 한다고 봅니다. 한나와 관련된 일이니까."

흔쾌히 수락하는 그였다.

"원래 그 녀석이랑 너랑 같이 있는 자리에서 말하려고 했어. 그런데 꽤 바빠 보이더라. 네가 알는지 모르지만, 그 녀석이 그런 표정 지을 때가 엄청 드물거든. 아참. 혜란 씨나 한나한테는 말 안 해도 되지?"

"예."

한나가 안다면 정에 기대어 보는 그들 부부의 소망이 애당초 좌절된다. 그런 나의 제안에 강하성 소장은 바로 받아들였다. 이어 바로 주영순에게 전화를 걸었다.

'경솔했다.'

나는 신호음이 가는 것을 들으며 눈을 감고 반성했다.

사실.

본래 계획은 이렇지 않았다. 선을 넘어 나를 찾은 것이 그들 부부이니만큼 내 선에서 매듭까지 짓고자 했다. 에일락 반테스를 경험하며 얻은 과감함, 이용택 관장의 결단력이 모두 그러하다.

경고하며 기회를 주었는데도 이를 어겼다면, 지킬 것을 지키지 못했다면 결단코 타협하지 않았다. 티끌만큼도 용납지 않으며 여기에 융통성은 없었다.

아군에게는 자상하나 적에게만큼은 무자비한 것. 죽여야 할 대상에게 관용은 없다.

전쟁과 무술을 통해 얻은 철칙인지라 아군과 적군에 대한 개념이 명확했다.

없애는 것이 첫째다.

허나, 어제의 경험을 통해 정혜란과 한나를 위해 우회한다면, 본래 계획대로라면?

'이용해야지.'

우선 선을 가장 크게 넘은 주영순부터 제거. 죽여 없애는 것은 정혜란과 한나에게 충격일 수 있으니 기억을 조작한다.

데려와서 경각심을 준다? 그런 미온적인 대처는 화근이 될 것인데 왜 놓아두겠는가.

공포심은 시간과 함께 희석되게 마련이니 륜을 모으는 것 자체를 불가능하게 설정하는 것이 옳았다. 강하성 소장의 정신도 마찬가지로 만들어 버린다.

그렇게 소장 내외를 화목하게 연출한 뒤 강동길의 격을 올려 한나에게 붙여 두면 일견 모두가 바라는 무대가 펼쳐진다.

여기까지가 부모의 몫이자 그들이 져야 할 책임. 남은 것은 강동길에게 달렸다.

그리고 그들의 투자이자 사랑의 희생은 실패할 것이다.

"어, 여보. 잘 있지? 지금 얘기 잘 끝났어. 들어주겠대. ……휘유. 나도 천만다행이라고 생각해. 그리고 아까 문자 받았지? 그 룬이란 거 진짜 위험하더라. 괜히 시도하지 말고 얼른 와. ……응? 물론이지. 나야 괜찮고말고."

애당초 방향이 틀렸다. 원망의 대상을 나로 삼으면 곤란했다. 과연 나만 없으면 한나의 마음이 동길이에게 향할까?

'나를 이기는 게 아니라 한나를 이겨야 한다.'

누구나 위대해질 수 있으나 누구나 위대해진다는 보장은 어디에도 없다.

이후 시간이 흐르면 선택의 때가 올 터. 그 시점의 한나는 지금의 나 못잖은 경지에 분명히 도달할 것이다. 이용택 관장과 내가 반드시 그리 만들 테니까.

여기서 문제는 반복된다.

똑같이 수련해도 동길이보다 한나가 더 높은 경지에 오르는 상황. 한나의 격이 오르면 역설적이게도 그녀에게 어울리는 대상 역시 줄어들게 된다.

"당신이 너무 의심해서 그래. 그 녀석이나 얘나 얼마나 좋은 녀석들인데. 우리가 괜히 설레발을 치니까…… 어? 물론, 괜찮고말고.

왜 자꾸 걱정해? 여하간 이번에 동길이한테 기회를 주는 걸로 우리는 끝내자. 이만하면 할 만큼 다 한 거잖아."

내 한 마디에 사람들의 인생이 좌지우지되듯 한나의 말에 모든 사람의 감정이 휘청휘청할 테니까.

그런 그녀를 동길이가 감당할 수 있을까?

"……그래. 애들 일은 애들이 직접 해결하게 돼야지. ……응? 몇 번이고 말하게 하네? 멀쩡한 사람 자꾸 죽이려고 할 거야? 나 괜찮다고 했잖아."

동길이가 사실을 인정하고 받아들일 확률이 높을까, 지금의 강하성 소장처럼 행동할 가능성이 더 클까?

'나를 인정할까, 적대할까?'

육체적인 능력으로는 한나와 비등했던 양혁수조차 좌절하고 떠났는데 동길이가 과연 이겨 낼 수 있을까?

양혁수가 이블린에게 품었던 감정의 시간은 짧았다. 동길이가 이 한나에게 품어 온 세월은 거진 평생이다. 과연 그 끝에서 어떤 선택을 할 수 있을까?

"어? 이 여편네가 자꾸 같은 말을 반복하게 하고 그래? ……그렇다니까. 녀석이랑 이 녀석이 다 해 줬다고. 허락해 줬다고 몇 번을 말해! ……어? 여, 여보. 여보! 왜 울어? 뭔 일 있어?"

그때였다.

휴대폰의 스피커로 무언가 깨지는 소리가 들렸다.

"여보! 마누라! 왜 그래! ……차, 찾지 말라니! 이 여편네가 지금 무슨 헛소리를 하고 있는……! 여보세요? 여보세요?! 야, 주영순!"

꺼진 휴대폰에 대고 버럭 소리를 지르는 강하성 소장이다. 그가 신경질적으로 다시 전화를 걸었다가 와락 테이블을 내려쳤다. 숨법으로 단련된 그의 손이 튼튼한 테이블을 움푹 파이게 하고 이내 부숴 버렸다.

"이 여편네가 미쳤나. 왜 전화를 끊고 받지를 않는 거야! 아, 그게 말이지……."

씩씩거리다 내게 설명해 주려는 그.

순간, 알았다. 지금의 이 모든 일에는 배후가 있다는 사실을. 그리고 당금의 나에게 감히 대적할 수 있는 인물은 오직 하나.

'신진권!'

내게 복종한 허영의 신진권을 제외한 아메바들이 일을 벌였다. 나를 보는 즉시 심장마비를 일으킨 탓에 공포심만으로도 제어할 수 있으리라 예상했건만, 틈을 노리고 있었던 거다.

강하성 소장은 꼭두각시에 불과하다. 실을 움직이는 인형사를 잡아야 하리라.

펜던트를 들고 조작했다. 그리고 강하성 소장이 들어오면서부터 이어진 10분간의 영상이 담긴 메모리카드를 그에게 건넸다.

"소장님, 이용택 관장님께 즉시 전해 주세요."

"어? 걔가 지금 장난 아니게 수련 중인데?"

마력을 끌어모아 발을 굴렀다. 순간 육중한 울림과 함께 호텔을 빼곡하게 채웠던 마력이 출렁거리며 벽부터 유리창에 이르는 모두를 출렁이게 했다.

14층의 한 곳에서 텅 빈 공간이 쩍 열렸다. 내가 진동시킨 마력을 빨아들여 안정시키는 이용택 관장. 똑똑 문 두드렸으니 답변이 있을 것이다.

"이제 열어 주실 겁니다."

"그, 그래."

몸을 돌렸다.

"강유나 씨, 주영순의 행방을 찾으세요. 5분 이내로 체크아웃했을 겁니다."

[상현 씨 주변 인물이라 언제든 가능하답니다. 바로 위치 전송할게요~!]

펜던트가 점멸하더니 지리가 생생하게 떠올랐다. 예의 주시하며 다시 조작했다.

"신진권."

「예, 부르셨습니까.」

경건하기까지 한 그의 목소리. 듣는 것만으로도 그가 무릎 꿇고 있는 모습이 그려질 정도였다. 처음과도 같은 그의 조심스러움에 나는 안심하며 지시했다.

"지금 페이엔탈은 누가 소유하고 있지?"

「근래 교세를 확장시키느라 여러모로 사용하고 있어 분신체들이 나누어 가진 것으로 아옵니다.」

"교세 확장에 계약의 룬이 필요하나?"

순간 2초의 침묵 이후 그가 비분강개했다.

「그것들이 감히 반란을 획책 중이라니! 즉시 잡아들이겠습니다!」

"아니. 그럴 것 없다."

「예? 하오나…….」

"Z&F를 운영하는 데는 너 하나면 충분하고 new century를 관리하는 것은 강유나면 족하지."

짧은 침묵 이후 그가 다시금 조아린다.

「하면, 재앙이 끝날 때까지 엎드려 숨겠나이다.」

정말 어색하기 그지없는 대화 톤이지만 에일락 반테스의 경험을 짙게 받아들이니 제법 익숙하고 편하기까지 했다. 나는 그렇게 신진권과의 대화를 마친 뒤 강유나에게 지시했다.

"강유나 씨, 지금부터 신진권의 인큐베이터를 추적합니다. 세계 모든 곳에 그를 죽이겠노라는 저의 메시지와 영상을 송출하십시오."

[바로 공습할까요? 초토화?]

심장마비로 죽는 이들이 모두 그의 분신이다.

영향력이 줄고 진화를 꾀하던 모든 분신이 죽으면 그는 다시금 만들어 뿌릴 수밖에 없을 터. 빈자리를 채우기 위해 나타나는 이들을 역추적하면 찾을 수 있다.

대번에 내 뜻을 읽은 그녀의 물음에 간단히 답했다.

"말살(抹殺)."

[……좋아요! 요원들을 총동원할게요.]

그럴 리 없겠지만.

"융켈이 등장하면 제가 처리합니다."

[맡겨 주세요.]

존재한다면 초월하지 못한 악마라는 증거.

나오기만 해라.

이참에 융켈이라는 이름의 끝을 보겠다.

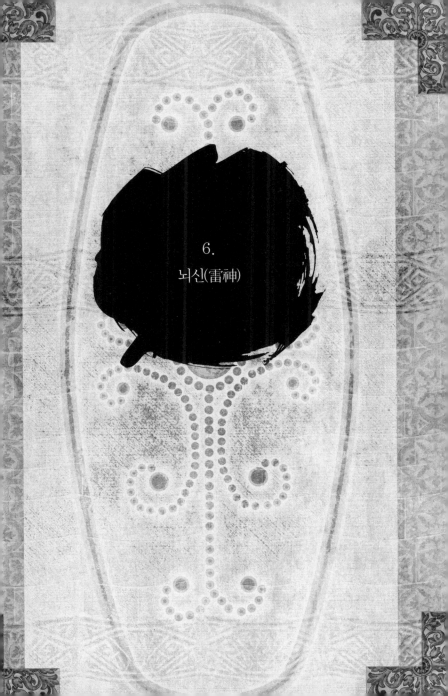

6.
뇌신(雷神)

반짝이는 지도 창.

대기를 타고 풍류로 질주하니 고속도로를 내달리는 스포츠카가 보였다. 강하성 소장이 꼭 갖고 싶었노라 노래하고 그들 부부가 그토록 기뻐하던 차였다.

안력을 집중하자 독수리처럼 밝아진 시야로 짙은 자동차 썬팅 너머의 주영순이 선명하게 들어왔다.

번진 마스카라. 꼭 다문 입술. 혼란 속에서 악만 남은 섬뜩한 표정.

'이럴까 저어했다.'

현실의 신과도 같은 능력을 갖추게 된 이 마당에 함부로 세상의 평안을 기원하지 못하는 까닭이 여기에 있다.

미움, 다툼, 시기, 질투가 없는 세계. 모두의 행복은 결코 이룰 수 없다. 천국이 가능하려면 생각, 성격, 취향에 이르는 모두를 똑같이, 아바타처럼 제작하면 된다.

너의 기쁨이 나의 기쁨이 되려면 우리는 같은 존재여야 하니까.

모두 한목소리로 한 곳만 보며 기쁨과 환희를 느낀다면 천국이 가능해진다. 여기에는 타협이 없다. 상대의 다름을 인정하는 순간 성전(聖戰)이라는 이름의 다툼이 허용되니까.

강하성 소장과 주영순 여사는 나쁘지 않다. 잘못이 있다면 단지 동길이를 사랑한 것뿐이다. 그들은 나름대로 충분하게 현명히 행동 했다.

'바로 끝내자.'

후방을 살핀다. 그리고 그녀의 자동차 보닛으로 착지.

쇼크웨이브를 사용하여 차를 띄웠다. 순간 거짓말처럼 질주하던 차량이 아무런 반동 없이, 턱 멈춰 그대로 뒤로 밀려 나갔다. 밑으 로 들어가 위로 손을 뻗자 공깃돌처럼 쑥쑥 올라가는 스포츠카.

작은 의자를 나르듯 한 손에 든 채로 나는 차를 환혼력으로 감쌌 다.

문이 벌컥 열렸다.

"우릴 내버려 둬!"

휙 뿌리자 날카로운 침들이 내 눈동자를 비롯한 얼굴에 쇳소리를 내며 부딪쳤다. 숨법을 담은 바늘들이었지만 내 체모조차 뚫지 못할 따름.

그녀는 우수수 떨어지는 침들을 보며 더 독하게 나를 노려보았다.

"한숨 주무시면 모두 해결될 겁니다."

강하성 소장에게 했던 것처럼 펜던트를 사용, 침투하는 계약의 룬이 그녀를 침식하게 하였다.

제아무리 이를 악물고 애를 쓴다 한들 일반인이 어찌 륜을 감당하랴. 그것도 내가 직접 운용하는 계약의 속박인 것을.

여지없이 강하성 소장과 같은 처지가 되고야 말았다. 의외인 것은 넘어오는 자긍심이자 격이랄 것이 너무 희박하다는 것.

'수준 차가 있나 본데.'

나는 같은 시간에 페이엔탈의 힘을 강제로 끊고 주영순을 기절시켰다.

그렇게 늘어지는 몸을 안아 든 그때였다, 살기가 다가온 것은.

'누구지?'

가드레일 너머. 그리고 정면에서 화물 트럭과 승합차가 미친 듯이 가속해 왔다.

두 눈을 질끈 감은 양측의 운전자.

"신진권."

쾅!

화물 트럭을 권으로 날려 버린 나는 몸을 돌려 승합차를 쇼크웨이브로 멈춰 세웠다. 이어 창을 깨부수고 놈의 멱살을 움켜쥐었다.

"그때로 부족했나?"

"흐흐……."

실눈조차 뜨지 않은 그가 애써 비웃었다.

"부, 부족해, 했으면 우리가 이 꼴이, 일 리 있겠나!"

"나를 죽일 방법은 마련했고?"

"당장은, 아, 아니지만! 이제, 돼, 됐다!"

바지를 척척히 적시는 그로부터 주영순이 닿지 않도록 할 때였다.

탕!

총성이 울리고 반사적으로 내린 손마디로 둔탁한 무언가가 튕겨 나갔다. 그녀를 노린 저격.

당장 권을 때려 적을 격살시켰지만, 눈살이 절로 찌푸려졌다.

"이해할 수가 없군."

공포심을 이겨 낸 것도 아니다. 죽일 수단을 마련한 것도 아니다. 그런데 나를 도발하다니.

"지금, 죽여 달라고 발악하는 거냐?"

손아귀에 힘을 주자 그가 꺽꺽 쉿소리를 냈다.

"준비는 끄, 끝났다. 두, 두고 봐라…… 반드시 복수를……! 컥!"

바들바들 떨다가 제풀에 죽고야 말았다.

나는 놈의 목뼈를 분지른 뒤 주영순을 안아 들었다. 치밀하기는 커녕 무모한 놈들 아닌가. 천재를 자부하는 이들이 공포감조차 극복하지 못한 상태로 어설픈 도발을 하다니.

'현실을 포기하지 않고서야 감히 내게 이빨을 드러낼 수는……?!'

우뚝.

'설마.'

의구심에 다시금 살펴보는 그녀.

멈췄다가 꼼꼼히 다시 보았다. 주영순의 몸에 전신마취와 개폐의 흔적이 있었다. 인체 해부를 한 것!

"이……놈이!"

잘못 본 게 아니었다. 확실했다. 분명히 열었다가 다시 덮었다. 몸에서 머리까지.

그것도 한두 번이 아니다.

까득!

보관함에서 포션을 꺼냈다. 먹이고 내부를 다스린 뒤 봉합된 자국을 치료했다.

숨법이 유출됐다.

그때 이용택 관장으로부터 연락이 왔다. 한없이 깊은 침묵 속에서 고른 숨이 들이마셔지고 억눌린 감정과 함께 내뱉어졌다.

음산하기까지 한 그의 목소리가 영혼에 새겨지는 듯했다.

『누구냐.』

"……죄송합니다."

『넌 병신이 돼서 온 녀석을 치료는 못 해 줄망정 기를 죽여 놨고?』

잘게 떨리는 그의 목소리.

감히 할 말이 없었다.

오판이었다. 역시 목 끈을 채우는 것에서 만족해서는 안 되는 것이었다. 숨통을 끊어 버렸어야 했다. 상상도 못 했다.

'설마 현실을 포기할 줄이야.'

떠나며 이렇게 분탕질을 칠 줄은 생각지 못했다.

방심했던 나를 자책하여 무엇하랴. 지금이라도 바로잡을 수밖에. 쉽게 죽이지 않겠다. 끝까지 쫓아가 살지도, 죽지도 못하게 만들어 주겠다.

"죄송합니다. 추적 중이니 곧 위치를……."

펜던트가 반짝였다.

역시, 강유나.

빠르다!

"……확보했습니다."

전쟁을 통해 쌓은 고문의 극한을 맛보여 주겠노라 다짐하는 그때.

『와라.』

이용택 관장이 그답지 않게 크게 숨을 마시고 내뱉었다.

『와서 가족을 지켜.』

그 묵직한 숨이 분노로 잘게 떨리는 음성에서 감정을 지웠다. 나로 하여금 심장마저 쿵쾅거리게 하는 긴장감과 압박감.

그가 선언했다.

『놈은 내가 죽인다.』

"알겠습니다."

일말의 고민도 없이 답한 나는 신속하게 주영순을 데리고 호텔로 복귀했다.

그의 분노는 당연했다. 사실 일어난 사건만으로 볼 때 내가 신진권에게 본 손해는 없다는 것이 옳았다.

나와 관련된 이들, 내가 보호해야 할 가족에 대해서만큼은 조금의 빈틈도 없이 울타리에 두었고 영향력을 온전히 끼쳤으니까.

난 친절하고 자상한 사람이 아니다. 보는 만큼만 보여 주고 드러낸 감정만큼 그대로 갚아 준다.

따라서 강하성 소장 내외의 불행은 그들이 나를 피했다는 것에서 비롯되었다. 나 역시 그들의 마음대로 거리를 두었기에 일어난 일.

'목숨을 건 것은 의외였지만.'

죽지 않는 아메바들이 완벽히 죽을 각오를 한 건 뜻밖이나, 정작 나와 내 소중한 이들에게는 아무런 피해도 주지 못한 것이 객관적인 판단이었다.

반면, 이용택 관장의 입장은 다르다. 죽마고우가 망가져서 왔으니까. 그들 부부가 엉망이 된 것이니까.

아메바의 시건방짐을 응징하려는 나보다 당연히 이용택 관장의 복수가 타당했다.

"대단하구나!"

돌아온 호텔의 정경!

절로 감탄사가 나왔다. 가히 악마의 성을 방불케 하는 광경이었다.

칠흑 같은 어둠에서 내부의 빛이 점멸하는 가운데 먹장구름이 요동하는 마력에 따라 회오리치고 있었다.

관상수의 잎은 물론, 쓰레기와 주먹만 한 돌들까지 휙휙 날았다.

두꺼운 회전문과 유리벽에 금이 갔다. 와장창 깨지는 곳도 있었다. 이 모두가 한 사람의 분노로 말미암았으니!

'살벌하군.'

세계 간의 차이일까. 현실의 신과 초인이 모두 사라진 영향일까. new century에서와 달리 현실의 마력은 순종하는 노예와도 같았다.

어마어마하게 넘쳐나며 언제든 지시에 따르는 충실한 하인.

그리고 이용택 관장은 이 모든 마력의 유일한 주인이었다.

마력의 총량이 정해져 있는 나와는 달리 그는 현실 세계의 마력을 무한정 끌어다 쓸 수 있는 유일무이의 초인이다.

그의 정신력이 엄청나서 이런 이적을 발휘하는지, 아니면 숨법을 통해 격이 오른 모두가 가능한지는 아직 확신할 수 없었다.

중요한 것은 법칙성에 기댄 스킬 없이는 나조차 감히 그를 상대할 수 없다는 사실이다.

이러한 그의 분노를 누가 감당하랴.

"이제 왔습니다."

웨딩홀로 쓰이던 4층의 다이아몬드 홀의 문을 열자 중심에 모여 불안해하는 정혜란과 가만히 명상하는 이블린, 나를 보고 초조한 기색을 지우는 한나. 그리고 이용택 관장의 굳은 표정에 경직된 분위기를 풀려고 노력하는 강동길이 있었다.

'걱정하지 마. 오빠가 지켜 줄게! 나 요즘 수련 많이 했다구. 이거 봐~ 믿음직지? 자~' 하며 우스갯소리도 했다가 알통도 보이고 물살을 출렁이기도 하는 그의 노력.

분위기 파악 못 하는 그 모습에 '오빠! 좀 가만있어!' 라는 한나의 짜증.

움찔하는 동길이의 모습이 연이어 펼쳐졌다.

한두 번이 아니었을 테니 저런 모습을 지켜보는 부모의 마음이 어찌했을까. 이해되고도 남는다.

"늦었구나."

여느 때와 같은 무표정한 이용택 관장. 그러나 가라앉힌 분노가 내 눈에는 보였다.

몸에 잔상을 만들 만큼 포화 상태의 마력이 그의 육신을 겹겹이 두르고 있었다. 그 여파만으로 호텔 인근의 날씨를 바꾸었지 않은 가.

짐짓 분위기를 환기해 본다.

나는 고개를 살짝 숙이며 펜던트를 풀었다.

"의외네요. 저는 모두 재운 상태라 제가 깨워야 할 줄 알았습니다."

"어제라면 그랬겠지."

오늘은 다르다는 말. 과연 그다운 대답이었다. 격에 오른 자가 어떤 힘을 발휘하는지, 어떤 존재인지를 피부로 느끼게 해 주겠노라는 것이다.

"배우는 게 있겠군요."

간접적으로 격에 대해 생각하는 것보다 그 파괴력을 목도하면 중량감이 다를 터다.

"주영순 씨는 완전히 치료했습니다. 소장님 역시 정상의 몸이 될 겁니다."

이에 그가 나직이 나를 불렀다.

"상현아."

"네."

"분노에 먹힐 내가 아니다. 그러니 알려다오."

메마른 미소를 짓는 그.

"놈은 어딨나?"

나는 쥐고 있던 펜던트를 통째로 그에게 주었다.

"사용법은 이미지화하는 것으로 충분합니다. 정보에 관해서는 불가능이 없지요. 질문하시고 원하는 형태의 대답을 떠올리면 됩니다."

펜던트를 왼손에 쥐는 그.

넘치는 마력의 강제 주입으로 펜던트가 맹렬한 빛을 토해 냈다.

"적의 위치."

순간, 섬광이 그의 손 틈새로 번쩍였다. 비집고 나와 홀을 가득 채우는 그것은 오대양 육대주의 장엄함.

놀랍게도 심해를 보고 싶으면 심해를, 산의 정상을 보고 싶으면 정상의 풍경으로 확대되는 지구의 축소판이었다.

거머쥔 손 너머로 영사기의 빛처럼 일렁이는 땅과 바다. 유형화된 마력의 총체로 번뜩이는 이용택 관장.

그의 모습은 마치 지구를 손안에 쥔 초월자의 현신이었다.

'많다.'

세계 곳곳에는 붉은빛이 별처럼 박혀 있었다. 한국의 은밀한 장소가 아니었다. 대륙을 넘고 나라를 건너 자리했고 일부는 놀랍게도 바다에까지 찍혀 있었다.

68곳이라는 지점들은 그 모두가 신진권의 인큐베이터라는 의미였다.

그 짧은 시간 안에 파악할 정보가 절대 아닌 바.

'강유나가 진작부터 조사해 온 거겠군.'

여하간, 교토삼굴이라는 말을 넘어 수십 개의 도피처를 만들었으니 정리하는 데도 시간이 꽤 걸리리라.

이쪽에서 지워도 몰래 또 만들면 장기전을 벌일 수밖에 없을 터. 당분간 미치도록 쫓아다녀야겠구나 싶다.

우선은 한국 내만 정리하고 남은 것은 아바타를 양산하여 완전히 조여야 하겠다고 생각하는 그때.

"최단 경로."

지이잉-!

섬세하게 일렁이던 영상이 짓눌렸다.

"내가 네게 맞추랴? 최단 경로!"

쩍!

미친 듯이 진동하며 펜던트에 균열이 가기 시작했다. 그는 갈라지며 튀는 파편을 그대로 밀어 넣고 달걀을 쥐듯 감쌌다.

곧 어마어마한 연산 과정이 흐르며 호텔을 기준점으로 한 반사각이 명멸하기 시작했다.

투로가 압축되듯 반사각이 조절됐다. 때맞춰 이용택 관장이 발을 구르니, 가히 진공 상태가 되어 버린 먹먹한 실내 바깥. 저 감각의 너머로 마력이 광포하게 날뛰었다.

느낄 수밖에 없었다. 그토록 전율적이었으니까.

잘게 떨리는 그의 몸. 유형화된 마력이 창밖으로 그의 분신을 자아내 검로와 투로를 무한히 뻗었다.

검로를 따라 빛을 품고 형성된 광검으로 마력이 압축하여 크기를 더해 갔다. 그 결과 벼락과 천둥이 몰아쳐 귀가 멍할 정도가 되었다.

그렇게 형성된 벼락이 이용택 관장의 오른손에 잡혔다.

"아아……!"

가히 뇌신(雷神)의 위용!

덜덜 떠는 가족들.

혼절해 버린 동길이는 물론, 의식을 잃은 강하성 소장 부부조차 간질에 걸린 듯 몸을 떨어 댔다.

그제야 내 몫을 떠올린 나는 이들을 홀의 중앙에 모으고 야영 스킬을 사용했다.

포션을 먹이고 부어 강하성 소장의 몸을 치료하는 것을 마무리하자 비로소 이들의 창백했던 안색에 핏기가 돌았다.

힐끗 이를 본 이용택 관장이 문 쪽으로 걸음을 옮겼다.

파편조차 흘리지 못한 펜던트의 빛. 무한히 빨아들이는 블랙홀처럼 끝 모르게 받아들이고 내뿜는 그의 마력이 뚜렷하고 명확한 선을 이끌어냈다.

정확히 그의 몸이 펜던트의 영상의 반사각과 일치하는 찰나.

출렁!

홀의 오대양 육대주가 요동쳤다. 각각의 붉은 포인트 위로 바람이 불었다. 불가해한 먹장구름이 모이는 그 순간.

번쩍.

눈이 멀듯 한 백광.

꽈르릉!

뒤따른 벽력음이 사라지기도 전에 손을 떠난 벼락이 하늘을 달렸다.

이탈리아의 한 예배당으로 낙뢰가 내리꽂혔다. 생생하게 보이던 영상이 일그러졌다. 사람들이 지워지고 움푹 파이더니 지형이 뻥 뚫려 본래의 형체를 잃어버린 것.

"이게 뭐예요?!"

"상현 군, 지금 저게…… 그이가 한 거 맞아요?"

다급히 묻는 그녀들에게 이블린이 손가락을 가리켰다.

"이것이 격에 오른 자. 상현 씨와 이용택 관장님의 힘이군요!"

"격……?!"

그녀의 손가락이 닿는 곳에는 깨끗하게 뚫린 호텔의 천장. 저 멀리 말세가 재림한 듯 폭풍 구름이 소용돌이치는 하늘이 있었다. 송

곳으로 뚫은 양 드러난 하늘.

'홀로 무한하게 마력을 지배하면 저런 것도 가능한 거구나.'

검강을 저렇게 쏘아 보내다니.

에일락 반테스의 관점으로도 탄식이 절로 나오는 공세였다. 세련됨이 부족하지만, 저토록 광대한 마력을 쓴다는 것은 그 자체로 대단한 정신력이 아닌가.

순종하는 현실의 마력이 호응하였기에 가능한 이적이었다.

번쩍!

설마 하며 동공을 흔들던 그녀들의 눈에 다시금 벼락을 던지는 이용택 관장.

섬광이 일었다. 감은 눈을 뜨는 순간, 호텔의 상층부가 사선으로 썩둑 잘렸다.

위를 보았던 그녀들이 황급히 홀의 지도를 확인!

콰르릉—!

인도의 산 하나가 허물어졌다. 노이즈가 잔뜩 낀 영상처럼 온전치 못하게 변한 지도. 시신조차 남기지 못하고 스러지는 인명들.

믿을 수 없는 광경에 정혜란이 머리를 쥐며 쓰러지려 했다. 뼈마디를 떨게 하고 뇌까지 진동시키는 파동을 느꼈으니 그 압도감이 남달랐으리라.

"아악!"

그러다 소스라치게 놀라며 비명을 질렀다. 잘린 건물의 상층이 와르르 쏟아지고 있던 까닭. 나는 한 손을 위로 뻗었다.

"제가 지킵니다."

평화의 불씨를 피우며 쇼크웨이브로 일행을 보호했다. 곧 온갖 물건부터 돌과 철재를 비롯한 자재들이 무섭게 내리꽂혔다가 창에 빗방울 튕기듯 펑펑 밀려 나갔다.

좌우로 빗기며 쌓이는 5층 높이의 잔해들을 대수인으로 쏴악 쓸어 내는 그때,

꿀꺽.

바로 옆에서 침을 삼키는 소리가 유난히 크게 들렸다. 야영 스킬을 사용하고 불씨를 피운 것치고는 마음의 불안이 꽤 큰 것 같다.

"긴장하실 필요 없어요."

"어? 어어."

"괜찮습니다."

애써 이겨 내려는 그녀들과 달리 한나는 어느새 다가와 옷을 꼭 붙들고 있었다. 내 말이 잘 안 들리는 것 같다.

'청각에 문제가 생겼구나.'

나는 쇼크웨이브로 뒤늦게나마 음파를 차단하고 포션을 모두에게 먹여 원기회복을 도왔다.

그제야 그녀들이 정신을 수습했다.

그렇게 끝나지 않을 것 같은 뇌성이 멎은 그때.

불쑥.

"이제 한 곳 남았다."

손끝, 머리카락 한 올 한 올에 이르기까지 전광이 번뜩이는 모습으로 그가 나타났다. 상, 하의의 옷은 흔적도 없이 사라진 상태. 나는 보관함에서 속성력에 대한 저항력이 제법 되는 법복을 꺼내 그에게 주었다.

섬세하게 번개를 운용한 그가 입은 법복 바깥으로 새하얀 전광을

번쩍였다.

"멀지 않군요."

Z&F의 별장 중 하나였다. 모조리 부서지고 국내에 단 하나 남은 그의 인큐베이터.

일그러진 영상으로 우왕좌왕하며 어찌할 바를 모르는 알몸의 신진권들이 보였다.

─이게 뭐야! 이게 뭐냐고!

─터무니없다. 정말이지…… 으아아악!

─ㅎㅎㅎ. 천만에! 이쯤은 해야지! 암! 이 신진권의 적인데 이 정도는 돼야지!

─미친놈! 난 살아남을 테다. 살고 말 거야!

하늘에 저주를 퍼붓고 무릎 꿇어 좌절하며 총기를 들고 무장한 뒤 메뚜기처럼 사방으로 도망치는 모습이 보였다.

저마다의 아메바들은 모두 달랐지만, 절망과 절규만큼은 모두가 가진 공통된 감정.

"다녀오마. 꽤 걸릴 거야."

강력한 살의가 두 눈에 어렸다. 때려 부수는 것이 아니라 잡아서 고통을 주겠노라는 뜻. 나는 그의 분노가 사라질 것을 저어하는 마음에 평화의 불씨를 없애며 답했다.

"충분히 늦으셔도 됩니다."

이제부터 본격적인 사냥을 하겠노라는 그에게 나는 악수하며 덧붙였다.

"발견하신 륜을 부숴 펜던트에 넣으면 더 큰 도움이 될 겁니다."

"그리하마."

쩌릿쩌릿한 손바닥의 전류.

이용택 관장은 이를 끝으로 번쩍임만 남긴 채 사라졌다. 그가 떠나자 홀을 가득 채웠던 영상들도 봄날의 눈 녹듯이 지워졌다.

남은 것은 오직 폐허와 층층이 덮었던 구름의 잔재뿐.

나는 막힌 시야를 트이게 할 겸 대수인으로 잡동사니들을 다시금 치웠다.

"이제 급한 불은 꺼진 상태입니다. 많이 놀라셨죠?"

야영 스킬에 자연스럽게 따라오는 모닥불. 그 위에 평화의 불씨를 띄워 둥실둥실 떠다니게 연출했다.

그러며 모두를 둘러앉게 하니.

착착.

말 잘 듣는 유치원생처럼 바로 앉는다.

"흠."

이거, 아직도 긴장한 상태다. 모름지기 긴장을 푸는 데에는 음식이 곁들여지면 더 좋은데, 호텔이 폭삭 무너지는 바람에 아바타 하인들도 떼죽음을 당했다.

보관함을 열어도…… 맛있게 먹을 만한 음식이 없었다. 성능 좋은 포션과 술. 제임스의 식성에 걸맞은 몬스터 고기는 있지만, 무엇도 여자들에게는 어울리지 않았다.

괜스레 어깨를 으쓱였다.

"상황이 꽤 기이하게 돌아가 혼란스러우실 겁니다. 어디부터 설명해야 하는지…… 이비?"

"네, 상현 씨."

"관장님이 어디까지 말씀하셨던가요? 지금의 상황에 대하여 얼마나 알고 계십니까?"

"전혀 몰라요."

그녀가 짧게 답했다.

"전혀?"

"급히 소집하시고 지금에 이른 것일 뿐."

"아빠가 하도 무섭게 계셔서…… 아무것도 몰라요."

"아, 하나 있긴 하네요. 상현 군이 오면 이걸 보이라고 했는데."

다행히 말문이 트이기 시작했다.

꽃향기 물씬 나는 정혜란이 주머니에서 접힌 천을 꺼내 내게 주었다. 그것에는 사(思)라는 글귀가 용사비등의 필체로 쓰여 있었다.

'그 짧은 시간에 성과를 보신 건가.'

생각이란 곧 마음의 밭을 가는 것. 한자의 의미를 모르는 이, 누가 있겠느냐만 이 획 하나하나에 스스로 참오하도록 만드는 것은 아무나 할 수 있는 일이 아니다. 실로 야영 스킬의 효과가 엿보이는 글씨였다. 저 글자에 이어 구절을 완성하면 그 자체로 지혜를 쌓기 위한 무공이 탄생할 것이 자명한 바.

과연 대단하다.

"하긴. 약간의 조짐도 없던 일이었지요. 예상 범위 안에 있는 위험을 막지 못할 리 없으니까…… 그래도 짐작 가는 바는 있지요?"

수긍하는 이블린. 반면 여전히 의문에 찬 두 모녀였다.

나는 기절한 두 부부, 그리고 동길이를 보며 지금까지의 이야기를 그녀들에게 차근차근해 주었다.

그들 부부의 감정과 대응, 빈틈을 보이는 때부터 일어난 신진권의 행동들까지 전반은 물론 모든 이야기를 하였다.

묻는 것에 성심성의껏 답하며 감응으로 느낀 그의 감정까지 대변했다.

점차 말이 없어졌다. 가만히 의식 잃은 그들 가족을 보는 시간이 늘어만 갔다.

그쯤, 이질적인 기척이 느껴졌다.

나는 이용택 관장이 남긴 천을 야영의 불꽃 위에 올렸다. 무공의 힘과 동조하는 스킬이 상승 효과를 발휘한다. 곧 깊은 명상에 빠지는 그녀들을 뒤로한 채 슬쩍 나왔다.

그곳에는 검은 머리칼의 강유나가 있었다.

"동생, 잘 있었어?"

작은 몸보다도 길쭉한 검을 멘 소녀. 우아하기보다는 단단하고 활발한 느낌의 그녀. 지난번 짧게 들렸던 활달한 강유나였다. 그때처럼 친근하게 지내고 싶은 마음이 담겨 있었다.

본래 김태진의 륜이었던 다이엘란을 삼키며 향상된 정신 능력에 욕망을 담아 활동하는 행동파 강유나.

다만 몸이 어린 것은 다이엘란의 격이 별 볼 일 없어서 형성한 육신의 재료가 적었던 탓이라 했다.

"물론입니다. 그런데 무슨 일이십니까?"

큰 눈망울. 키보다 큰 칼을 찬 소녀는 오만하게까지 보이는 자신감에 팽배했다. 그녀는 처음 나를 봤을 때처럼 친근하게, 누나처럼 행동했다.

목소리가 매우 어린 것이 불균형하지만 말이다.

"연락할 방도가 마땅치 않아서 직접 온 거야. 아메바가 무슨 짓을 한 건지 알았거든. 또, 알려 주고 싶은 것도 있고."

어둑어둑한 잔해의 그림자로부터 모습을 드러낸 소녀가 하얀 치아를 보이며 환히 웃었다.

당당한 강유나의 미소를 보는 것이 얼마 만일까. 뿌듯하게까지 보이는 강유나를 보니 내 입가로도 자연 미소가 떠올랐다.

관리자로서의 그녀가 너무 수줍고 표현을 삼가서 가끔은 옛날이 생각날 때도 더러 있었던 탓이다.

"그렇지 않아도 궁금해하던 참이었습니다."

"기다렸나 봐?"

참으로 고마운 일이었다. 나를 잘 이해하는 사람이 있다는 것. 그리고 도움을 주고 자신을 드러낼 수 있다는 것에 순수하게 기뻐하는 여자가 있다는 사실이.

"물론이지요."

그녀는 내 얼굴을 보더니 매우 흡족해했다.

"몬스터 플레이를 기억하지? 심마처럼 숨어들어 대상의 빈틈을 공략하는 거 말이야. 그간 아메바들이 열심히 한 게 그거였어. 잠입 가능한 모든 NPC에게 전부 잠입한 거야. 인간은 물론 자잘한 몬스터들까지 전부."

"왕과 귀족, 실력자들을 제외한 모든 주민에게 말이지요?"

"응. 아티팩트가 없는 권력자의 자제들부터 노인에 신생아까지 몽땅."

본래 몬스터 플레이를 하는 것은 정신을 차지하여 자신이 사용하는 것에 있었다. 게임으로는 시나리오 진행을 위해 등장시키는 용도지만 그 목적 없이 무조건 잠입만 했다면 이는 목적이 뚜렷해진다.

"도박이군요. 완전해질 방법으로는 꽤 괜찮은 수입니다."

스스로 인간이기를 포기했다. 여기에 현실을 완전히 버렸다.

현실에서는 이길 가능성이 전무하다고 판단한 것이리라. 그렇기에 수백억, 수천억의 생명체에 접속하여 자신의 의식을 숨겨 둔 거다.

성공하여 몸을 얻으면 이를 기반으로 어떤 식으로든 성장을 꾀한다. 대다수 실패하겠지만, 무엇이라도 성공한다면 많은 이능과 신비의 힘으로 그가 염원한 완전함을 얻을 수 있을 것이다.

"그게 아니야. 몇 개체를 확보해서 알아봤는데…… 아메바들이 강력하게 각인시킨 건 바로 동생이었거든."

강유나가 어깨를 으쓱거렸다.

"이상현이라는 이름. 동생의 외모와 능력 등 무어라도 일치하는 요소를 발견하면 본능적으로 적개심과 살의를 갖게 하는 것. 이게 아메바의 제1 목표야. 아마 아메바의 잠입을 막아 내지 못한 이가 있다면, 동생을 볼 때마다 이유 없이 불쾌해질 거야."

"재밌군요. 동물에서부터 거주민에 이르기까지 저를 전부 거부하게 하겠다?"

"어. 이를 위해서 공조 체계도 만들었어. 동생을 공격하는 이가 있으면 먹이사슬 관계에 있어도 협력하는 식으로. 이걸 본능의 영역에서 세뇌하는 게 아메바의 목표야."

그녀의 손가락이 들렸다.

"또 하나. new century는 물론, 현실에서도 같은 짓을 벌였더라고."

현실의 사람들에게도 나에 대한 적개심을 심었다?

몬스터 전용의 캡슐을 이용하면 물론 가능하기는 할 것이다. 그러나 회선을 역으로 돌리는 것은 그가 아닌 강유나의 동조가 있어야만 가능한 일.

그녀의 말대로라면 강유나조차 나를 배신했다는 뜻이 된다. 그러나 일을 벌이고 지금 이실직고를 한다고 내가 그냥 넘어갈 리 있으랴.

그런 내 성정을 가장 잘 아는 그녀가 이렇게 조잡한 장난을 칠 리도 없고 말이다.

순간 스치는 단어가 있었다.

종교 활동. 포교 활동.

"포교한답시고 눈과 귀를 가린 거군요."

"응. 알다시피 인간의 기억을 만지는 건 쉬워. 외팔이가 열심히 위에서 떠드는 동안 사실상 움직인 건 아메바들이었거든. 동생에 대해 찬양하게 하면서 이율배반적이게도 악마적 이미지도 함께 넣었지 뭐야. 외경심과 공포심은 사실 같은 거잖아?"

절로 혀를 내두를 지경이다.

"부지런히도 움직였군요."

고개 숙인 채 눈알은 이리저리 굴려 대며 틈을 보았을 아메바가 선하게 그려졌다.

"판단이 빨랐지?"

"예. 포기가 정말 빨랐습니다."

new century의 생명체들에게 잠입한다. 현실의 인간들을 세뇌한다. 이는 무엇 하나 쉽지 않은 대규모 작업이었다.

막을 방법은 있었다. 허영의 신진권에게 더 강력한 힘을 주어 휘어잡게 했다면 가능했다. 주기별로 내가 돌아보았다면 역시 가능했을 것이다.

허나, 이는 결과론적으로 돌아보았을 때의 해결책일 뿐.

'제법이다.'

인정할 것은 인정한다.

인연을 소중히 하는 내게 더 깊은 인연이 생길 싹을 자르고자 했다.

여기에 new century를 여행하고자 하는 나를 방해하고자 한 점. 아주 괜찮았다.

강하성 소장 부부는 운이 없었던 셈. 사전 작업을 마치고 떠나기전, 분탕질을 치려는 마당에 따로 떨어져 나와 그대로 잡아먹힌 거였다.

"현실의 세뇌는 풀면 그만입니다."

영상으로 '정신 차려라' 는 식으로 한마디만 해도 끝. 최면과 세뇌의 최강자인 강유나가 직접 나서도 가뿐히 해결될 정도였다.

"작업 시작했어. 넉넉잡고 나흘이면 끝나. 하지만 new century는 어려워. 아메바가 자아를 분열시키면서까지 아예 본능에 녹아든 거라 오염된 건 어쩔 수가 없거든."

"관계없습니다."

아메바의 꼼수도 충분히 해결할 수 있었다.

TV채널이 마음에 들지 않으면 리모컨으로 끄면 그만이듯 new century가 있었다는 것을 현실에서 지우면 끝이다. 가상현실 게임이 없어도 세상은 아무렇지도 않게 굴러갈 테니까.

허나, 저 작은 꼼수로 버리기에 new century는 너무 아깝다.

아메바도 이를 알기에 모든 것을 건 것일 터.

　"외모만으로 적대하는 수준이면 후드를 쓰거나 복면을 하면 그만이지요."

　조금 귀찮아졌을 따름이다. 비전과 일그러진 륜의 힘이 있는 내게 그 정도 난관은 그저 새로운 흥미일 뿐이니까.

　"제게 알려 주고 싶은 건 무엇입니까?"

　"칫. 동생이 너무 담담하게 받아들여서 별로 효과가 없을 것 같아."

　새침하게 발끝으로 땅을 차는 강유나.

　"new century의 아메바를 모두 지울 방법인가 보군요."

　그녀가 고개를 끄덕였다.

　"전에 다이엘란이 내게 찾아왔다고 했었잖아."

　"그녀를 흡수했다 했지요."

　다가온 그녀가 내게 입을 크게 벌렸다. 마치 치과 의사에게 충치 검사를 받듯이 '아~' 하니 벌려서는 손가락으로 가리켰다.

　"이거 봐. 뾰족하지?"

　내 손을 가져가서는 입에 넣어 만지게 한다. 손끝의 차가운 느낌. 날카롭고 단단했다.

　마치 영화로 보았던 흡혈귀의 것처럼 날카로운 치아였다.

　"뱀파이어 말이군요."

　"응. 나 사람들 막 깨물면 흡혈귀들도 잔뜩 만들 수 있다? 이미 다이엘란이 오기 전에 하나 만들기도 했더라고."

　자랑하는 그녀가 매우 귀여웠다.

　"김태진입니까?"

"어. 아, 맞아. 걔한테 동생이 한마디 해 줘. 함부로 흡혈하면 안된다고. 잘못하면 현실에 구울이나 좀비가 나오거든."

"차라리 백신을 만들어서 불가로 만드는 게 어떨까요?"

"내 몸으로 실험 중인데 만만찮아. 현실에 있는 물질로는 불가능해. 신의 축복을 받은 물건이 세상에 존재할 리 없잖아? 성물이란 것들을 연구해 봤는데 별 효과가 없더라고. 아무래도 new century와 연관이 있어서가 아닐까 싶어."

"알겠습니다."

녀석이 질겁하겠지만 한 번 더 방문해야 할 성싶었다.

"그래도 그 제안이란 걸 알려 주세요. 궁금하군요."

소녀 강유나가 에헴! 기침했다.

"한 방에 몽땅 바꾸는 방법이 있어. 바로 시간 회귀로 아메바한테 엿을 먹이는 거지."

회귀라면, 아직 연구 중이라 들었던 능력.

"분석이 끝난 겁니까?"

"아니. 분석은 덜 끝났는데 능력은 쓸 수가 있어. 몸이 기억하고 있거든. 사실 동생이 허락해 줘야 시도도 할 수 있는 거고. 예전에 공항에서 다이엘란이 썼다가 동생이 막아 버리는 바람에 격도 잃어 버리고 와장창 떨어졌다고 하더라. 그 기억이 너무 선명해서 차마 시도를 못 하고 있지 뭐야. 고작 1초나 2초, 3초밖에 말이지."

공항이라면 내가 아닌 이용택 관장이 막았을 때다. 즉, 그녀의 이야기는 시간을 다시 돌릴 테니 이를 막지 말고 용인해 달라는 것.

과거로 돌아가 아메바의 계획을 사전에 차단하겠다는 이야기였다.

"길게 돌리면서 면밀히 관찰하면 완전히 분석할 수 있을 거 같아.

어때? 동생한테도 괜찮은 의견 같은데."

그때로 돌리면 그제 일어난 지진부터 강하성 소장 부부의 사고 역시도 막을 수 있으니 아메바에게 제대로 한 방 먹이는 셈.

시간을 돌려도 나와 이용택 관장의 의식은 온전히 유지되니 조금도 피해는 없었다.

강유나는 기술을 과학적으로 이해하니 좋고 우리는 잘못을 바로잡으니까 좋다.

하지만.

"거절합니다."

"역시 그렇지?"

"예."

상처 하나 없는 매끈한 전사, 흉터조차 없는 투사, 경험과 지혜의 주름이 없는 노인이 무슨 의미가 있으랴.

언제나 어리고 보살핌받으며 예쁨받고 싶은 아이로 남고 싶다면 회귀를 선택하겠으나 나는 그렇지가 않다.

"노파심에 한 가지 보여 드릴게요. 지금 3초 이하로 회귀를 사용해 보세요."

"이렇게?"

숨 쉬듯 자연스럽게 사용하는 그녀. 태진이보다 능숙한 그녀의 움직임에 멈추었던 나의 손이 같은 속도로 역행했다.

턱. 어깨를 짚어 강제로 멈추자 반동으로 사뿐하게 그녀의 몸이 날아들었다. 가슴으로 받아들인 뒤 땅에 내려놓았다.

"0.2초였는데 그걸 잡아?"

"격의 차이가 심해서 그렇습니다."

"……태진이 많이 맞았겠다. 3초 이하는 절대 안 들킨다고 알려 줬었는데."

"늘씬하게 때렸지요."

서로 같은 생각을 했는지 한바탕 웃음이 지났다.

문득 강유나가 풀쩍 뛰어올랐다. 반사적으로 안아 드니 갓난아이 같이 품에 들어왔다.

"상현아."

"예."

"new century 접속했다가 조금이라도 불편하다 싶으면 말해. 패치 해 버리게. 다이엘란이 그러는데 패치 할 때마다 시간이 100년씩 흐른다고 하더라. 팍팍 돌려 버리면 아메바가 늙어 죽지 않겠어?"

"완전체가 탄생할 수도 있지요."

"더 쉽잖아. 귀찮은 거 없고 고만고만한 머리만 남을 테니까. 그때 싹둑 자른 다음에 느긋이 여행하는 방법도 있으니까 언제든 말해. 알았지?"

피식.

수긍하자 강유나가 내 팔 위에서 뛰어 어깨에 앉았다. 일반인의 몸이었다면 불가능했겠지만 호감이 되며 과하게 커진 몸이라 그녀가 앉기에 부족함이 없었다.

그녀는 내 머리를 몇 번 쓰다듬은 뒤, 귀를 깨물었다.

카각!

"아야!"

돌 긁는 소리.

풀쩍 뛰어내린 그녀가 치아를 살살 어루만졌다. 살짝 갈린 치아가 다시금 뾰족하게 자랐다.

"도장 찍으려 했는데 안 되네. 씨이! 나, 갈 거야!"

"다음에 뵙지요."

"응!"

몸을 홱 돌린 그녀가 손가락을 튕겼다.

"상현아. 월향 기억해?"

"물론입니다. 여행은 잘하고 있나 보지요?"

"세계 일주로 최단 시간 찍으려나? 아주 빨라."

"편의를 봐주시면 좋겠군요."

"당연하지. 근데 아메바가 포기할 정도로 센 애를 봐주긴 뭘 봐주겠어?"

감탄이 절로 나왔다.

"그 정도입니까?"

"장난 아니야. 이용택이랑 비슷하더라니까? 아니지. 오늘 보니까 쪼금 딸리는 거 같긴 하다만, 장난 아니야. 걔가 유적을 잘 발굴해서 불가해의 것도 꽤 챙겼거든. new century는 아메바 때문에 접속을 못 하지만."

하긴. 접속할 때만큼은 무방비 상태가 되니 당연할 것이다.

"전용 캡슐을 선물해 주시지요."

"응. 겸사겸사 그 애 기술 좀 배워도 돼?"

"그녀가 허락한다면."

"상현이에게 부탁해 보라고 해도 되지?"

강유나를 보자 그녀가 양손으로 검지를 들어 '하나만' 하며 애교스럽게 부탁했다.

살짝 궁금해졌다. 대체 어떤 비전을 익혔기에 그녀가 이러는 건지. 또한, 내가 허락하면 그녀의 자유 의지에 맡긴다는 것을 스스로 어기는 셈이지 않겠는가.

'그래도 이 편이 낫겠지.'

태생조차 만들어진 삶이니 자신을 쌓는 데 new century는 꼭 필요할 것이다.

듣기만 해도 이용택 관장 못잖다 했으니 현실에서는 적수가 없을 터. 넓은 세계에서 부딪치며 한계를 느끼는 것이 필요할 것이다.

"제 팬던트와 같은 권한을 주시면 허락하지요."

"에이. 그건 무리야. 동생 거 같은 걸 어떻게 또 만들어? 좀 다운그레이드할게."

"좋습니다. 대신 몬스터 플레이도 가능하게 해 주시기 바랍니다. 저의 접속 기록도 보여 주어 원활하게 선택할 수 있게 도움도 주시고요. 아울러 접속을 시도할 때는 제게 알려 주십시오."

"왜?"

"직접 대동하여 안착하게 하겠습니다."

죽어가는 이의 몸이면 직접 차지하게 돕겠지만 멀쩡한 이의 것이면 부드럽게 숨어들게 도울 생각이었다.

'만들어진 생명체이니 많이 불안하겠지.'

에일락 반테스를 유지하며 그의 도움을 지대하게 받은 경험으로 보건대, 만들어진 그녀의 자아를 성숙시키는 데에는 이만한 것이 없을 것이다.

반드시 인생을 빼앗는 것이 아니어도 나쁜 마귀로 남은 아메바처럼 관찰자이자 내면의 선이 되어 성장하는 것도 큰 도움이 될 것이다.

"편파적인데? 나도 예뻐해 줘!"

"안아 드릴까요?"

장난스레 대꾸하니 그녀가 해맑게 웃었다.

"응!"

그러며 폴짝 안겼다. 그 모습이 기가 막히기도 하여 너털웃음이 절로 나왔다. 이거야, 원. 여덟 살짜리 애도 아니고.

"누님이 이래도 되는 겁니까?"

"지금처럼 혼자 흔들릴 때가 얼마나 되겠어? 경쟁자 없을 때가 기횐데, 놓칠 수야 없지!"

그렇게 포옹 후 소녀 강유나가 떠나갔다.

나는 한창 대화 중인 정혜란과 한나, 이블린을 생각했다.

'내가 참 복이 많구나.'

아메바의 복수가 참으로 내게 좋은 것을 느끼게 해 주었다.

애당초 갖지 못한 인연들인데 잃는다 하여 그게 잃는 것일까. 오히려 함께하던 이들이 나를 더욱 이해하는 기회요, 계기가 되었으니 고마울 따름이다.

들어가기에 앞서 잠시 귀를 기울였다. 도란도란 나누는 대화가 듣고자 하는 만큼 들려왔다. 어느덧 야영의 모닥불에서의 대화도 거진 끝을 보이고 있었다.

"……오늘 본 정도라곤 생각지도 못했어요. 격에 대해 여러모로 이야기를 듣기는 했지만, 사실 예전에도 자주 겪었던 정도로 생각했거든."

"엄마 데이트하던 때요?"

"그래. 아빠가 멋은 없어도 나쁜 사람들 나타났을 때 '짠!' 하고 나서곤 했잖니. 그이가 눈 한 번 부라리면 모두가 강아지처럼 도망치고. 그런데 오늘 본 건…… 하아."

깊은 한숨. 작은 한숨도 함께했다.

"왠지 멀게 느껴지는 건 어쩔 수가 없네?"

"오늘 아빠는 진짜 멋졌어요."

"……넌 아빠 딸이 맞아."

"엄마 딸도 맞아요!"

작은 웃음. 그리고 이블린의 목소리.

"그렇지가 않아요. 아마 언니나 한나가 없다면 관장님도, 상현 씨도 전부 죽을 테니까."

"죽어?"

"왜요?"

두 모녀가 화들짝 놀랐다.

"정확하게는 떠난다는 게 맞을 거예요. 가족도 없고 맞수랄 수 있는 서로가 없다면, 참 지루할 테니까. 오늘 본 걸 생각해 봐요. 관장님이나 상현 씨가 세상에 어울려서 함께 살 수 있을지를."

"확실히……."

"그러니까 우리도 뒤처지면 안 돼요. 사실 힘만 센 거 빼고는 뭐 나을 게 없는 사내들인데 샘나지 않아요, 언니?"

"……맞아. 나 좋다고 얼마나 따라다녔는데. 이제 와서 마음대로 떠나게 할 순 없지!"

"근데 오빠는 다른 것도 다 잘하는데. 요리도 잘하고 만들기도 잘하고 치료에다 고치는 거랑……."

"다 잘하면 우리 딸 땡 잡은 거지~"

"……그러네요?"

얼굴에 화색이 돌더니 까르르 웃는다.

"그러고 보면 아빠랑 오빠랑 엄마 눈치 엄청 본 거구나."

"왜?"

"겨우 건물만 부쉈었잖아요. 큰 사고도 그제 처음 저지른 거고 요."

짝! 박수 소리가 들렸다.

"바로 그거예요. 남자들이란 여자 말을 듣게 되어 있답니다."

"어쩜 좋아. 우리 이비 너무 딱 부러진다. 말 놓아도 되지?"

"첫날부터 오늘까지 기다렸어요, 언니!"

계속해서 듣던 나는 감도는 미소를 지우며 슬쩍 걸음을 떼었다. 야영과 평화의 불씨가 잘 유지되는지를 확인한 뒤 여자들의 대화가 일단락되기를 기다렸다.

"에에~ 엄마, 너무 좋아한다~"

"우리 딸은 싫지? 연적이 너무 세서?"

"아니거든요! 제가 더 빨라요! 근데 나도 격에 오르면 오빠처럼 커지려나?"

"그건 안 돼!"

호화로웠을 침대. 이제는 골조에 매트리스만 따로 나뒹구는 그것을 가져와 조용히 바닥에 놓았다.

걸터앉아 가만히 맑은 밤하늘을 보았다. 이용택 관장이 구름을 싹 모았다가 흩은 탓인지 먼 곳의 별까지 하나하나 보일 정도로 하늘은 맑았다.

반쯤에서 채워지는 달에 총총히 박힌 별빛. 아래로는 모닥불이 있으니 사뭇 낭만적이기까지 하다.

주위 풍경이 뒤집힌 차부터 뿌리 뽑힌 나무, 일어난 땅거죽 등으로 폐허인 것이 조금 을씨년스럽긴 했지만 말이다.

'마력의 총량이라.'

기다리며 나는 의식을 집중해 보았다. 이용택 관장의 광검은 참으로 놀랍고 막강한 신의 한 수였다. 말 그대로 빛을 던져 대니 그 누가 이를 피할쏘냐.

현재 내가 완성한 환혼령주는 여섯 개. 그 덕에 얻은 추가적인 스킬은 땅을 굴러 진동파로 적을 공격하는 두두의 땅 구름.

잡은 것을 놓치지 않는 악력 강화용 패시브 스킬인 메킨의 집착하는 손. 전의를 고취하며 일사불란하게 아군을 통솔하는 늑대의 영혼 울음.

찰과상이라 할지라도 치명적인 출혈을 동반케 하는 검치호의 깊은 흉터.

체온은 물론, 심장 박동마저 늦춰 극한 환경에서도 체력을 비축, 회복의 효율을 증대시키는 흰곰의 웅크림.

끝으로 호감 사냥과 함께 인간 다수를 죽임으로써 얻은 지식의 저술이 있었다. 일종의 책을 만드는 것으로서 체화한 경험을 타인에게 전수하거나 교육용 교재로 쓸 때 상당한 효용을 보였다.

여유가 있으니 한가한 생각을 계속 이어 갔다.

'나한테도 멋진 스킬이 있을까?'

곰곰이 생각하는데.

쩝.

"숫자만 많지, 영 쓸 만한 게 없구나."

세계를 범위로 날려 보낸 광검에 비한다면 강력함에서도, 범용성에서도 미진함을 보이는 스킬들이었다.

완성형을 짐작해도 땅 구름 정도가 쓸 만할까. 하지만 지진을 일으켜 봐야 하늘을 날며 광검을 던져 대면, 모양새가 영 빠졌다.

[끌끌.]

언뜻 에일락 반테스가 혀를 차는 모습이 보였다.

안다, 내 능력도 못잖다는 걸.

그래도 여자들의 대화를 듣다 보니 내게도 멋들어진 한 수가 있으면 어떨까 하는 마음이 조금은 드는 걸 어쩌란 말인가.

고작 나온 칭찬이 괜찮은 일꾼이란 말이면 조금 섭섭하지 않은가. 이블린조차 부정을 않았고 말이다.

[하면, 모으게나.]

에일락 반테스가 가슴 부근을 가리켰다. 환혼령주를 가리킨 그가 손을 뻗어 환혼력을 구슬의 형태로 만든 뒤 내부를 채우고 응축하는 과정을 보여 주었다.

에일락 반테스가 떠올리는 이미지는 나의 기억에서 가져간 용의 여의주였다.

오랜 세월을 모아 이적을 발휘하는 구슬처럼 끊임없고 끝이 없는 환혼력을 모으는 저장 용기로서 환혼령주를 제대로 써 보라는 것.

더 나아가 그는 산 정상에 앉아 환혼력으로 신체 내부, 이용택 관장이 연구 결과로 내놓은 무공의 개념을 도입하여 그 응축된 구체를 아랫배에 쌓는 것까지 선보였다.

최대치의 환혼력으로 포화 상태인 에일락 반테스에게는 하등 쓸모가 없지만 내게는 적잖은 효용을 볼 수 있는 묘수였다.

'정말 당신이란……'

의문을 품으면 답이 척척 나오니 그저 감탄만 나온다.

당장 가부좌를 하여 환혼력을 뿜어 댔다. 체내로 모아 굴리는 방법을 쓰는데…… 실패다. 육신으로는 응축도, 비축도 되지 않았다. 정해진 총량의 범주를 벗어날 수 없는 것.

대신 환혼령주에 쌓는 것은 성공적이었다. 각성시킨 여섯 개에 집중하여 모은 결과 1의 환혼력만 담기던 각각의 환혼령주에 열 배. 즉, 10을 담을 수 있었다.

남은 102개에는 환혼력이 1이상 담기지 않았지만, 이는 108종의 몬스터를 사냥하면 확실하게 강력해진다는 의미이니 고무적인 사실. 에일락 반테스의 환혼력이 8,200이었으니 1,080이면 단순 위력으로도 이용택 관장에게 부족하지 않을 것이다.

'광범위하게 퍼뜨리면 벼락도 얼릴 수 있지.'

나중에 한나와 이블린에게 꼭 보여 줘야겠다.

그렇게 생각할 때였다.

"즐거운 생각 중인가요?"

눈을 뜨니 이블린이 있었다. 상체만 숙여 나를 보니 하얀 머리칼이 사르르 흘러내리고 무방비 상태의 가슴도 언뜻 보였다. 그녀의 모습에 나는 선물 직전, 장미꽃을 등 뒤에 숨기는 사내의 기분으로 대충 얼버무렸다.

"그냥 골치 아플 거라 생각한 일들이 원활하게 처리돼서요. 충격 요법이 너무 세지는 않았나, 걱정도 조금 했었거든요. 모두 이비 덕 분입니다."

"천만에요. 다들 강한 분들이라 언제라도 이겨 냈을 거예요. 단 지 조금 앞당겼을 뿐인 걸요."

"그래서 고마워요."

"그럼 미안한 마음은 조금 덜어도 되겠죠?"

두 팔을 벌려 그녀를 안았다. 빙긋이 웃던 그녀가 나를 올려다보 며 물었다.

"어떤 여자예요?"

"예?"

"내 남자에게서 낯선 여자의 향기가 나는데……."

짐짓 말끝을 흐리니 헛기침이 절로 난다. 나는 소녀 강유나에게 서 아무런 향기도 못 맡았는데. 그만큼 소리도, 흔적도 없이 다녀갔 는데 어떻게 알았는지.

"강유나입니다. 펜던트를 관장님께 드리는 바람에 제게 연락할 방법이 없어서 말이지요."

"경과 보곤가요?"

"맞습니다. 아울러 신진권이 도전한 이유. 그 꿍꿍이에 관한 이 야기였지요."

"저도 알 수 있을까요?"

밀착하여 냄새를 맡는다. 그리고 강유나가 안겼던 부분을 정확하 게 털어 내며 하는 그녀의 질문에 나는 흔쾌히 답해 주었다.

신진권의 의도와 아메바가 벌인 일들. 그가 new centuty와 현실에서 벌인 일들에 대한 후속 조치들까지의 이야기.

끝으로 회귀의 륜이자 뱀파이어 퀸인 검은 강유나에 대한 것까지 조금도 숨기지 않았다. 신뢰 관계와 더불어 완벽한 아군인 그녀에게 감추지 못할 것이 무어랴.

이에 그녀가 말했다.

"이상한데요?"

"무엇이 말입니까?"

"정확하지 못한 부분이 있어요. 앞뒤는 맞는데 타인의 정보에 기댄 부분. 아무래도 이를 통한 반전을 꾀하기도 하는 것 같네요. 상현 씨야 대수롭지 않겠지만, 그로써 발생할 피해는 오늘의 소장님 부부보다 더욱 클 거예요. 이참에 정리하는 건 어떨까요?"

기대되었다. 내가 미처 알지 못한 계책이 뭘까.

"자세히 듣고 싶군요. 어떤 반전입니까?"

"신진권은 분신체의 죽음으로 본체가 진화한다고 했지요. 정확하게는 본체가 아니라 분신체의 사망 이후 만들어지는 모든 개체라고요."

"그랬지요."

그녀의 지적을 듣고 나니 확실히 일리가 있었다. 내가 이를 확신했던 것은 처음 몬스터 플레이를 마치고 났을 때 겪은 그의 공격 탓이 크다.

죽어 나간 뒤 스스로 자살. 다음 버전은 나에 대한 공략법을 완전히 숙지하고 나타난 새로운 버전들이었으니까.

"하나의 뿌리, 연결된 가지라면 이쪽의 정보가 꼭 죽음을 통해서 이전되어야 할 이유가 있을까요? 혹 그렇다손 쳐도 만약 세상에 신진권이라는 개체가 모두 죽는다면 분신이 유일한 본체가 되는 셈이겠지요. 그 상태로 new century의 시간이 가속하여 저쪽 세상의 신진권이 모두 사망한다면 세상에는 유일하게 딱 하나."

오호라.

"외팔의 신진권만 남는다?"

"네. new century에서 완전체이자 상현 씨의 적수로서 대응하겠다는 것도 본래 목적이겠지만, 만약 상현 씨의 충직한 노예로서 생존한 그 하나에 모든 것이 전수된다면 어떨까요? 원형이 되는 숨법에 new century에서의 경험과 기술까지 한 몸에 갖는다면? 꼭 그가 아니더라도 분장하거나 외모를 바꾼 분신체가 현실에 존재한다면?"

절로 무릎을 치게 하는 이야기였다. 세월과 경험, 현세에 없는 스킬의 도움으로 에일락 반테스 급의 괴물이 되어 외팔의 신진권이 각성한다면 그만한 재앙이 또 어디 있으랴.

"그리고."

"또 있습니까?"

"네. 검은 강유나, 소녀 강유나가 이 사실을 과연 몰랐을까요? 저조차 한 번 들으면 아는 것을 그녀가 알지도 못했다…… 상현 씨, 이상하지 않나요?"

순간 감상하던 나의 눈이 고쳐 떠졌다. 은근히 들어가는 힘. 몸이 적을 발견하고 의식적으로 긴장하여 전투태세를 갖추는 것이었다.

호의와 믿음으로 대하던 그녀가 진심이 아니었다?

"가면을 쓰고 왔었다…… 이겁니까?"

이블린은 하얗고 고운 손으로 내 양 볼을 잡았다. 그리고 가까이 당겨 입술을 맞추며 달래 주었다.

이윽고 그녀가 작게 속삭였다.

"그렇진 않아요. 그녀가 상현 씨를 대하는 것은 분명 진심. 단지 간과하지 말아야 하는 것은 그녀가 상현 씨의 정보로 탄생했다는 거예요. Z&F에 있는 강유나가 순종적이지만 새로이 탄생한 강유나의 외모부터 행동이 다르다는 것을 주의할 필요가 있죠. 좋아하고 사랑하는 마음은 죽여서까지 곁에 두려는 소유욕으로 표출될 수도 있으니까."

나는 선명하도록 또렷한 그녀의 눈을 보았다.

"그리고 월향. 그녀에게 돌파구를 본 것 같으니 그녀를 신속하게 확보해야 해요. 상현 씨의 전언이라면 그녀는 무장해제될 테니까. 현실의 관장님과 상현 씨를 극복할 방법을 검은 강유나는 월향에게서 본 것 같네요."

총기를 빛내며 뚜렷하게 의사를 표현하는 그녀.

진실과 거짓은 분명히 알 수 있다. 강유나가 그러하듯 이블린 역시 나를 대함에서 조금의 거짓도 없었다. 전부를 보이기에 전부를 준다.

이 원칙에 따라 나는 먼저 확인해 보았다. 이블린의 휴대폰으로 연락하여 강유나에게 물었다.

이유 없는 심장마비로 사망한 자를 알려 달라는 것. 놀랍게도 답은 '그렇다.' 였다.

이에 신진권의 사망 시각과 관련지어 분석해 보라고 하니 그녀는 금세 답해 주었다.

[맞아요. 이야~ 특이한 방법을 썼었네? 아메바가 성별에 인종까지 바꿔서 곳곳에 숨어 있었네요! 추가로 사망하는 이들의 표본을 확인해 봐야겠지만 아메바들이 맞을 거예요. 이렇게 원인 없이 급작스럽게 죽을 이유는 오히려 만들어 내기가 어려우니까요. 그럼, 상현 씨의 영상을 더욱 확대해서 추적해 볼게요.]

통화 종료.

이후 잠시간 침묵이 지났다.

"둘은 독립된 개체라 보는 게 좋겠군요."

이블린은 고개를 저었다.

"확신할 수는 없죠, 소녀 강유나가 상위 개체인지. 때에 따라 그녀가 분열하여 독자적으로 행동하는지요. 지금도 본심일지 아니면 들켰기에 먼저 인정하고 들어간 건지 정확하지는 않아요. 무엇이든 관계없으니까."

현재의 동료 관계를 유지해도 좋고 더욱 친밀해지면 더 좋다. 만약 멀어진다손 쳐도 이는 모두 신진권, 바로 아메바 탓이니 강유나에게는 전혀 손해가 없다는 것이 이블린의 분석이었다.

참으로 헛웃음이 절로 나왔다. 음흉할 때는 차라리 그러려니 했는데 진심일 때는 소유욕이라는 것으로 이런 행보가 가능하다니.

"북극의 정보 탓에 일어난 변화인지. 아니면 그녀가 흡수했다는 회귀의 륜, 다이엘란의 영향인지도 알아볼 필요가 있어요. 강유나라는 존재가 펠마돈의 비서라는 것으로 산출되는 기계적인 생명체라면 입력하는 정보에 따라 얼마든지 근본적으로 재단할 수 있다는 뜻이니까요. 그러니……."

"이비."

"네?"

나는 그녀를 와락 끌어안았다.

"당신이 곁에 있다는 것이 얼마나 힘이 되는지 모를 겁니다."

"갑자기 왜 그래요?"

꼭 껴안으며 하는 말에 그녀가 살짝 당황했다.

나는 고마움의 입맞춤을 하며 사랑스러운 그녀의 몸을 매만졌다. 머리칼부터 근래의 수련으로 단련되어 가는 몸. 부드럽기 그지없다.

내가 의식적으로 긴장을 누그러뜨리지 않으면 체모에 그녀의 몸이 베일 만큼 약한 육신이었다.

"출구를 없애야겠군요. 숨어든 허영의 신진권도 잡아야겠습니다. 신진권의 존재를 말살시켜 new century로 국한시키지요. 또한, 통로 역할을 하는 캡슐과 Z&F는 이비에게 주고 싶네요."

"제게요?"

"Z&F를 신진권이나 강유나가 가져야 할 하등의 이유가 없지요. 그녀에게는 오직 관리만 시킵니다. 모든 것을 이비에게 줄게요. 그 것으로 세상에서 무엇을 하든 당신의 뜻을 존중하겠습니다."

그 말에 이블린은 외려 속상한 듯 한숨을 내쉬었다.

"왜 그러시죠?"

"함께 있을 시간이 부족하잖아요."

절로 웃음이 나왔다.

"아바타를 만들면 되지요. 좋은 일꾼이야 만들면 되고, 능력자 역시 쓰기 나름입니다."

"그래도 괜찮겠어요?"

정상적으로는 존재하지 않는 과학력을 남용하는 것을 저어한 것이다. 함부로 써도 괜찮겠냐는 그녀의 조심스러움에 나는 시원스럽게 답했다.

"이비라면 괜찮습니다."

힘껏 안았다. 숨 막힌다며 기침을 하다가 마주 안아 오는 그녀.

맞다.

그녀에게라면 아깝지 않았다.

⊠   ⊠   ⊠

새로운 사실을 알았으나 딱히 계획에 변화가 있는 것은 아니었다. 조급해하고 서두를 아무런 이유가 없다.

이블린 덕분에 사전에 음모의 골자를 이해했고 그 모든 것은 쉽게 통제할 수 있는 영역에 불과했다.

우선 이용택 관장으로부터 펜던트를 받는 것부터 시작이다. 그가 들쑤시고 Z&F의 강유나가 감시망을 발동했으니 대다수의 아메바들은 몰살을 당할 터.

그 이후에 샅샅이 잡아 죽여도 늦지 않다.

검은 강유나가 월향에게 가는 것 역시 마찬가지.

'그녀의 계략을 막아서는 내 움직임까지 계산해 뒀을 거야.'

민망한 오해지만 그녀가 알고 있는 이상현은 천재다. 신진권을 발밑에 두고 강유나마저 농락한 두뇌의 소유자.

그런 나를 상대하며 이블린이 단번에 간파할 이런 계획을 버젓이 이행했을까?

아니면 이 모든 것을 참작한 다른 노림수가 있을까.

분명히 후자다.

"그렇다면 그녀의 이득은 무엇일까요?"

이블린에게 이 이야기를 하니 잠시 고민한 그녀가 말했다.

"이쪽에서 반드시 조치할 것을 고려한다면, 두 가지 이득이 있겠네요. 하나는 정말 독립된 개체로서 상현 씨에게 다가가려 한다는 선언이죠. 저한테는 선전포고가 되고요."

"순종하는 자신과 유리시키겠다?"

"네. 그리고 하나가 더 있다면…… 고의적으로 자신의 권한을 축소하려는 목적일 거예요."

"자세히 듣고 싶군요."

내 요구에 그녀가 반문했다.

"혹시 강유나에게 허락되지 않은 분야가 있던가요? 모든 정보를 다루지만 직접 확인할 수 없는 어떤 영역이나 볼 수 없는 곳 같이요."

"new century가 그럴 겁니다. 플레이어와 신진권을 통해 관찰은 가능하지만 막상 그녀가 퀘스트를 관리하는 방식은 상황을 추론하고 정리하는 것에 지나지 않으니까요."

"답이 나왔네요. 직접 플레이하려는 것."

간단히 정의한다.

"신진권이 완전히 소멸함으로써 상현 씨가 현실은 물론, new century의 관리자로서의 역할을 신뢰할 만한 누군가에게 맡긴다…… 이건 당연한 순서예요. 이번의 계획을 암묵적으로 동의하는 모습을 보임으로써 그녀는 자신의 위험성까지도 직접 드러냈죠. 빤히 눈치챌 만큼 허술하게."

이블린의 식견이 아니었다면 눈치채지 못했을 나였지만, 강유나가 오해하고 있는 나의 이미지를 생각하면 현재의 이야기가 가장 합리적이었다.

걸릴 것을 알고 진행한 거다. 강유나는 최소 이블린 이상의 분석자이자 능력자니까.

"관리자로서의 권한마저 일부 포기하는 대신 플레이어로서의 자격을 갖겠다? 그리고 new century를 여행하고자 한다?"

"맞아요."

"하지만 펠마돈의 비서는 그녀의 생명줄입니다."

화를 낼 때는 엄하게. 제대로 내야 하는 법.

마력을 통해 낱장을 늘리고 정보를 기재하면 곧 힘이 되는 그녀의 책, 펠마돈의 비서. 내가 마음먹고 빼앗으려는 권한은 늘어난 낱장이 아니다. 페이지를 뜯어 오는 것이 아니라 반대로 책을 빼앗고 관리하는 그만큼의 낱장만 내가 허락해서 준다는 의미.

즉, 그녀가 제아무리 여행하며 정보를 획득해도 격을 올릴 수단자체를 막는다는 것이다.

"여자의 소유욕을 무시하면 안 돼요, 상현 씨."

이블린이 내게 말했다.

"상현 씨는 성정상 진심으로 다가오는 이, 불순하지 않은 이는 수용하고 봐요. 그녀가 현재의 생명부터 미래의 가능성까지 전부를 내놓았으니 상현 씨가 함부로 기분대로 짓밟고 농락할 일은 절대 없겠죠?"

"물론입니다."

"확실하게 안전해지는 셈이네요. 현실의 강유나는 권한을 내놓는

대가로 상현 씨의 그늘에 들어서는 거예요. 그리고 신진권과 마찬가지로 new century에서 격을 높일 방법. 그럼으로써 상현 씨에게 다가올 방법을 모색하겠죠."

"……신진권처럼 배신할 가능성은 없습니까?"

"월향의 이야기를 그녀가 했다면서요? 그럴 거였으면 이렇게 들키게 하지도 않았거니와 월향의 정보를 흘릴 아무런 이유가 없어요. 상현 씨를 확실하게 신뢰하기에 세울 수 있는 계획이네요."

고개를 절레절레 흔드는 그녀의 모습에 실소가 나올 정도였다. 다 주기에 죽일 수 없다. 권한을 빼앗지 않을 수도 없다. 알면서도 당할 수밖에 없었다.

그것이 가장 현명하니까.

나는 이블린과 앞날에 대하여 몇 마디의 대화를 더 나누었다. 그리고 야영지로 함께 돌아갔다.

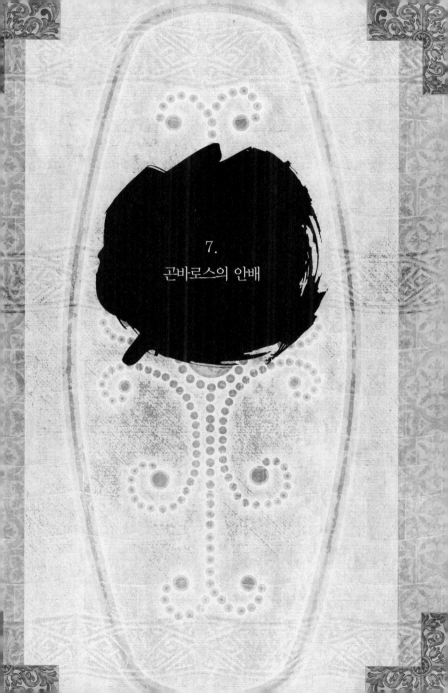

7.
곤바로스의 안배

이블린과 체온을 나눈 뒤 야영의 모닥불에서 편안해하는 두 모녀와 시간을 보냈다.

함께 머무르며 대화하는 것. 이로써 소소한 아쉬움을 털어 내는 시간을 가진다.

작게는 이용택 관장의 부탁대로 그녀들을 보호하는 것이고 크게는 현재의 사건으로 만에 하나 생겼을 서운함을 달랜다.

'예전에는 참 귀찮았었는데 말이지.'

야영 스킬은 타오르는 빛으로 안도를, 체온에 딱 맞는 습도와 온기로 평온을, 크게 하품하고 기지개를 켜며 누울 수 있는 정신적 이완을 제공했다.

이러한 스킬의 효용을 느끼는 만큼 나는 일상의 소중함을 되새겼다.

피로를 모르는 전사의 육체가 아니었더라면 어땠을까. 아프고 힘이 들어도 웃으며 주위를 배려하는 일을 나는 이전에 하지 못했다.

문득 옛날 아내를 떠올려 본다. 서먹서먹해진 아이도.

어찌 보면 지금의 내가 먹을 것, 입을 것, 좋은 것을 양보할 수 있는 이유는 튼튼한 육체에 아이템보다도 우월한 일그러진 륜, 펠마돈의 비서, 그리고 갖가지 비전으로 중무장한 탓일 것이다.

나는 성자도, 현자도 아닌 보통의 녀석이니까.

"상현 오빠, 전 언제쯤 아빠처럼 번개를 날릴 수 있어요?"

"혹시 그이니까 가능했던 건가요, 상현 군?"

두 모녀의 물음에 답할 수 있는 것은 정론(廷論)밖에 없었다.

"그렇지는 않습니다. 누구나 노력 여하에 따라 얼마든지 할 수 있어요."

가능성의 길은 활짝 열려 있으나 누구나 되는 것은 아니라는 탁상공론.

"다만 관장님과 같은 자질에 같은 마음으로 노력해야 하지만 말이지요."

같은 숨법이지만 마음가짐이 달랐기에 강하성 소장은 아류에 불과했다. 그의 아들인 동길이는 입문에서부터 허덕였다.

반면 이블린은 벌써 기존의 숨법으로 경지에 올랐으며, 한나는 비전을 넘보고 있었다.

타고난 육체적인 자질. 여기에 정신적인 각오가 맞물린 까닭.

'불공평하지만.'

하기야 숨법만 그리하겠는가. 세상에 산적한 온갖 지혜와 기술들이 그러한데 말이다. 꾸준히 정심을 다하는 이는 소수였고 그들만이 전문가이자 정점에 올랐다.

만약 태진이가 자신이 아는 미래에 낙관하지 않고 진심으로 혼신을 다했다면 어땠을까?

'나보다 더 대단해졌을 테지.'

녀석은 훨씬 유리했다. 과거로 돌아오며 자신이 아는 미래에 끼어들어 그 열매만 빼먹으려는 얄팍한 기회주의가 아니었다면.

나비효과라는 허황한 이야기에 빠지지 않았더라면 달랐을 것이다.

하지만 녀석의 사고는 거기서 끝이었다. 과거를 바꾸고자 하면서 자신이 아는 미래는 유지하고자 했다.

그 이율배반적인 행동이 한계를 만들었는데 어리석게도 지금까지 그 가치관을 바꾸지 못하고 있었다.

"아시다시피 숨법과 무를 수련하는 것은 누구나 할 수 있습니다. 그러나 아무나 관장님처럼 될 수는 없지요."

"어렵겠네요."

"그래서 이번에 체계적으로 나누어 무공이라는 형태로 손을 보셨습니다. 사모님을 위한 심공도 준비되어 있으니 생각보다 어렵지는 않을 거예요."

대화하며 생각을 정리하는 것이 이제는 능숙하다. 나는 그녀들에게 무공에 관해 이야기하며 그날 정리한 무의 이치를 쉽게 풀어 설명했다.

어떤 마음으로 어떻게 대화를 했는지, 그녀들 하나하나를 위해 신경을 쓴 이유를 얘기했다.

"상현 씨의 오리지널 스킬과는 차이가 있네요."

"무공을 익혀도 new century에서는 쓸 수 없을 것 같아."

이블린과 한나의 대화에 정혜란이 의문을 표했다.

"비슷해 보이는데?"

두 여인에 비하면 그녀는 평범한 탓에 이해가 더뎠다.

"그렇진 않아요, 엄마. 기의 성질이 확실하게 다르거든요."

"상현 씨와 관장님이 다른 이유이기도 할 겁니다. 실제로 접속률 100%에서는 체감도가 극명한 차이를 보이니까요."

한나도 무공과 관련된 분야에서만큼은 여느 전문가 못잖은 뛰어난 식견을 보였다.

정혜란은 더해지는 설명들 속에서 코끝을 찡그리며 고민했다. 그리고 두 손 들며 내게 말했다.

"상현 군이 한번 보여 줄래?"

요구에 따라 스킬을 보여 주었다. 그녀는 보고 느끼며 촉감마저 확인한 뒤에야 고개를 끄덕였다.

"그게 그 뜻이었구나. 역시 보는 게 빨라."

"그래도 개념적으로 이해할 필요가 있거든요."

"기회는 잘 잡는 것도 좋지만요. 상현 씨, 다른 속성도 보여 주겠어요?"

"얼마든지."

쇼크웨이브의 파동을 손에서 굴리고 형질 변환도 이루었다. 이를 보노라니 세 여자가 저마다의 이야기를 나누었다.

이럴 때면 새삼 곱씹게 된다. 내가 아름답고 뛰어난 사람들과 함께하는 이 자리가 어울리기는 한 걸까. 내가 좋듯 이들도 나를 좋아하는 걸까.

'진심이란 것에 얽맨다는 걸 보면 역시 나는 회귀를 경험한 이상현이 분명하구나.'

나의 잘못으로 발생한 아내의 외도. 술 한 잔 마음 편히 나눌 친구 없는 빈약한 대인관계. 그 시절이 화인처럼 남았기에 오늘의 내가 되었다. 아울러 나는 그것에 연연했다.

　진심으로 나를 봐 주는 사람에 집착하고 아내와 아들에게처럼 줄 수 있는 것을 주지 못했는지 반성하였다.

　그렇기에 대답이 나온 질문을 이따금 되뇌는 것이다. 내가 대하는 관용과 사랑이 진심인지, 아니면 풍족한 곳간에서 나오는 알량한 연기인지를.

　답은?

　아니었다. 그것은 나의 발전이었다.

　"그런데 언니는 꽃향기만 나는 거예요? 항상?"

　"어때, 괜찮지? 향수가 필요 없어졌어. 그런데 조금 부끄럽지 뭐니?"

　"왜요, 엄마?"

　"꽃향기가 내 마음대로 조절되는 게 아니거든. 기분에 따라서 장미향도 낫다가 레몬 향도 나더니 세상에! 화장실에서도 다른 거 있지?"

　물론, 한창 토론을 하다가 피부가 고와지는 효능으로 이어져서 화장법이나 재미있는 드라마로 번지기는 하지만 말이다.

　그런데 이거 얘기가…… 민망한 쪽으로 이어지는 듯하다.

　나는 슬며시 일어났다. 야영의 스킬 효과가 지나치게 좋은 탓이다. 마음이 개방되니 속내가 우수수 쏟아졌다.

　"신기해서 그제 그이랑 자리를 가졌거든. 그런데 그때 향기는 나조차 취할 정도로 대단했어."

"어, 엄마!"

"어머! 내가 지금 애 앞에서 무슨 얘기를……."

"오빠도 있는데 자꾸…… 어? 없네?"

"상현 씨는 화장실 얘기할 때 나갔어."

"휘유. 다행이다. 그런데 엄마. 그…… 어땠어요?"

"으, 응? 아니란다."

만류하는데 그 정도가 매우 약했다. 평화의 불씨가 심리적 장벽을 허물어도 너무 허무는 탓이리라.

"에이. 어차피 말 나온 김에 알려 줘요. 나도…… 하, 할 거…… 잖아요? 헤헤. 난 다른 향기 나는 걸로 달랠까?"

"상현 군이 푸폰 가져오면 꽃 말고 다른 향수로 달래 보렴. 절정에서는 진짜 환상적으로 달라지는데, 아아. 생각만 해도 취할 정도란다. 그럼 엄마한테 성교육을 제대로……."

"그런데 혹시?"

"응? 이비야, 왜 그러니?"

"유난히 상현 씨한테 화를 낸 이유가 그…… 도중에 관장님이 나가셔서는 아닌가 해서요."

잠시간 침묵이 지났다.

나는 귀를 틀어막았다. 점점 끈적끈적해져 가는 농도 짙은 이야기는 물론이거니와 자꾸만 상상이 되는 탓이었다.

그러고 보니 비무 직전, 이용택 관장이 '꽃냄새가 마누라한테서 떠날 줄을 모르니, 원…….' 하며 웃던 모습이 선명하게 떠올랐다.

'자다 나오셨다면서요.'

하긴. 누구라도 그렇게 얘기하지 그 상황에서 사실대로 말할 이가 누가 있겠는가.

아무튼, 생각해 보니.

"관장님이 잘못했네."

여자들의 푸폰에 대한 관심이 증폭되는 것으로 보아 다음 접속 때는 천공수 점령보다 암시장부터 먼저 찾아야 할 성싶었다.

※　　　　※　　　　※

이용택 관장이 돌아온 것은 날이 밝을 무렵이었다. 바짓단에 묻은 핏방울을 빼면 정확히 떠나던 모습 그대로였다.

그러나 그사이에 어떤 고문과 잔인한 응징의 시간이 있었는지는 미루어 짐작해도 충분했다.

"일찍 오셨군요."

하루도 채 되기 전이 아니던가.

"아침밥은 함께 먹어야지. 식사 시간 맞추느라 생각보다 덜 찢어 줬다."

넝마가 된 신진권의 모습이 떠올랐다가 사라졌다.

"혹, 본체는 살려 두셨습니까?"

"나야 모르지. 전부 묻었으니 그중에 있을는지. 그리고 이것들."

마치 운동하고 돌아왔다는 듯이 손을 흔든 그. 펜던트를 끌러 던졌다. 나는 여전히 균열이 간 채인 그것을 받아 들었다. 내 손에 들어오자 마치 집 나갔던 강아지가 간신히 돌아온 것처럼 펜던트가 진동했다.

익사 직전까지 잔뜩 먹었던 물을 뱉어 내듯 고도로 농축된 마력을 울컥울컥 토하는 것 같았다.

이어서 이용택 관장이 질끈 묶은 바짓단에서 보자기를 꺼냈다. 그것을 털자 우수수 떨어지는 것은 륜이 분명한 물건들.

"신진권이 연구 중이었던 건가요?"

"아니. 실험체? 아무튼 new century의 몬스터처럼 변해 버린 것들이 갖고 있던 물건이지. 게임도 아닌데 죽이니 아이템 남기듯 떨어뜨리더구나."

그는 '세상 참…….' 하며 혀를 끌끌 찼다.

"먹이면 손상된 부위가 복원될 법한데, 이상하게도 전혀 들어가지가 않더구나. 그래서 우선 챙겨 온 거지. 난 본래 주인이 아니라서 그런 줄 알았는데 인제 보니 마력이 가득 차서 들어갈 데가 없던 거였군."

꿀럭꿀럭.

물처럼 진하게 뱉어 대는 펜던트에 눈이 있었다면 그를 흘겨봤을 것이다.

배 터져 죽을 것 같다고 꽤 징징거렸을 텐데, 몰입 상태의 이용택 관장은 한 귀로 듣고 흘렸나 보다.

"괜찮은 물건이지 않습니까?"

펜던트를 써 본 소감은?

"귀찮고 어렵기만 한 인터넷이나 컴퓨터보다 훨씬 좋더군."

암, 그것들에 비하랴.

"이번의 책임을 추궁하며 강유나에게서 빼앗을 예정입니다. 가족 모두에게 하나씩 돌릴 정도는 되지요. 버전은 다운그레이드지만 얼마든지 효용이 있을 겁니다."

"잘 쓰마. 그런데 왜 나와 있는 거냐?"

"아무래도 여성분들만 있으니 제가 끼어 있기가 멋쩍더군요."

의아한 듯 나를 본 그가 귀를 기울였다. 잠시간 조각처럼 굳어서 집중하여 듣더니 나와 눈이 마주쳤다. 그리곤 정말 이례적으로, 신기하게까지 느껴지는 헛기침을 했다.

"설마, 밤새 저런 얘기만 한 게냐?"

"아마도요. 엿듣지는 않았지만, 이따금 확인할 때마다 그런지라……."

"……조금만 더 있다가 들어가자꾸나. 배고프면 지쳐서라도 나오겠지."

그는 야영의 범위 바깥으로 오로라를 내리는 듯한 마력의 커튼을 둘렀다. 내 스킬을 모방하며 만든 보호막. 이어 그 마력을 고스란히 유지하며 감당한 채로 정좌했다.

나는 차마 소리 내어 웃지 못했다.

이에 그가 툭 던지는 말.

"성(性)적인 일은 부부만의 것일 때 성(聖)적이게 되는 거다."

"진즉 귀를 닫았습니다. 잊은 지도 오래고요."

입 밖으로 도는 말. 함부로 전하지 말아야 할 것에 대한 구분이 그와 나는 참으로 비슷한 부분이 많았다.

아니. 나보다 낫다. 나는 회귀 전의 실패를 통해 정립한 가치관이었지만 그는 현재를 살며 성공한 인생 그 자체였으니까.

물론, 가정을 먹여 살리지 못한 채 출중한 무술에 완고한 가치관만 가졌다면 불화로 이어졌을 수도 있겠지만, 적어도 나처럼 내 고단함을 아내와 아들에게 풀지는 않았을 것이다.

그러고 보면 그때의 나는 표현은 안 해도 참으로 상처를 받은 상태였다. 부부라는 관계를 유지할 노력을 하지 않은 내 탓을 인정하지만, 그녀의 외도에 대한 원망 역시 컸다.

'참으로 못났구나.'

안다. 그러니 오늘날의 내가 있는 것 아니랴. 몰랐으면 실패한 이상현만 남았을 테고.

나는 그가 가져온 륜들을 살폈다. 길어진 체모가 손을 덮고 있어 자칫 불상사가 일어날 수도 있으니 최대한 조심한다. 손바닥에 닿으면 곤란하기에 손가락으로 집어 확인했다.

륜의 식별법은 매우 간단하다.

내 오른손에는 일그러진 성륜이, 왼손에는 일그러진 겁륜이 있다. 진짜 륜이라면 이놈들이 움직이며 절로 반응하고, 아니면 만다. 그 결과 열일곱 개의 륜은 모두 진품.

호텔이 붕괴되며 함께 묻힌 강하성 소장의 예비 륜들은 젖혀 둔다. 주영순의 스포츠카 역시도 폐허 어딘가에서 쓰레기가 되어 있을 테니 접어 둔다.

'전리품이 쏠쏠한데.'

현실의 보스 몬스터를 사냥하니 확실히 수확도 많은 것 같다. 아마 그의 금고에는 보물부터 황금도 잔뜩 있었을 테지만, 사냥한 이가 이용택 관장님이니 싹 묻혔을 것이다.

넘치게 된 륜들.

그럼 어떻게 쓸까?

태우면 일그러진 륜이 되어 나의 무력을 높인다. 한나와 이블린에게 선물했던 것처럼 아이템으로 재생산할 수도 있다.

'아참.'

잊고 있었다.

"그러고 보니 관장님이 처음부터 가지셨던 그 륜은 어떻게 되었습니까? 전체 능력치를 올려 주는 것 말이지요."

귀신 들린 바늘.

"말하지 않았던가?"

"예."

"네게도 필요치 않을 것 같고 가지고 있어 봐야 하성이만 탐낼 것 같아 없앴다. 가루로 만드니 더는 복원되지도 않더구나. ……그러고 보니 그 일이 있었군."

"무슨 일이 있었습니까?"

"복원할 수 없을 정도로 부수니 기묘한 것이 달라붙더구나. 피부에 달라붙어서는 거머리처럼 움직이기에 몇 번을 요령을 써서 없앴었지. 그 상처가 톱니바퀴의 모양이었다."

하여간 그의 손에 들어가면 남아나는 것이 없는 것 같다.

나는 손을 펼쳤다.

"일그러진 륜인지 실험체의 마지막 발악이었는지는 모른다는 거군요."

원혼이라도 엉겨 붙으려던 건지, 아니면 죽은 륜이 가는 다른 어떤 곳이 있는지도 말이다.

나는 표본도 많겠다. 함께 있기도 하니 실험을 해 보기로 했다. 맞는 장갑이 없으니 한때 커튼이었을 천을 주워 와 손을 감쌌다. 그리고 부러진 녹슨 가위이자 륜인 그것을 꽉 쥐었다.

칭-!

눌어붙은 껌처럼 납작해졌다가 어느 순간, 딱정벌레를 눌러 죽이듯 부서지는 듯한 소리? 아니…… 끊어지는 느낌이 들었다. 이내 뚝 부러진 그것을 합장하듯 양손 사이에 놓고는 비볐다.

툭.

손을 벌리자 본래의 형체를 완전하게 상실한 그것이 떨어졌다. 이어 푸른빛이 실타래처럼 풀리며 나의 팔뚝으로 흡수되었다.

일전에 반탄의 륜을 부수며 몇 번이고 경험했던 것과 같은 현상이다. 모질게 망가뜨려서인지 푸른빛은 바닷물을 연상케 할 정도로 짙었고 팔뚝의 시원함은 상쾌하리만큼 차가웠다.

"그 힘은 뭐지?"

이용택 관장은 관심이 동하는지 다가와 납작해진 그것을 들었다. 빨래를 쥐어짜듯 더 나오지 않으리만큼 빛을 토해 낸 륜.

"묘하군. 게다가 나와는 정말 다르구나."

"마력과는 달랐습니까?"

"전혀. 완벽히 다른 것이었다. 너무나도 맑고 담백하여…… 마치 영혼의 힘이란 것이 있다면 그렇지 않을까 싶을 정도다. 본 적이 없어 장담할 수는 없지만."

"내공과 마찬가지로 영혼도 없다는 거군요."

"미처 알지 못했던 거겠지."

하긴, 없다고 확신했던 무공도 생겼고 내공 역시 탄생하지 않았던가. 내가 모른다고 하여 없다고 정의하기엔 세상은 아직 알아야 할 것, 경험해야 할 것이 많았다.

"그것을 흡수한 기분은 어떻더냐?"

"아주 좋습니다. 편안하고 청량한데 가슴 깊이는 따뜻하게 느껴질 정도로. 모순적이지만 정말 그렇습니다."

"……우선 영력으로 부르자. 그리고 이걸 봐라."

이용택 관장은 흙먼지 묻은 보자기 위에서 깨진 질그릇을 들었다. 이어 조각을 내서 겹쳐 쥔 뒤 와락 찍어 눌렀다.

파편을 유지하는 것을 마력으로 감싸서 든 뒤 짜부라뜨린다. 그러자 철심이 끊어지는 듯한 반동에 이어 내부로부터 뭉클거리는 검은 유채색의 것이 모여들었다.

부서진 가루만큼 지네처럼 수많은 다리를 꿈틀거리며 나타난 그것은 한데 어우러졌다가 폭발하듯이 이용택 관장을 덮었다.

그리고 펼쳐진 백색의 광채. 광검을 손으로 펼친 듯 이글거리는 그의 대수인에 산산이 부서졌다.

"그대로 용인했을 때는 이렇게 된다."

가볍게 소감을 한 그가 엄지와 검지를 보였다. 백광이 비치는 그의 손에는 조금 전, 괴생명체의 중추랄 법한 거머리 같은 것이 꿈틀거리고 있었다.

이용택 관장은 이를 자신의 왼쪽 팔뚝. 내가 흡수하였던 부분과 같은 부위에 내려놓았다.

카득카득-!

피부에서 쇳소리가 났다. 이에 혈을 점하고 넘치는 마력을 거두는 그.

순간, 놈이 움직였다.

쑥!

빗장을 열 듯, 문을 밀어젖히듯 촉수가 피부를 들어 올린다. 작고 날카로운 이빨이 혈관을 물었다. 파고들어 돌아다니니 그의 피부가 울룩불룩해지기까지 했다.

자신의 팔에서 일어나는 괴현상. 그러나 더 무서운 것은 표정 없이 내게 보여 주는 이용택 관장이었다.

"편안하고 청량하다 했지?"

충분히 보라는 듯 가만있던 그는 팔을 누비던 그것이 쭉 타고 올라오려는 것을 끝으로 팔에 힘을 주었다.

곧 꽉 옥죄어진 듯 움직임이 멈춘다. 살려는 듯 이용택 관장의 피부 밑으로 촉수가 뻗어졌지만, 그조차도 납작하게 눌어붙었다.

이맛살을 찌푸린다.

"나로선 경험한 적 없는 최악의 맛이다."

실제로 그의 팔뚝이 검게 물들고 있었다. 이에 이용택 관장이 가볍게 털어 내자 검게 물들었던 그것이 후드득 떨어졌다. 돌조차 녹여 버리며 심한 악취를 풍긴다.

보는 내 표정도 딱딱하게 굳었다. 극명하게 다른 이 사실은 무엇을 암시하는 걸까.

"더 해 보지요."

이번에는 순서를 바꾸기로 한다. 내가 쥐어짜고 나온 푸른빛을 흡수하지 않고 그에게 인도했다. 또 그가 만든 검은 이물질을 대신 맞았다.

결과는 반대.

"이런 기분이었군!"

그는 흡족했고.

"역겹기까지 하군요!"

체모를 갉으려 하는 그것을 환혼력으로 얼리고 부쉈다. 온갖 더러운 것을 모두 모으면 이러할까. 본능적으로 꺼려지는 최악의 오물이다.

이로써 안 것은 만들어지는 과정에서 륜이 변이를 보일 뿐, 그 결과물이 사람을 가리는 것은 아니라는 사실이었다.

"관장님과 저의 차이라면 숨법이 있겠지요. 하지만 그보다는 제 육체가 new century에 속한 탓이 더 크리라 봅니다."

"현실의 존재가 죽으면 독을, new century의 존재가 죽으면 약을 남긴다?"

"륜이란 것이 사람을 가리며 선물을 하지는 않겠지요. 그저 그것이 남긴 사념의 형태가 정해지는 순서일 겁니다. 헌데……."

"왜 그러지?"

"이토록 많은 륜을 신진권이 갖고 있었다는 것이 신경 쓰이는군요. 계약의 륜인 페이엔탈의 계약자이자 그 자체이기도 한 그가 제게 손실을 보며 다른 륜을 모았다는 것이."

대체 무엇을 연구했을까.

숨법을 가져갔다. 륜을 끌어모았다. 마지막 분탕질을 치기 전까지 놈이 발악했던 그것이 과연 무엇일지 나로선 짐작도 되지 않는다.

흔적이나 자료라도 남았으면 길이 보이겠지만, 워낙 손속이 확실한 이용택 관장이니 초토화했을 터.

'혹시 나처럼 일그러진 륜을 새기려던 걸까?'

걱정되는 부분이었다. 그러나 마땅히 확인할 방법이 없다.

생체 실험하듯 남는 륜을 아무에게나 준 뒤 그를 데려와 내가 한 것처럼 륜의 재 가루를 입히면 된다.

아니면 륜의 결속을 무너뜨린 후 동시에 다른 륜과의 계약을 진행하면 그만이긴 하다.

하지만 무고한 이에게 행할 수는 없는 노릇. 또, 반대로 나 못잖은 이해 불가의 존재가 탄생할 수도 있다.

이에 고민하는 나를 보던 그가 피식 웃었다.

"하나씩 해 보면 되잖으냐."

그러며 하나를 낡은 천 조각의 륜을 쥐었다.

내게 펜던트를 달라 한다.

"위험합니다."

"그래 봤으면 좋겠구나."

"륜의 충돌은 상상 이상입니다."

"상현아, 무공과 심공의 체계를 정립하며 경지에 오른 나다. 너와 나는 한낱 죽은 륜이 감당할 위치가 아니다."

일체의 가감 없는 그의 말에 나는 펜던트를 주었다.

"이참에 태우는 것도 해 보자꾸나."

손끝으로 후끈한 불길을 일으킨 그가 나무 재질의 륜을 들었다. 그러자 놀랍게도 조금 전과 흡사한 광경이 펼쳐졌다.

매캐하게 타며 검은 연기를 먹먹히 토해 내더니 그 연기의 구렁이가 이용택 관장의 숨구멍을 모조리 막으려 한 것이다.

순간,

'설마!'

나는 벌떡 일어났다.

그가 연기의 구렁이를 폭발시켜 날리는 모습 탓이 아니었다. 일갈로 마물을 날려 버리는 강력함은 이제 일상이지 않던가.

바로 저것. 불로 태웠는데도 적대적이라는 사실.

'그랬구나!'

내가 제임스의 육체와 동화된 것은 일그러진 륜을 가진 후다. 그리고 일그러진 륜이자 재 가루를 내가 소유하게 된 것은 바로 그 시점.

조언을 얻은 태진이가 밀렸던 숙제를 한 직후다. 나는 녀석이 없앤 륜의 가루를 수습한 거다. 그러며 문신 모양의 일그러진 륜이 생겼고 그 힘으로 오늘에 이르렀다.

이 모든 것이 시사하는 것은, 일그러진 륜이야말로 녀석과 계약을 맺은 존재가 준 힘이라는 것!

'그랬어. 어쩐지 녀석이 상대하기에 신진권과 강유나가 너무 강력하다 했다.'

지배적인 완성된 적의 대항마로 게임 페인 김태진은 약하기만 하다. 그러나 녀석이 일그러진 륜으로 무장한다면, 그리고 계속하여 보강해 나간다면 충분히 대적할 만해진다.

"아무나 태워서 얻을 수 있는 게 아닌가 보군. 저쪽 세계의 힘으로 없애야 어떻게든 이득을 얻는다 이건가? 상현이 너만을 위한 선물 같구나."

아니다. 내가 아니다.

'……도움이 필요해.'

내 지혜가 향상되긴 했으나 이러한 사태를 명확하게 해결할 정도는 아니었다. 나는 안에서 대화를 나누고 있는 그녀들.

정확하게는 이블린의 지혜를 빌리기로 했다.

야영 스킬을 취소함으로써 불러들인 세 여자는 묘하게 시선이 가는 모습이었다. 마치 운동 후 땀에 살짝 젖은 것처럼, 들뜨고 자꾸만 오가는 시선이 몸을 쓰다듬는 듯 훑었다.

정혜란의 시선에 이용택 관장이.

잠자리에서 보았던 이블린의 눈빛을 연상한 내가 동시에 기침했다. 한나조차도 무언가 안다는 눈으로 여우처럼 웃는데, 마음이 싱숭생숭해진다. 심각하게 불렀던 내가 적잖게 무안할 따름.

"여덟 시간 가까이 대화하셨는데…… 아직도 부족했던 건 아니지요?"

"벌써 날이 밝은 줄 몰랐지 뭐예요."

"너무…… 재밌었어요, 오빠."

맑게 웃는 한나를 보는데 전처럼 손이 함부로 머리로 가지 않는다. 머리를 쓰다듬기엔 하룻밤 사이 너무 커 버린 느낌이랄까.

"커흠!"

의도적으로 크게 기침했다. 주위를 환기한 뒤 진지하게 말문을 열었다.

"관장님께서 소장님 내외를…… 아, 그런데 두 분과 동길이는 어디에 있지요?"

"아까 일어났었는데 언니가 재웠어요."

자신의 뒷목을 날렵하게 때리는 한나였다. 이블린이 슬쩍 딴청을 피운다. 대관절 하룻밤 새에 얼마나 친해졌는지, 닮아 가는 것 같다. 이제는 헛웃음만 나올 따름.

나는 본격적으로 이야기했다. 펜던트도 있으니 얼마든지 아바타 하인을 불러 먹을 것과 쉴 곳을 마련할 수 있다.

그러나 비밀을 보장키 위해 오히려 스킬로 보호하고 외부를 이용택 관장의 오로라로 덮은 채 진행했다.

지금까지의 이야기들과 이용택 관장과 함께했던 실험들을 거론하자 그녀들은 장난스러운 분위기를 걷어 내고 경청했다. 어느덧 이야기는 나의 의문 부분까지 도달하였다.

"처음 일그러진 륜, 태워 남은 륜을 얻은 것은 김태진의 도움이었습니다."

"도움이라면 태진이라는 오빠가 양보했다는 건가요?"

"나한테 선물이란 것을 할 녀석이 절대 아니야."

단호히 고개를 젓는다. 얼마든지 내기해도 좋다.

그런 놈이 아니라고.

내 표정에서 무엇을 느꼈는지 한나가 어깨를 움츠렸다.

"녀석이 륜을 없애고 다니는 것을 추적하며 흔적을 수습하다가 본의 아니게 남게 된 것이 이 문신이지요. 아마 녀석은 륜을 없애며 남게 되는 이 힘을 몰랐던 거 같습니다."

"이상하네요. 상현 군, 만들 줄은 알지만 쓸 줄은 모른다는 건가요?"

"예. 보다시피 현실에서의 스킬은 이용택 관장님마저 인정할 만큼 막강하지요. 그런데 이 힘을 왜 쓰지 않았는지를 모르겠습니다."

"까먹어서는 아닐까요?"

"단순히 까먹기에는 너무도 중요하지. 어려운 방법도 아니잖아? 태우고 문지르면 끝이니까. 게다가 녀석에게는 다이엘란이라는 회귀의 륜이 함께 있었어."

이에 이블린이 말했다.

"상현 씨의 의문은 이거군요. 다이엘란이 정보를 숨긴 이유. 륜을 흡수할 수 있는 세 명의 행방과 의도 말이에요."

"세 명이라니?"

나와 같은 의문을 품은 듯 정혜란이 물었다. 이블린은 한나에게 하나씩 손가락을 꼽게 했다.

"잠적한 73번째 능력자. 관장님께서 스킬을 현실에서 썼다고 알려 주셨었죠. 그리고 김태진. 륜을 태워 재를 만들어 보임으로써 증명했어요. 끝으로 강유나. 현재 가장 다이엘란과 밀접한 인물입니다."

일목요연이 이해가 되는 기분이다.

"아마 김태진이라는 계약자가 다이엘란은 굉장히 못 미덥던 것 같아요. 상현 씨 반응으로 보니 인간적으로도 영 아닌 것 같네요."

"통제할 수 있는 상태에서 때가 되면 알려 줄 생각이었을 거라는 말이군요."

"네. 그러다 이내 포기하고 다른 계약자를 찾은 거죠. 그녀가 바로 강유나였고, 보란 듯이 그녀는 권한을 넘기면서까지 직접 new century로 넘어가고자 하고 있어요. 그런데…… 뒤에 누가 있는 건가요?"

위를 보며 하는 말에 모두가 주위를 두리번거렸다. 이블린은 륜의 개수를 세어 보였다.

"효력에 비해 지나치게 많아요. 관장님, 혹시 더 구할 수 있는 건가요?"

그가 고개를 끄덕였다.

하나를 쥔 그녀. 낡은 숟가락의 륜을 이용택 관장의 손에 있는 펜던트에 살짝 댄다. 이후 구부리려 하니 잘 되지가 않는다. 정혜란과 한나에게도 권해 보지만 멀쩡한 그것들.

내게 주니 뚝 부러지고 이용택 관장 역시 사뿐히 부러뜨렸다.

"하지만 륜은 만만한 존재가 아니지요. 상현 씨나 관장님이 되니 이렇지. 다른 보통의 사람들은 하나하나 허투루 대할 수가 없고, 루—타홈처럼 하나하나가 가진 고유 능력들을 고려하면 이렇게 함부로 대할 잡동사니가 아니니까. 보물이라 귀중하게 모셔야 하죠."

이블린은 고개를 갸웃거린다.

"그런데 이런 유물들을 마치 보급 물자처럼 지원해 주는 이가 있었네요. 저쪽 세계에서 이쪽으로. 계속 공급되는 걸로 보아 다이엘란이나 73번째 능력자. 그 둘의 뒤에 무언가가 있으리라는 해석이 가능해지지요. 이런 상황에서 정작 그들은 상현 씨만 못하고 오히려 new century에서 힘을 구하려 한다? 실수? 장난? 제약? 아!"

짝!

"사고네요."

"사고?"

손뼉을 친 그녀가 눈빛을 발했다.

"공통분모이자 키워드는 륜의 힘이 아닌 체감도에 있어요. new century와 한 몸이 된 자. 저쪽 세계를 접하며 각성하는 륜의 특성."

"……무슨 말인지 모르겠어요, 언니."

"하나만. 하나만 확인해 보고 알려 줄게. 이거면 다 확실해져."

들뜬 기색으로 일어선 그녀가 나와 이용택 관장을 보았다. 나로서 시작해서 이용택 관장에게서 끝나는 시선.

"증명할 것이 있나 보군요."

"네. 한 가지만 증명된다면 이게 확실할 거예요. 일그러진 륜을 누가 소유할 수 있는가. 륜의 계약자가 대상이 되는지 여부죠."

이에 침묵하던 이용택 관장이 한숨을 쉬었다.

"다시 이 자리로군. 상현아, 둘이 하면 쉬운 일을 이리 어렵게 꼬아서야 하겠느냐. 앞으론 간단히 가자꾸나."

망설임 없이 바로 접속했다.

'그러고 보니.'

상황과 장면만으로 보면 이용택 관장에게는 괜히 기다렸다가 아까 하려던 계약을 다시 잇는 셈. 괜히 멋쩍어진 내가 웃으니 두 모녀가 알쏭달쏭한 표정을, 이블린은 환한 미소를 지어 보였다.

사르륵.

명상하듯 new century로 접속하는 문을 여니 쥐고 있던 천이 그의 손가락에 휘감겼다.

그의 접속과 함께 죽어 있던 륜이 반응을 보이기 시작한 것이다. 과거 접속을 하면 내부에서 나타나 사용자를 현혹했다 말한 적이 있다. 저 륜 역시도 같은 모습으로. 혹은 비슷한 방법으로 계약을 유도하리라 생각하는 그때.

쫘악!

잠깐 사이에 찢어졌다.

울리는 여성의 호통.

[이 무엄한 놈!]

어느덧 앞에는 명상한 채 희뿌연 여인을, 사극에서나 볼 법한 양

반가의 여식을 쥐고 있는 이용택 관장이 있었다.

[놔, 놔라! 이 무지한 놈! 내가 누군 줄 아느냐! 컥!]

접속을 마친 그의 눈이 뜨인다.

번쩍.

"죽을 테냐, 계약할 테냐."

백광을 번뜩이는 두 눈. 목줄을 움켜쥔 그의 기세에 버둥거리던 여자의 혼. 륜이 몸을 사시나무 떨듯 떨었다.

[이, 있을 수 없는 일! 초월자의 무덤인 지구에 어떻게…… 끄륵!]

'무덤?'

처음 듣는 이야기였다. 한편, 반응하는 나와는 달리 이용택 관장의 메마른 표정은 한 치의 변화도 없었다.

나직이 할 일을 한다.

"말이 많구나."

[놔…… 놔줘야…… 계, 약을…… 할……!]

거머쥔 손에 힘을 주자 발작하듯 몸을 흔들며 륜이 손톱으로 그의 손등을 긁어 댔다. 쭉 내무는 혀와 더불어 흐르는 맑은 침이 이용택 관장에게 스며든다. 이를 본 그가 옥죄던 손에 여유를 두었다.

나의 눈으로도 확실하게 보이는 마력의 선이었다. 손가락에 감겨 있던 천과 륜의 여인이 필사적으로 이용택 관장에게 유백색의 선을 뻗었다.

부딪쳐 갈피를 잡지 못하던 선을 그가 수용하자 기다렸다는 듯 두 눈에 빨려 들어간다.

정신적으로 연결되는 간섭. 계약이 이행되는 광경이었다.

비치는 태양을 배경으로 묘령의 귀신을 붙들고 있는 이용택 관장의 모습은 거룩한 퇴마의식을 주도하는 도사처럼 보였다. 물론, 방울을 흔들고 주술을 외우는 학사풍이 아닌 불문의 사대 신장과도 같은 느낌이다.

군살이라고는 조금도 없는 육체. 근육이라는 도화지에 상처와 흉터가 문신처럼 새겨진 몸. 저 상처 하나하나를 만들 때마다 정혜란과 한나에게 얼마나 욕을 먹었는지.

'억울하다니까.'

상처 하나 없는 육체였는데 외려 고맙다고 한 이가 그였었다. 포션으로 치료해 주려고 해도 거부하고 외려 수련의 깊이를 더할지언정 몸의 흉터는 고스란히 유지하려고 하지 않았던가.

그렇게 륜과 정식 계약을 맺는 심각한 상황에서 객쩍은 생각을 하는 나를 이블린이 소리 죽여 불렀다. 준비하라는 뜻.

고개를 끄덕인 내가 남는 겁륜을 하나 들었다. 나무도, 천도 아닌 구리 재질의 그것을 들어 눈에 갈무리했던 불의 정령으로 비추니 손끝에서부터 달궈진다. 이윽고 따끈해지는 감각과 함께 륜과 손의 접촉면으로 푸른빛이 생겼고.

화르륵.

륜이 순식간에 재가 되어 떨어졌다. 손을 피하기 무섭게 준비하고 있던 이블린이 잘라 낸 보자기로 재를 담는다. 자신의 피부에 닿지 않게 주의하는 모습에서 아련하게 장미향이 나는 건 왜일까.

'대체 여자들끼리 무슨 짓을 한 거야?'

부지불식간에 드는 해괴망측한 생각을 기억 저 멀리 던졌다. 하여간 중요한 순간인데 참으로 긴장감이 없는 것 같다.

이용택 관장이 륜을 대함에 거침이 없었던 것처럼, 사실 나도 현재 놀라움은 있을지언정 긴장과 초조는 전혀 없는 듯하다.

"다음은 뭐지?"

그녀는 보자기를 보여 주었다. 륜을 태운 것임을 안 이용택 관장이 나의 그것처럼, 자신의 손바닥에 털어 넣고 움켜쥐었다.

그리고 손을 펼치니 재는 처음의 모습 그대로 다시 보자기에 고스란히 담겼다. 가루조차 남은 흔적 없이 남김없이 떨어진다.

이는 륜의 계약자는 일그러진 륜을 소유할 수 없음을 의미한다.

"계약 맺은 륜은 어떤 상태인가요?"

이블린의 물음에 이용택 관장이 자신의 오른쪽 관자놀이를 두드렸다.

"여기서 얘기하고 있다. 파도를 자유자재로 치게 할 수 있다는군. 정신체의 존재에게 효과적이라고도 하고 풀어만 주면 첩실 역할이라도 하겠다 한다."

'풀어 준다?' 며 되뇐 이블린의 물음.

"서로의 의식을 공유한다거나 하는 게 아닌가 보네요."

"아니. 섞여 들려고 하기에 내가 나눠 놨지."

"그럼 부분 계약 상태군요. 지금 정도라면 륜이 실체를 얻어 외부로 활동할 수 있다는 뜻이고요?"

"아니, 육신이 반드시 필요하다고 한다."

"그렇다면……."

말을 잇는 이블린.

그러자 이용택 관장이 미간을 일그러뜨렸다.

"번거롭구나."

곧 그의 몸과 연결된 채로 나뒹구는 여인이 있었다. 처음 보았던 모습보다 더욱 병약하고 축 처져 있는 그녀. 각혈하듯 기침을 할 때마다 뿌연 빛을 토해 내는 모습이 절로 안쓰러울 정도였다.

연민의 눈을 한, 두 모녀와 달리.

"고맙습니다."

이블린은 외려 반겼다. 그를 통해 묻는 것이 생각보다 부담되었나 보다. 이용택 관장도 전달자 노릇을 하기 싫어 보였고.

"반가워요. 이름을 물어도 될까요?"

[말하면 살려 주는 건가요?]

처연한 낯으로 힘없이 말하니 뒤에서 이용택 관장이 손을 움직였다. 곧 작살 맞은 물고기처럼 몸을 떨던 그녀가 풍선의 바람이 빠지듯 점점 줄어들었다. 세월이 역행하듯 어른이 처녀로, 소녀로 변해 간다.

[마, 말할게요! 그러니 제발! 더 하면 전부 잊는단 말이에요!]

눈물 가득한 그녀의 울부짖음.

두 모녀 역시 심하다는 듯 보았지만, 이용택 관장은 열 살쯤으로 어리게 만들 때까지 멈추지 않았다. 무엇을 느낀 걸까. 간절히 바라보다가 주르륵 눈물을 흘리더니 고개를 푹 숙인다.

그리고 눈의 총기는 다시는 볼 수 없었다. 삼단 같은 검은 머리가 금색으로 바뀌었다. 창백하던 피부가 태양에 그을린 듯 변하고 점점 어려질수록 다시 하얘졌다. 골격이 바뀌는 것 역시 당연한 순서.

그리고 하는 행동이 점점 어려졌다.

으아앙-!

목 놓아 울음을 터뜨리기까지 한 것. 절로 안아 주고 싶을 정도였다.

"아빠……."

"더하면 망가지겠군."

딸의 말을 들은 그제야 비로소 손을 거둔다. 정확하게는 한나의 말을 듣고 멈춘 것이 아니라, 할 만큼 징계한 것이었다. 할 때는 가차 없는 그는 짐짓 냉혹하리만큼 타협이 없었다.

"여분의 것을 모두 덜어 냈으니 고분고분할 게다."

"영혼을 흡수하신 건가요?"

"불가능하더구나."

고개를 저은 그가 오른손에 유백색의 구체를 들어 보였다. 앞의 이블린에게 던지니 그것을 잡으려는 그녀의 손에 공처럼 튕겨 데굴데굴 굴렀다. 이윽고 땅과 접촉할수록 점점 검게 변해 갈 조짐을 보였다.

이에 내가 다가가 움켜쥐니 손에서 푸른 물이 되었고 곧 청량하게 팔뚝에 스며들어 나를 채워 주었다.

'기억인가?'

한 여자의 모습이 겹쳐 보였다. 그녀의 일생.

장면 하나하나가 영사기의 필름처럼 뇌리에 찍히고 넘어갔다.

울고 있는 륜의 소녀. 그녀와 똑같은 모습으로 바닷가를 뛰노는 소녀가 보인다.

어부의 딸. 바닷가에서 자란 여인. 감수성이 풍부하여 선천적으로 정령을 볼 수 있던 소녀.

그러나 그것이 부모가 무지하여 외려 혼을 낸다. 그녀 역시 헛것을 본다며 외면받는 끝에 정령을 잊고자 노력한다.

그리고 정령이 떠나가고 평범하게 살아간다.

'몬스터 플레이를 하는 것 같구나.'

일생을 받아들이며 삶의 굴곡을 이해하는 순간들. 녹아드는 경험의 순간이 농도 짙게 내 몸을 적셨다.

일상의 장면은 붉은빛으로 물들었다.

더 자라 혼인하는 장면. 아이를 낳고 기르는 어머니가 된 여자. 살아가던 중 갑작스레 나타난 해적으로 폐허가 된 어촌. 죽은 자식을 보며 오열하다 끌려간다.

모진 생활로 희망을 잃은 복수의 기도. 혀조차 잘린 처참한 그때 다시 보이는 정령. 부르고 간절히 온몸으로 받아들여 하나씩 복수를 해 나가는 여인.

여기서 기억의 괴리가 생겨났다. 보고 싶은 가족. 돌아가고 싶은 그 시절을 떠올리다가 완전히 끊긴다.

'죽었다.'

여자가 죽었다. 그리고 반인반령의 존재가 된다. 기억조차 멀어지고 고통조차 멎는 상황에서 남는 것은 복수심뿐.

선원이 죽었다. 선장도 죽었다. 이유를 모른 채 하나둘씩 죽어 간다. 결국, 내부의 갈등으로 혼란스러운 통에 토벌대를 맞이하고 해적들은 전멸.

구함을 받은 그녀는 이후의 시간을 해적을 박멸하는 데 매진했다.

자신을 버리고 정령과 합일되다시피 한 그녀의 삶은 100년을 지속하였고 더욱 아름다워져만 갔다. 흠모하는 이도 있으나 관심사는 오직 해적의 박멸뿐.

그 복수심마저 희석되는 세월의 끝에 인간의 육체조차 완전히 바다에 녹아들었다. 그것이 관망하는 기억의 끝.

"후–시리엔."

침묵하는 바다의 마녀. 파도를 일으키는 자.

"파도의 성륜, 후–시리엔입니다."

"그녀의 이름인가요?"

수긍하며 울고 있는 소녀에게 다가갔다.

"덜어 내신 것이 경험이자 기억이었습니다. 열 살 이후의 모든 것이 제게 전해졌으니, 그녀가 아는 것은 그 이전의 기억뿐이겠군요."

"이성이 무너지지 않을 정도에서 멈췄는데…… 조금 심했나?"

"네!"

"어휴."

한나와 정혜란이 동시에 반응했다. 이용택 관장은 자신과 연결된 선. 억지로 붙들고 놓아주지 않던 계약의 끈을 끊어 주었다. 곧 울던 소녀가 눈물 가득한 시선으로 주위를 두리번거리다 하얗게 질려 갔다.

[엄마…… 아빠…….]

겁을 먹고 어찌할 바를 모르는 그녀를 정혜란이 위로하려고 했지만, 소녀는 도망쳤다. 그러더니 이용택 관장을 보고 낯빛이 하얗게 질려 버렸다. 그리고 점점 검게 물들어 갔다.

'하는 수 없군.'

애처롭긴 하지만 저리 둬 봐야 어떻게 변할지 눈에 선한 바. 나는 영력으로 만들고자 소녀에게 다가갔다.

그때.

눈으로 열기가 느껴졌다. 두 눈의 시야가 가볍게 일렁이는 그것
은 머무르고 있던 정령들의 표현.

보내 달라는 뜻.

잠깐의 고민 끝에 정령들을 모두 풀어 보았다. 이에 다섯의 정령
이 각기 사람의 몸으로 현현했다.

굵은 손. 주름진 피부. 노년의 부부.

털보. 배가 나온 남자.

뚱뚱한 배. 고집이 잔뜩 있어 보이고 심통이 난 듯한 소년.

열 살쯤의 조개껍데기를 들고 있는 까무잡잡한 소녀.

그들을 보자 소녀가 울음을 멈추었다. 비로소 안도한다.

그녀의 부모와 남편, 아이, 어렸을 때의 친구. 정령들은 그 모습
으로 다가가 검게 물들어가는 소녀를 둘러쌌다. 그리고 물거품처럼
사라져 버렸다.

그것이 륜의 마지막이었다.

꼭 기억을 보지 못했어도 느끼는 것은 같은 것일까.

"친구랑 가족이 맞죠?"

묘한 먹먹함에 형언할 수 없는 표정을 짓던 한나의 물음이었다.

"그래. 그녀의 기억을 토대로 정령들이 보여 준 것 같아."

"오빠…… 죽었어요?"

"아니."

답하며 고개 숙여 내 눈을 보였다. 스스로 볼 수는 없지만 서늘하
게 느껴지는 것이 있었던 까닭이다.

"다행이다. 부르면 나오는 거예요?"

"한나야, 지금은 쉬게 하고 나중에 부르자꾸나. 네 아빠가 많이 괴롭혔잖니?"

이용택 관장을 째려보는 정혜란의 말에 한나가 마주 수긍했다.

아내와 딸이 그러든 말든 그는 태연했다. 펜던트를 내게 돌려주고 표정의 변화 없이 이블린에게 묻는 것이다.

"이제 알아본 것은 다 알아본 거냐?"

"네. 일그러진 륜이라는 것은 나중에야 알게 된 사고가 확실해요. 그리고 달리 대처해야 한다는 것도요."

'달리 대처한다?'

"무엇을 말입니까?"

"상현 씨, 파도의 륜은 이 세계의 존재가 아니었죠?"

사극의 처자와도 비슷해 보였지만 이는 계약을 원활하게 하기 위함일 뿐, 실제는 다른 곳이며 이곳에는 없는 역사의 여인이었다.

그렇다 답하자 이블린은 하늘을 보았다. 정확하게는 환하게 밝아온 태양을 향하고 한나와 정혜란에게 말했다.

"아침이 되었으니 간단히 할게요. 어렵지도 않답니다. new century와의 연결통로가 접속기기 외 다른 곳에도 있나 봐요. 다른 세계의 것이 분명한 륜이 이곳에 산적했으니까. 이를 상현 씨가 언급한 융켈이라 할게요."

두 개의 원. 그리고 연결 통로를 허공에 그린다. 나는 슬쩍 바람의 정령으로 그녀의 손을 도와 둥근 띠를 만들어 주었다.

현실과 new century, 융켈이었다.

"그가 온 까닭은 격을 올리는 것. 라탄트라 얘기 기억하죠? 신이 될 방법을 찾아서 온 것이라고 할게요."

"격이면 경지를 높이려고 온 건가요?"

"어. 더 세지려거나 대항해 시대의 식민지처럼 정벌하러 왔다고 해도 다 맞아. 욕심내서 올라가려고 온 거니까. 그렇게 융켈이라는 존재가 이쪽에 온 거예요. 그리고 륜을 한가득 뿌리고 일을 진행하다가, 사라진 것. 이게 우선 배경의 전부입니다."

"그게 끝?"

"네, 언니."

정혜란의 의문에 '참 쉽죠?' 하는 그녀다.

"아까는 보급해 준다고 했지 않아요?"

"응. 내가 틀렸었어."

바로 인정한 이블린.

"왜요?"

"그가 더는 간섭하지 않거든. 여기에는 조금 전 들은 초월자의 무덤이란 걸 생각하면 이해가 쉬워."

그녀는 양쪽 세계의 공통점을 거론했다.

"관장님과 상현 씨는 서로 속한 세계가 달라요. 사용하는 힘도 다르고 몸도 다르죠. 그런데 오염된 영혼은 똑같이 거부하고 푸른 영혼은 모두에게 유익했어요. 이는 근본적으로 같다는 뜻이에요. 피부색이 다르고 문화의 차이는 있지만, 인간인 것처럼 숨법과 스킬의 차이는 있으나 시작과 끝은 같은 거예요."

정혜란에게 묻는다.

"언니, 관장님이나 상현 씨가 사망하는 방법…… 기억나요?"

그 말에 그녀가 이해했다는 표정을 지었다.

"초월하는 방법도 같을 테고, 그러면 왜 지구가 초월자의 무덤인지 알 수 있죠."

"고독, 말이구나."

"네. 그리고 관장님이 말씀하셨듯이 너무 수월해져요. 사람들도 잘 따르게 되고 기운도 무한정 순종한다고 하셨으니까요. 이렇게 되면 남는 것은 초월해서 떠나는 것일 뿐."

강을 건넜으니 배를 버리고, 몸이 커졌으니 집을 떠나게 된다는 것이다.

"상현 씨 말에 따르면 라탄트라라는 이는 무척 오래 살았다고 하지요. 융켈 역시도 new century에서는 신이라고 했어요. 그런데 거기서 더 나가려고 한다면 어땠을까요? 초인도 위를 보고 신도 더 높은 곳을 본다면?"

"현실의 이이나 상현 군처럼 new century에서 높아지는 격만큼 잊힌다는 거야?"

"본래부터 신이었다면 외로움도 모를지 어떨지 모르겠어요. 하지만 승격해서 그리된 존재라면 분명 고독할 거고 더 높은 곳, 다른 곳으로 떠날 거예요."

"그럼 융켈이란 사람도 성공한 거네요?"

"만약 실패했거나 격이 떨어진 거였다면 분명히 조처했을 거야. 그는 이 세계가 어떤 곳인지도 알고 신진권에게 힘을 주고 강유나에게 권한도 부여할 만큼 대단했으니까. 륜이라는 것을 깨우기 위해 접속기기를 이용하고 new century로 물들일 체계적인 방법도 모두 안배했어. 그런데 원치 않던 사고…… 아니, 원했던 일이 일어난 거야."

"진행하는 도중에 초월해서 죽었다는 뜻?"

"맞아요, 언니. 아마도 상현 씨가 사용하는 일그러진 륜은 그의 강력한 대리자에게 알려 줄 비장의 무기였을 거예요. 상황으로 보면 김태진이라는 남자가 가장 근접하죠. 그런데 그 핵심적인 방법을 미처 알려 주지 못한 채 일이 일어났죠."

"승격한 게 사고예요?"

"그는 초월했지만, 우리한텐 죽은 거나 마찬가지잖니?"

"좀 느낌이…… 그래요."

읊조린 한나가 가만히 정좌하고 있는 이용택 관장에게 다가가 안겼다. 가만히 끌어안는 딸의 모습에 그는 '아무 말 없이 떠날 생각은 없다' 면서 한나를 다독였다. 손주 역시도 봐야 하지 않겠느냐는 너스레에 정혜란이 웃음을 지었다.

나는 처음을 떠올렸다. 그리고 가만히 생각을 정리하며 알 수 있었다.

그녀의 말대로라면, 실패하여 치밀하게 회귀를 사용한 역사적인 그때, 그는 초월했다. 회귀의 여파도, 초월자의 간섭도 아니라 회귀를 하며 자신의 갈망을 충족시킨 것이 된다.

그럼 남은 것은 내기하던 초월자뿐이 되는 걸까?

'아니지.'

그들이 왜 내기를 했겠는가. 내기한 까닭은 초월할 수 있는 어떤 수단이라는 것이 가장 근접한 것일 터.

초월자는 내기에서 이기며 승격을 이뤘다.

악마는 패배하며 반전을 노리고 회귀를 사용.

그런데 덜컥 승격했다. 이후 그 모든 안배만 허공에 떴고 회귀한 태진이와 겹룬만이 계약서대로 부단히 노력하는 것이 현재 상황.

'융켈은 라탄트라의 불멸이나 마찬가지구나.'

포션으로 업적을 이루었다. 그 끝으로 불멸이라는 이름의 펠마돈을 남기려는 라탄트라. 마찬가지로 초월자와 악마 역시 그들 간의 내기를 통해 세계의 벽을 넘었다.

융켈은 초월자의 유물이다.

현실의 new century와 각성하는 모든 룬. 이것은 악마가 남긴 유물이다.

이로써 알 수 있는 사실.

초월자는 융켈보다 상위의 신이고 태진이의 계약자는 모든 룬을 알고 룬들의 주인이자 지혜를 갈망한 모든 이가 따랐던 존재.

'단서는 처음부터 있었구나!'

이블린이 내 상황이었다면 강유나를 알며 단번에 파악했으리라. 펠마돈의 비서를 보이며 낱장을 채워야 한다는 것. 정보 자체가 생명인 그녀를 보며 왜 눈치채지 못했던가.

지혜의 신, 곤바로스.

바로 그였다.

태진이의 계약자이자 악마로 추정하던 신. 그는 승격하며 사라진 게 아니었다. 나는 강유나를 떠올리는 순간 실마리를 확실하게 움켜쥘 수 있었다.

이블린의 분석이 일부는 맞지만, 핵심이 틀렸다. 그녀가 알지 못하는 회귀의 정보가 있기에 오직 나만이, 그리고 김태진만 알 가능성이 있는 것.

그것은 그의 마지막 도박이 완벽하게 실패했다는 사실이었다.

악마는 사라졌다. 초월해서가 아니라 그 반대로.

'소멸하고 거죽만 남은 거다.'

초월자는 이겼다. 그럼으로써 승격했다.

태진이와 계약한 악마, 곤바로스는 패배했다.

그리고 반전을 꾀하며 비장의 수로 회귀를 사용했으나 펠마돈의 비서라는 유물과 new century에서의 이름만 남긴 채 완전히 격하되었다.

new century에는 이름만 회자하고 유물은 현실에 남은 것.

이게 진실이다.

⊠　　　⊠　　　⊠

처음 강유나를 보며 대화했을 때 '융켈의 계약자'에 대해 묻자 그녀가 했던 말을 나는 기억한다.

"이에 대해서는 나도 잘 몰라. 다만, 비 오는 날 집에 돌아가던 도중에 이상한 빛에 둘러싸이게 됐는데, 그 이후 내 책으로부터 알 수 없는 권한과 사용법들이 전해져 오기 시작했다는 거야. 그건 new century의 서버 관리자가 지녀야 할 능력과 권한이었어. 다음에는 Z&F의 사장이라는 사람이 찾아와서 나를 마구마구 설득했지. 우리의 권한이 나누어졌으니 반드시 힘을 합쳐야 한다나 뭐라냐? 이상한 건, 융켈의 흔적에는 사념 같은 것 없이 권한과 그에 따른 최소한의 책임만 있다는 거야."

이 말은 당시의 상황. 회귀 이후의 현실만 보면 참으로 타당하며 잘 맞아떨어진다. 실제로 그녀는 엉겁결에 특별한 힘을 얻었지만 막강한 적, 신진권에게 감금되다시피 하는 열악한 상황에 스스로 들어갈 수밖에 없었다. 그것이 살아남을 유일한 방도였으니까.

그것은 일견 처절할 정도였다.

그러나 회귀 이전에도 그랬을까? 그때도 지금의 구도였을까?

비슷하지만 달랐을 것이다. 이것이 첫 번째 단서였다.

'지혜가 부족하니 이제야 이해하는구나.'

두 번째는 바로 곤바로스.

"탐구의 신. 고민과 번민의 신이 곤바로스 아니우. 륜을 가지게 됨으로써 쉽게 힘을 쓰고 위치에 도달하지만, 그 이상을 못 보기에 당연히 지식을 갈급하게 된다우. 그런 이들이 태양에게 기도하겠수, 어둠에게 기도하겠수, 바다에게 기도하겠수? 자연히 곤바로스를 추종하게 되는 거고 그 가운데에서 위안을 얻는 거라우."

new century를 여행하며 암시장의 위시 노파에게 일찍이 물었다. 왜 륜을 가진 이들을 '곤바로스의 사도'라고 명명하느냐고. 그 질문에 대한 답을 떠올리니 성륜과 겁륜에 대한 그녀의 대답 역시 선하게 그려진다.

성륜은 사물에 깃들고 겁륜은 몸의 형태를 변화시킨다는 것. 고작 차이는 그것에 불과하다. 본질적으로 둘은 대립할 어떤 이유도 없었던 것.

헌데, 현실에서는 둘이 대립관계이며 태진이가 겁륜을, 신진권이 성륜을, 강유나는 융퀠의 권한을 갖고 신진권과 같은 편이되 서로 견제하는 상황이 연출되고 있었다.

'터무니없는 일이지.'

왜? 라는 의문은 잠시 제쳐 놓고 우선 그렇다손 치자. 그렇다 해도 모순이 되고 만다. 이유는 바로 성륜과 겁륜이 정말 파벌이 갈렸을지라도 둘 다 따르는 대상. 그 주인은 모두 하나라는 거다.

내 손이 두 개라 하여 내가 둘이 되는 것은 아니지 않은가.

곤바로스의 입장에서는 양쪽 모두 자신의 힘이자 권속이며, 노예인 바. 오른손과 왼손이 싸워 주인의 승패가 갈린다면 어불성설이다.

즉, 태진이와 계약을 맺은 이가 누구든 간에 륜을 모두 종속시킨 초월자이지 륜을 절반씩 나눠 성륜과 겁륜으로 가져간 것이 아니라는 뜻.

그렇기에 앞은 앞대로 맞고, 뒤는 뒤대로 맞지만, 둘 모두를 경험한 내게는 모순이 돼 버린다.

두 개의 축 대신 하나가 뚝 부러져 어찌어찌 형세만 맞추고 있는 것과 마찬가지인 탓.

회귀 전의 세상. 그리고 회귀 후의 세상.

비슷하게 시작하고 비슷하게 돌아가는 듯하지만, 현재는 과거의 시간 축을 기점으로 끼워 맞춰진 것이었다.

"상현 오빠?"

"응?"

"무슨 생각을 그렇게 해요?"

나는 아래에서 빤히 올려다보는 한나의 머리칼을 쓰다듬었다. 의아함과 호기심 가득한 눈에 이어 주위를 보자 어느덧 모두 나를 주목하고 있었다.

"죄송합니다. 이비 덕분에 흥미로운 사실을 알게 돼서 말이지요."

"혹시 제가 놓친 게 있었나요?"

"아닙니다. 이비는 정확했어요. 단지 반전을 꿈꾸었던 곤바로스가 완전하게 사라진 것에 관한 조소일 겁니다."

"네?"

나는 위를 보았다. 여전히 유지 중인 나의 야영 스킬과 평화의 불씨, 그리고 이용택 관장의 오로라까지. 이만하면 안심해도 좋다.

"부를 수 없는 자. 격을 갖춘 존재가 그 이상을 넘보는 것에는 위업이 필요합니다. 라탄트라의 경우를 거론했던 것처럼 말이지요. 여기 신이라 불릴 만큼 대단했던 두 초월자가 있었습니다. 지금은 이름과 유물만 남은 그들의 이름은 바로 융켈과 곤바로스입니다."

"new century에서 상현 군이 봤다는 둘?"

"플레이어의 신이랑 게임 속의 지혜의 신이라고 했어요."

이용택 관장이 모녀에게 눈짓하는 것이 보였다. 잠시 듣기만 하자는 그 동작에 절로 웃음이 배어 나온다.

"new century의 초월자인 둘이 내기를 하게 됩니다. 승자는 승격을 이루고 패자는 그대로 남게 되는 것이었으리라 생각되는 내기. 그것은 대리인을 통하여 현실에서 벌이는 겨룸이었지요. 그리고 현실에 가상현실이라는 물건이 등장합니다. 신진권이라는 남자와 강유나라는 여자가 나타나지요. 각기 융켈의 대리자, 그리고 곤바로스의 대리자입니다."

펜던트를 사용하여 과거 강유나가 투영했던 환상 속의 이집트처럼, 나 역시 야영의 모닥불을 중심으로 현실, 내가 아는 회귀 전의 세상을 표현했다.

향상한 지혜로 옛 신문 기사부터 사회 각층의 반응들을 모두 재현해 보았다. 모두가 깜짝 놀라 한다. 전 세계가 열광한다.

그러나 현실은 크게 달라지는 것이 없었다. 현재 누구도 가상현실의 메커니즘을 모르듯 불가해의 영역으로, 오직 이 기술이 게임으로만 존재하는 까닭이다.

영향력이 더욱 커져만 가고 모든 이의 생활에 녹아드는 new century. 여기에 광적으로 집착하는 이들을 보이며 나는 김태진을 포함하여 보여 주었다.

평범하게 직장 생활을 하며 가정에 소홀히 하는 내 모습도 수많은 군상에 담는다. 그만큼 비중 없는 이가 바로 나였다는 의미였다.

"지금 통제할 수 있는 모든 것처럼 당시의 그 누구도 이런 일이 진행된다는 것은 꿈에도 몰랐습니다. 이것은 보이는 적, 싸워야 할 대상이 있는 수준이 아니라 세상 모두의 의식을 바꾸는 존재들의 일이었으니까요. 현실은 무대가 되었고 new century라는 요소는 단지 속했을 뿐입니다. 그리고 내기의 승자는 융켈이 됩니다."

자기 복제와 new century의 접속 권한으로 점차 스스로 무력을 더해 가는 신진권.

뛰어난 정보 통제 및 분석과 new century의 권한으로 륜을 각성, 그들의 힘으로 싸우는 강유나.

두 세력의 충돌은 융켈의 승리였다. 나는 신진권과 함께 있던 빛을 하늘로 올려 천상 어딘가로 보내었다.

패자인 강유나의 거대한 빛은 그대로 안개처럼 남아 그녀의 육신에 머무르게 표현했다.

이에 이블린이 물었다.

"어떤 내기인지, 과정에 대해서는 알 수 없었나요?"

당연한 의문이다. 자기완성의 힘으로 어떻게 륜의 기기묘묘하며 막대한 힘을 이겨 냈는지. 그러나 나 역시 결과만 알 뿐이다. 상황의 변수는 추측할 수 있으나 감히 단언할 수는 없었다.

"미루어 짐작할 뿐입니다. 그들은 모두 사라졌고 계약의 주체 역시 제가 아니었으니까요."

"계약이라면?"

"회귀. 시간 역행입니다."

그리 답하며 나는 잠시 눈을 감았다, 되물었다.

말해도 괜찮겠냐고.

머리에도 묻고 가슴에도 물었다. 그리고 놀랍게도 같은 대답이 들려오는 것을 온몸으로 느낄 수 있었다.

'믿는다.'

혹, 내 기대대로 되지 않더라도 괜찮다. 신뢰한다는 것은 저들이 보이는 모든 모습까지도 수용하겠다는 것이다. 진정한 믿음에서 의심과 계산은 무의미하다.

나는 손아래 있던 한나에게 무릎 꿇고 그녀를 끌어안았다. 깜짝 놀랐던 그녀의 눈은 나를 보더니 깜빡이며 의문을 표했다. 그러다 조심히 안고는 나의 어깨를 두드렸다.

"고마워."

이어 담담히 말을 시작했다.

"시간을 되돌리는 것. 회귀라는 것에 대해 언급한 적이 있을 겁니다. 김태진의 힘이기도 하고 관장님께서 직접 막으셨던 륜의 능력이기도 했으니까요. 지금부터 개인적인 이야기를 할까 합니다. 바로 친구를 따라 회귀한 한 남자. 저에 관한 이야기지요."

그렇게 나는 내 의식의 흐름대로 나를 이야기하였다. 어떤 마음으로 살아왔는지. 또 어떻게 녀석을 찾아갔는지. 그러다 보게 된 일기장과 눈을 뜨고 느꼈을 때의 상황.

시간 순서에 따라 경험한 바를 사건 중심으로 담백하게 이야기했다.

내가 겪었을 혼란, 원망, 두려움, 기대, 기쁨. 이 모든 것은 배제했다.

그저 이사하고 태진이를 관찰한 이유. 왜 산동네에 가게 되었는지, 만나게 된 이용택 관장을 통해 알아보고 확인하고자 했던 것들. 그리고 미래의 지식을 통해 어찌 행동했는지에 대한 보고였다.

집중해 주고 눈 깜빡이는 것조차 유의하며 관심을 둬 주는 청중이 있기에 나는 순조롭게 이야기를 지금의 시점까지 할 수 있었다.

"그리고 오늘에야 알았습니다. 지금까지 개인적으로 초월자, 악마로 거론했던 그들이 융켈과 곤바로스였다는 사실을."

그렇게 회귀 이전에서 회귀 이후로 연출했던 영상을 나는 다시 처음으로 환기했다. 이해를 돕기 위한 보조 자료로서 내 소개를 마쳤기에 다시 본론으로 돌아간 것이다.

신진권과 강유나로 표현되는 두 초월적 존재. 빛을 저 하늘 너머로 승천시키고 남은 하나의 인물, 곤바로스.

"승격한 융켈과의 승부를 되돌리고자 곤바로스는 승부수를 띄웁니다. 바로 아무것도 아닌 평범한 플레이어 김태진을 계약자로서 자신의 륜 중의 하나인 회귀의 륜, 다이엘란을 함께 내기를 시작했던 그때로 돌리는 것이지요. 이 부분부터 그가 어떤 안배를 했는지는 이비가 잘 분석해 주었습니다. 단지, 사고가 생겼을 뿐이지요."

"회귀했지만 융켈은 없던 거네요."

"맞아요, 이비. 그의 회귀는 그가 감당할 수 없는 존재까지 되돌리지는 못한 겁니다."

회귀 전, 여행자와 행운의 융켈이 지혜와 륜의 곤바로스를 이겼다. 그러면서 승격을 이뤘다. 반면, 패배했던 곤바로스는 시간 회귀라는 방법을 통해 반전을 꾀하였다.

그가 예측하지 못한 것은 시간이 되돌아가도 융켈이 존재하지 않는다는 사실. 자신의 격으로는 어찌할 수 없었다는 것이다.

분명 승리에 집착하여 생긴 치명적인 실수였을 것이다. 초월적인 능력은 있으나 new century의 신은 진정 초월한 전능자는 아니었으니까.

그리고 완전한 신. 전능자는 현실에 존재할 수 없다. 더 높은 곳으로 훌훌 날아갔다.

"승격해 버린 융켈이 없는 과거로 돌아왔으니 현실의 균형추가 어긋난 거지요. 그리고 그 구도대로 맞춰지고 사라진 융켈을 대신하여 곤바로스가 완전히 무너집니다."

륜의 특성에 불과했던 성륜과 겁륜이 나뉘었다. 성륜은 신진권에게, 본래였으면 대립각을 이루어야 할 겁륜이지만 회귀자이자 대항마인 김태진이 있으니 다이엘란을 포함하여 녀석에게 묶인다.

남는 것은 new century의 권한. 이를 껍데기만 남은 펠마돈의 비서와 함께 강유나가 소유하게 된다. 이것이 곤바로스가 남긴 유일한 거죽이자 유물이 된다.

"곤바로스는 이름조차 없습니다. 모든 격을 상실하여 내기의 주체였지만 거론되지 않지요. 대신 남는 것은 본래는 있었어야 하고, 또 있었지만 승격한 융켈의 이름뿐입니다. 그렇기에 신진권과 강유나 모두 유일하게 아는 존재인 그를 자신의 계약자로 오해하고 그렇게 구도가 된 거지요."

※　　　　※　　　　※

"승격해서 없고 소멸해서 없는 거네요. 그렇다면 new century에서는 그들이 알려졌으나 활동하지 않는 이유도 마찬가지겠군요."

양쪽의 정보가 차이 나는 까닭.

"예. 초인의 유무로 여겨집니다."

현실에는 초월자가 전혀 없다. 그렇기에 신진권은 융켈을 계약자로 기억하고 강유나 역시 유일하게 아는 이름, 융켈을 계약자로 생각한다.

김태진은 그저 자기 계획만 있었고 다이엘란 역시도 곤바로스 소멸의 여파로 그렇게 끼워 맞춰진 것이다.

반대로 new century에는 동등한 존재가 있기에 그들의 존재가 지워져도 그 이름과 역사는 고스란히 남아 있는 것.

"어찌 보면 그들의 힘과 충돌하여 그 반동으로 곤바로스의 의지가 소멸했는지도 모르겠어요. 본래 그는 그쪽에 속한 존재니까."

이블린의 말에는 그저 고개를 끄덕이게 된다. 그 말을 끝으로 나는 이용택 관장부터 정혜란, 이한나, 이블린을 모두 바라보았다. 모든 것을 말하였으니 그 대답을 들을 차례이다.

기다리며 심장이 쿵쾅거리지도, 긴장되거나 조급해지는 일은 없었다. 올 것이 왔고 올바로 행동했다는 그런 일상의 평안함과도 같다.

후회되지 않는다.

그러나 어찌 말할지 궁금하기는 했다.

그렇게 기다리는 내게 정적의 고요 끝에서 이용택 관장이 말했다.

"김태진, 그놈을 죽여야겠구나."

"저도 그리 생각합니다."

"강유나 역시 마찬가지다."

"다이엘란을 흡수했으니까요. 물론, 확인 작업을 해야겠지만 결과는 나와 있겠지요."

뚜렷하며 공정한 가치관이라는 것은 일견 냉정하기까지 하다. 내가 느끼는 우정은 분명히 있다. 추억이라는 이름의 기억 역시 있다. 그러나 녀석은 명백한 타자(他者)다.

태진이가 나를 생각하는 딱 그만큼 나 역시 녀석을 생각한다. 가족이라는 테두리에서 벗어난 녀석은 얼굴과 이름을 아는 타인에 불과하다.

'어지간하면 살려 두려 했지만.'

나는 타인을 위하여 위험을 감수하고 희생하는 좋은 녀석이 아니었다. 개인적인 일에도 그럴진대 하물며 현실의 법칙을 흔들 위험

요소인 바에야 재고의 여지도 없다.

"그녀에게는 다소 관대해도 좋을 거예요."

이블린의 웃는 듯 미묘한 표정이 보였다.

"잠재적인 위험인데, 괜찮겠습니까?"

"제게 맡겨 주세요. 상현 씨한테 푹 빠졌으니까 충분히 말이 통할 거예요. 대신 설득을 가능케 하려면 상현 씨가 선택해야 합니다."

"곤바로스의 유물을 확실하게 손에 넣는 것. 계약의 룬으로 확답을 듣는 것 말이지요?"

그녀의 의사를 읽은 내가 고개를 저었다.

"미적지근한 약속으로 넘어갈 사안이 아닙니다. 어설픈 타협만큼 어리석은 선택도 없지요."

"그렇지. 모름지기 벨 때는 확실해야 한다."

이용택 관장 역시 동의한다.

"걱정하지 마요, 이비. 이런 일에 제가 흔들릴 리가 없습니다."

내 말을 들은 정혜란이 크게 한숨을 내쉬고 이블린 역시 골똘히 생각하는 표정이었다.

왜 그러는 걸까?

의아해하는 그때 한나가 말했다.

"저, 그냥 하지 말라고 해도 듣지 않아요? 그래도 친구였잖아요. 또, 그 언니도 다른 마음은 없다는 거 같은데……."

눈을 마주치니 점점 말끝을 흐리기는 했지만, 심정이 전해지니 참으로 기꺼웠다. 나를 걱정하여 한 말이니까.

'어찌한다.'

답하려던 나는 멈칫했다. 어떻게 설명해야 할까? 솔직한 심정으로는 에일락 반테스가 국가를 위해 적을 참살했듯 나 역시 가족을 제외한 모든 것을 필요와 효용으로 우선 평가한다고 해야 하지만, 이만큼 삭막하고 딱딱한 말도 없을 것이다.

그렇다고 세계 평화를 위해, 대의를 위한다는 것 역시 허황한 자위임을 잘 안다. 일부는 맞다. 그러나 정말로 인류를 위한 것이냐 묻는다면 감히 그렇다고 뻔뻔하게 답할 수 없다. 선의의 거짓말이라며 가족을, 나를 생각하는 이를 속이는 것은 능멸이나 마찬가지.

그때 한나가 곁눈질로 보는 이들. 강하성 소장 가족이 보였다.

'하긴, 저들도 문제구나.'

염려가 절로 이해된다. 친구도 정리하고 연모의 감정을 품을 여인도 잘라 낸다. 그런 내가 하물며 저들이라고 가만히 두랴. 티격태격하지만 쌓아 온 정이 있는데 그 죽음을 방관할 수는 없었으리라.

"상현 군, 다른 방법이 있는데도 너무 엄격한 거 아닌가요?"

정혜란의 말. 그러나 내 생각에는 변화가 없다.

화근은 지워야 한다.

"잘라 낼 인연을 자르는 것뿐입니다."

이에 '그게 문제라니까' 라고 읊조리는 그녀.

슬쩍 이블린을 가리킨다. 나와는 다른 그림을 보는 듯한 여자들의 이야기가 있는 것 같다.

"대안이 있습니까?"

"둘 다 살리면서 헝클어진 모두를 바로잡는 방법이 있잖아요, 상현 씨가 조금 귀찮기는 하지만 말이에요."

"혹시 김태진과 강유나의 능력을 모두 빼앗고 기억을 조작하며 계약으로 속박하는 거면 못 들은 것으로 하겠습니다."

그게 더 잔인하지 않은가. 숫제 농락이다. 죽인 것과 진배없으면서 육신은 살려 뒀으니 나는 인정을 베풀었노라고 합리화하는 것.

설마 그런 위선이냐며 바라보니 이블린이 단호히 말했다.

"아니에요. 현실의 륜을 모두 거둬들이고 캡슐과 이능 그 자체를 없애는 방법이거든요."

"접속기를 전부 없애는 겁니까?"

"륜은 Z&F의 접속기를 통해 비로소 그 가치를 드러내요. 반대로 말하면 new century 없이는 단단하고 부서지면 오염되는 물질이라는 거죠. 강유나는 제가 설득하고 김태진은 지금까지처럼 감시하되 그대로 버려 두면 상현 씨가 우려하는 사태는 일어나지 않을 거예요."

그녀의 주장이 실로 뜻밖이었다.

"new century는 유지해요. 단, 아주 중독성 있고 흥미로운 세계적인 온라인 게임으로 말이죠."

접속기는 전용 컴퓨터로 바꾸고 Z&F도 보통의 게임 회사가 되는 것이다.

"아바타인 가짜 신진권을 내세우는 방법을 쓰면 상현 씨의 미래와 현실은 조금도 달라질 게 없어요. 이 방법이 모두 잘라 내고 모두 지우는 것보다 낫지 않나요?"

'……가상현실이 없는 미래라.'

잠시 생각해 보았다. 중차대하며 모든 문제의 핵심인 new century이기에 이를 없앤다는 생각은 하지 않았다. 그런데 듣고 보니 일리가 있다. 어차피 있어도 그 가치를 하지 못했던 것이 new century 아니던가.

사회적인 파급효과가 적고 기술적 의미 역시 없었기에 new century는 그저 몰입도와 중독성 있는 게임에 불과했다.

'확실히 나을 것 같다.'

보편화되지 못한 첨단은 무의미나 마찬가지다. 보아도 알지 못하고, 들어도 이해하지 못한다면 그런 물건 따위 없어지면 어쩌랴.

각성하지 못한 류 역시도 이용택 관장이나 나나 되니까 손쉽게 부수지. 실제로 파손하는 일은 거의 불가능에 가깝다. 또한, 조짐이 보이면 얼마든지 회수하면 그만.

그만한 권력과 능력이 내게는 있다.

세계적 온라인 게임으로 new century를 제공하는 건 애들 장난. 현존하는 그 어떤 게임보다 깔끔하고 실감나게 표현해 줄 수 있다. 딱 반발만 앞서 가는 식으로 천 년도 이끌 수 있으니 실로 여반장.

오히려 완전히 지워 내는 것보다 세뇌도 쉽다.

"둘을 지우고 두 존재의 유물들을 모조리 갈무리한다…… 좋군요. 완벽합니다. 현실에서의 수련보다 더욱 효율적인 new century는 우리가 사용하고 말이지요."

그러며 웃었다. 정리하는 내 이야기에 '그런 말이 아닌데' 하며 여전히 걱정스러워하는 여자들을 본 탓이다. 초지일관 무표정하게 있는 이용택 관장을 보니 그녀들의 우려가 절로 이해된다.

닮은 두 남자가 위태로워 보이는 거다.

그 사실이 즐거웠다. 비인간적으로 되는 것을 경계해 주는 것이니까. 관계라는 가지를 싹둑 자르면 종내에는 홀로 남게 될 뿐이니 하나하나를 소중히 여겨 달라는 뜻이다.

"농담입니다."

인간은 홀로 남으면 죽는다. 아니, 모든 살아 있는 것이 그렇다. 펠마돈의 괴물이 그러했듯이.

나는 이용택 관장을 보았다. 내가 정리하고 결론을 내려도 되겠느냐는 암묵적인 물음이다. 이에 그는 어떤 감정도, 어떤 의미도 표하지 않았다. 돌처럼, 나무처럼 그저 미동도 않았다.

그에게 짧게 고개를 숙였다. 그리고 이블린에게 말했다.

"이비가 유나 씨를 맡아 주세요. 사전 작업은 제가 Z&F의 본사로 가서 해 두겠습니다."

"고마워요."

"천만에요. 그리고 김태진은 아무런 언급도 않는 것이 좋습니다. 현실이 바뀌면 알아서 적응하고 받아들일 테니까요. 걱정되는 뱀파이어로서의 힘은…… 그렇지요. 이참에 클라우드를 내세워 해결합시다."

"네? 클라우드요?"

부지불식간에 하는 한나의 물음.

엉뚱하게 나오는 이름에 잠시 정혜란과 한나에게 그를 소개하는 시간을 가졌다. 펜던트를 통하여 쭉 설명하니 이해가 빠르다. 클라우드가 경계에 서서 양쪽의 지식을 두루 알고 있는 이라는 것.

녀석의 사상과 아이디어를 적극 살리고자 한다.

"new century가 가상현실 게임에서 온라인 게임이 되었듯, 반향을 축소합니다. 뱀파이어가 있으니 교황청도 살려 보지요. 사제와 엑소시스트, 주술사부터 퇴마사, 무예가 등등을 낮춰서 보급합니다."

"현실을 게임처럼 만드는 거예요?"

"그런 셈이야."

게임은 게임으로 둔다. 대신 현실의 수준을 끌어 올리겠다.

통제 가능한 만큼.

"역사의 이면에 아바타를 투입하여 손을 본 후 그들을 통해 전수토록 합시다. 익히면 절대로 극의에 이를 수 없는 스킬처럼 손을 봐서 말이지요."

"현실 NPC가 아바타?"

"그래."

한나다운 감성의 해석이다.

나는 이해를 돕고자 부연 설명을 해 주었다.

"말보다 복잡한 과정일 거야. 하지만 이건 우리를 위해서이기도 해. new century만 하며 격이 높아지면 관장님이나 나뿐만 아니라 사모님이나 이비, 그리고 너도 현실이 시시해질 거야. 나처럼 체감도가 100%인 세상을 가게 되면 그건 고작 게임이 아닌 현실 그 자체가 되거든. 그렇게 되면 나처럼 한나도 행동할 수 있어."

"오빠처럼이라면, 쉽게 죽이는 거요?"

"그래. 가장 간편하거든. 설득하려고 할 필요 없이 명령하면 그만이고. 그러니 대화가 통하는 이들을 늘려야 해. 찾아야 하는 거지."

내 의도는 간단했다. 어차피 격이라는 것이 존재하는 마당에 만인이 평등한 세상은 결단코 이루어질 수 없다. 원숭이와 인간의 차이만큼이나 깊은 간극인 탓이다.

격이 오르면 그 격에 맞는 세상으로 가는 것이 당연한 이치. 더군다나 현실은 너무도 무료하여 고독 속에서 초월하도록 최적화된 환경을 갖고 있었다.

그러니 떠나기 싫은 소시민으로서 이기심을 부려 본다. 격이 문제고 사람이 문제라면 그만큼 교육하는 거다. 그러다 보면 분명히 나온다. 태진이 같은 반푼이가 아닌 격에 걸맞은 인물이.

반대로 태진이가 성숙하여 격을 갖출 수도 있다. 그러면 한 대 맞아 줘도 나는 웃을 수 있을 것이다.

"이런 식이란다."

나는 한나와 정혜란의 이해를 돕고자 펜던트로 표현해 보았다.

입구만 있는 채 1층은 물론, 2층, 3층, 4층조차 없는 5층 건물이 현실이었다면 3층 이후를 뎅겅 자르고 2층 계단까지만 만들어 주는 셈이다.

오르는 자들의 품성과 격을 보아 솎아 낼지 함께 할지를 정한다.

나와 이용택 관장이 기준을 정하고 품성은 여자들에게 맡긴다. 그렇게 이른바 승격을 시키는 거다.

그리 영상으로 표현하니 이해가 한결 쉬운 듯하다. 그녀들이 원하는 모두를 위한 방안이기도 하고.

"현실의 마력을 new century화시킨다면 더욱 좋겠네요. 그 일은 강유나를 설득하는 카드로 제가 사용할게요."

"지적 욕구를 자극한다, 좋습니다."

"그게 아니라 점수 때문인데……."

"예?"

"아, 아니에요."

잠시 의문을 가졌던 나는 곧 가장 중요한 사람, 이용택 관장을 보았다. 사실 순종적인 마력으로 무한한 권력을 누리는 이가 그였다.

막대한 정신력으로 신처럼 능력을 발휘하던 그에게는 예고된 속박이나 마찬가지.

가장 큰 손해를 보는 그의 묵인이 있기에 가능한 발상이다. 그런데 고맙다거나 이해해 달라거나 하는 말 자체가 참으로 쓸데없게 느껴진다.

요령으로 비전을 치부하고 무공도 척척 만들며 알아서 길을 개척한 그에게 '마력이 줄어들어서 저처럼 될 겁니다. 죄송합니다' 하면 오히려 몇 대 맞지 않을까?

"왜 그러지? 무슨 할 말 있나?"

"아니요. 1천억 이벤트를 어떻게 진행하나 싶어서 말입니다."

"강유나에게 맡겨라."

역시 간결하다.

"관장님, 이 넘쳐나는 륜을 격으로 환원시켜서 그대로 우리끼리 나누고 싶은데 괜찮을까요?"

어차피 거절할 게 뻔하다 생각하며 한 제안이었는데 이게 웬걸.

"그러자."

그가 허락하는 것이 아닌가.

이어 그는 나를, 정확하게는 내 눈동자의 한 부분을 보았다. 절로 시야가 흔들린다.

그의 시선에 놀란 파도의 성륜이었다.

"계약을 맺으며 륜을 읽었다. 아집과 집착이기는 하지만 스스로 놓지 못하는 간절함이 있더구나. 그 탓에 죽지도 못하니 예서 극락

왕생을 빌어 주는 것도 좋겠다 싶다.”

그러며 그가 피식 웃는다.

“기왕 놓아주는 것 가족에게 주면 좋고 말이지.”

“관장님도 몇 개나마 가져가시는 게 어떨까요?”

“영약을 왜 건강한 우리가 먹느냐. 약한 여자들한테 전부 줘야
지.”

“하긴, 그렇지요.”

기분이 청량하고도 좋아 나눠 가지려 했는데 역시나 쓴소리를 들
었다. 나는 그와 같이 소리 내어 웃었다.

“아빠, 기왕이면 오빠처럼 나도 그 일그러진 륜으로 몇 개만 가
지면 안 될까요? 수련도 열심히 하고 오빠랑 같은 기술도 쓰
면…….”

“안 돼.”

딸의 어리광에도 그는 단호했다.

“여보, 하성 씨가 많이 고생했는데 하나씩이라도 줘서 기운을 차
리게 하는 건 괜찮죠?”

“한 번만 더 그리 말하면 각방 쓸 줄 아시오.”

정혜란이 가슴을 탁탁 쳤다. 말이 안 통해도 이리 안 통하겠느냐
는 무언의 시위. 이용택 관장은 눈 하나 꿈쩍 않았다. 결국 지치는
것은 그녀였다.

“어휴.”

살짝 붙어서 애교를 떨어도, 은근히 다가와 속삭여도 끄떡없었다.

이를 본 나는 내심 웃으며 륜을 모조리 거둬들였다. 그리고 하나
씩 부수며 바로 분배해 주었다.

각자가 가진 사연들. 고유한 힘들을 무시한 채 순수한 영력이 그대로 스며든다.

그 과정을 거치며 나는 공평하게 돌아가지 않는 두 개를 각각 이용택 관장과 내가 삼키는 것으로 우리만의 파티를 마무리하였다.

어느덧 정오 무렵이다.

야영의 불꽃을 거둔 우리는 그렇게 늦은 아침을 함께했다.

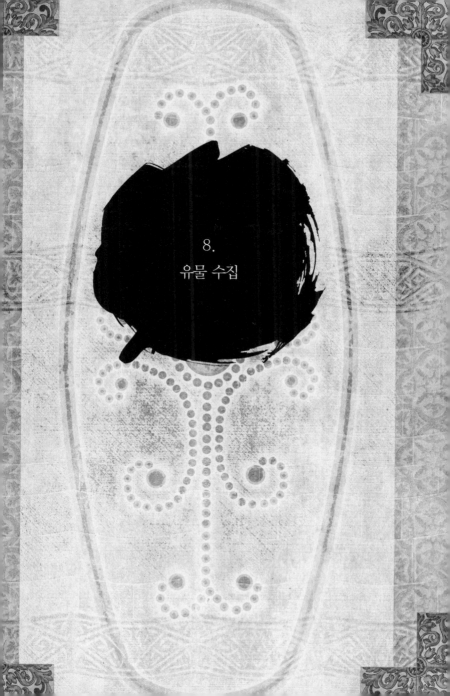

8.
유물 수집

　오랜 회의 끝에 얻은 결론 탓일까. 체계적인 계획과 확실한 실행 능력 덕분일까.

　모든 일은 순조로웠다.

　시간이 물처럼 흘렀다. 굴곡도 없었고 부딪침도 없이 그렇게 모든 것이 하나씩 마무리되어 갔다. 강유나에게 권한을 이양받는 것도. 이블린이 검은 강유나를 찾아가는 일이 그러했다.

　아니, 예상하고 기다렸다는 듯 그녀들은 그리 협조했다.

　그리고 생명줄과도 같은 곤바로스의 유물을 줌으로써 나는 이블린의 해석이 옳았다는 사실을 깊이 느꼈다. 내게 맡기며 전부를 주기에 감히 어찌할 수가 없었다.

　'전혀 다른 사람 같으니, 원.'

　새롭게 생성되며 모든 색기와 도발적인 매력을 빼간 걸까.

　본래의 강유나는 참하고 순종적인 여인, 약간의 애교만 있는 양

반집 규수와도 같았다. 불러 주면 즐거워했고 아니어도 인내했다. 미움받을까 봐 두근대는 가슴 안고 눈치 보는 소녀의 감성이었다.

검은 강유나는 활발하고 과감했다. 본래 보았던 생동감에다 아직 어려 풋풋하기는 하지만 농염한 색기마저 있었다.

싫어하든 말든 내가 좋으니 된다는 그 기세가 참으로 당찼다.

불쑥불쑥 치미는 감정에 헛웃음이 절로 나왔다. 내가 이런 미녀에게 이런 관심을 받게 될 줄 감히 상상이나 했겠는가.

그렇게 웃는 것도 잠시, 다음 작업에 착수하였다.

생존한 신진권의 분신들을 차근차근 정리하는 일. 더 나아가 생명 반응이 없도록 냉동인간으로 보관시켰던 것까지 찾아 완전히 궤멸시켰다.

외형적인 것은 관계없이 그의 유전 정보와 일치율이 보인다면 이 역시 제거했다. 그렇게 박멸 작업을 마친 연후, 나는 외팔의 신진권을 저택으로 불러들였다.

"신이시여!"

엎드리는 그. 나는 무감정하게 전후 사정을 설명했다.

이제 너를 죽이겠노라는 사형 통보이자 네 계획이 모조리 실패했다는 선언인 셈.

그런데 그의 반응이 뜻밖이었다.

"놈에게 완전히 패했군요."

"내가?"

"아니요. 저입니다."

이에 긴 한숨과 함께 그는 조아렸던 고개를 들었다.

"신이시여, 잠시 무례를 범해도 되겠나이까?"

뜬금없이 무슨 행동인지는 모르나 무욕함이 물씬 느껴지는 눈동자다.

고개를 끄덕였다.

그가 웅크렸던 몸을 폈다. 허영도, 탐욕조차도 없는 일견 초연하게까지 보이는 눈으로 그는 깊이 고개 숙이며 몸을 돌렸다.

그리곤 사제복에서 담배를 꺼내 입에 물었다. 질끈 문 채로 다시금 라이터를 꺼내 불을 붙이는 모습에서 본체를 마주하는 기분이 드는 것도 잠시.

깊이 마셔 한 호흡에 끝까지 태운 허영의 신진권은 꽁초를 밟고 재를 털었다.

"웅크린 채 징벌을 느끼며 고민했습니다, '왜 이런 짓을 저질렀을까. 철저하게 응징하고 당할 수밖에 없을 텐데'. 그러다 부름을 받고 나서 이해할 수 있었지요. 저를 노렸다는 사실을."

그리고 허탈하게 웃었다.

"질 수밖에 없는 싸움을 한다는 것은 목적이 패배에 있다는 뜻. 저들이 죽으며 그 경험이 저를 잠식하는 것을 알린 까닭은, 반대로 제가 죽음으로써 당신에 대한 적응력을 기르겠다는 의미이기도 할 겁니다."

그는 내가 미처 알지 못했던 것. 이블린의 추리로 알게 된 그의 노림수까지를 '알렸다'고 표현했다. 마치 강유나가 자신의 의도를 드러내어 내 손길을 피하려 한 것과도 같은 비유다.

이들의 공통점은 상대의 뛰어남을 알며 그 이후까지 내다본다는 것.

"배신자에 대한 처벌이기도 할 것이고 또한, 월향이라는 카드를 손에 쥐기 위해서이기도 합니다. 현실과 같은 기술력은 없는 new century지만, 퓰라로서의 지식이 있으니 충분히 대체할 수 있지요."

그의 분석에 나는 대답지 않았다. 일리는 있으나 Z&F와 접속기 자체를 완전히 개편할 요량이다. 통로를 끊으니 그 발상은 이루어질 수 없다.

아울러, 이용택 관장과 나 역시 이 자리에서 가만있겠는가.

'가히 쉼 없이 성장하는 전투 머신이지.'

격의 차이는 고만고만한 겨룸이 아니다. 압도적인 무력과도 같으니 후발 주자는 노력하는 선발자를 결코 앞지를 수 없다.

그동안 신진권은 하늘을 보고 주위를 한차례 더 보았다. 그가 이룩한 Z&F의 중심지, 저택의 풍경 속에서 주인은 객이 되었고 이제 생의 마지막을 보고 있는 셈이다.

그는 담배를 한 대 더 입에 물었다. 비싼 시가를 고수하던 본래의 신진권과 저렴한 담배를 피우는 외팔의 신진권. 그 차이는 비슷하며 묘한 색다름까지 느끼게 했다.

훅 담배를 태운 그.

"감사합니다. 그리고 사죄드립니다."

옷매무새를 정리하고 몸을 정갈히 하며 부산을 떨었다.

"제가 방심하여 일을 이 지경에 이르게 하였습니다."

"살고 싶지 않나?"

"살고 싶지요. 그러나 실수는 지난 한 번이면 충분합니다. 저는 모든 것을 받아들이겠습니다. 모든 것은 신의 뜻대로."

처음 충성을 맹세했을 때, 살고자 몇 걸음 물러났던 적을 언급했다. 실제로 사형 집행을 앞둔 사형수의 모습처럼, 두려움이 비치지만 받아들이는 미소였다.

'……손쓰기 참으로 꺼려지는구나.'

확실히 그녀가 본 내 평가가 딱 맞다. 나를 정확히 알면서 내 판단에 모든 것을 맡긴다 하니, 마음에 갈등이 절로 생겼다.

거짓 없는 복종.

내 배가 고프니 너를 삶아 먹겠노라고 하는 나.

그러나 사안이 너무 크다. 현실에서 각성해 버린다면 그때 할 후회가 어느 정도가 될지 짐작조차 안 될 터.

본래의 계획대로 현실을 깔끔히 정리하고 new century에서 전장을 국한하는 것이 현명할 것이다.

손을 들었다.

그 순간, 저편에서 부르는 이가 있었다.

[신중하게.]

에일락 반테스였다.

본래의 폐쇄된 동굴. 짙은 암흑 속에 언데드 부대와 있는 그. 현재의 이용택 관장이 쉼 없이 발전하듯이 나로 하여금 되살아난 그는 독자적으로 심상 수련을 항상 하고 있는 채였다.

내가 익혔으나 극의에 도달하지 못한 스킬들을 그가 해체하며 깊이를 더해 가고 있었다. 촌각조차 허투루 낭비함이 없는 노장군.

마치 현실을 살며 내가 new century로 여행을 떠나듯 그의 자아는 의식의 편린에 불과했으나 에일락 반테스는 본체인 나를 유희하듯 구경하고 있었다.

그리고 필요한 상황에서는 조언했다.

[우선 확인함세. 월향이라는 인조 생명체가 과연 이용택에 버금가는 재능을 갖고 있던가?]

나는 무릎 꿇은 신진권을 바라보며 기억을 떠올렸다. 짧은 만남이기는 했으나 그녀의 육체는 현재의 태진이보다 우월했고 유적을 통해 깨치는 비전. 아울러 내 환혼력에 대항하며 경지를 높여 가던 그 모습은 이용택 관장과 다를 바 없었다.

같은 시간을 준다면 그녀는 대등하게 성장할 여자였다.

[저 분신체는 시간과 자금만 주어지면 얼마든지 생산할 수 있고?]

미쳐서 엉겁결에 제작했다고는 하지만, 죽음으로써 기억이 전수되는 것이 신진권이다. 정밀하고 세밀하게 되뇌며 반추하다 보면 반드시 가능할 것이다.

즉, 제작할 수 있다.

[놀랍군! 진정한 재앙은 따로 있었구나. 실로 사상 유례가 없는 최강의 키메라가 아닌가.]

의아해하는 내게 그가 거듭 말했다.

[나라면 그를 살리겠네. 영구히 죽지 않도록 박제라도 하겠지만, 자네 성정상 그리하기는 무리일 터. 확실하게 속박을 가하여 거두게나.]

그렇게까지 해야 하느냐는 반문이 절로 떠올랐다.

이에 그는 말을 대신하여 정리된 상념을 통째로 뇌리에 안겨 주었다. 활자가 아닌 압축된 영상이 머리에서 확 퍼지는 아찔함. 성장한 지혜 수치로 감당하노라니 절로 그의 우려가 실감났다.

간과했던 부분.

다름 아닌 주위 모두가 착각하는 사실. 그것은 그들이 나를 지나치게 높게 평한다는 것이었다. 아울러 나는 나보다 뛰어난 이블린의 분석과 이용택 관장의 직관을 지나치게 신뢰한 것이 문제였다.

접속기를 없애 통로를 지운다.

현실과 new century의 괴리! 이는 최고의 한 수가 분명하다.

그러나 new century에 흩뿌려진 신진권 중 어느 하나라도 성장하여 융켈에 비견될 격을 얻는다면? 이 세계로 넘어와 복수하고자 하지는 않을까.

'놈이 포기할 리가 없지.'

한 번 가능했으니 반드시 두 번, 세 번이라도 시도할 놈이다. 어떻게든 방도를 찾거나 현실의 정보를 퍼뜨려 그쪽의 존재로 하여금 현실 세계에 관심을 두게 할 것이다.

미지의 바다 너머 황금의 대륙이 있다는 확신. 허황될지라도 그 사실만으로 절망을 이기며 희망을 불태울 수 있다. 그리고 그 도전은 험난한 파도와 해일을 넘어 목적을 달성케 할 것이다.

황금 대신 승격할 수 있는 비책이 있다고 꼬여도 얼추 먹히리라.

신진권에게는 그만한 집요함과 능력이 있었다.

또한, 그의 따끔한 지적.

[시간이 반드시 자네 편이라는 확신이 있는가?]

감히 자신할 수 없다. 강유나의 권한을 오롯이 가져오고 접속기를 없애기까지 하는데 이곳과 저곳의 시간이 과거와 같다고 어찌 자신하랴.

노력만큼 반드시 결과가 도출되지는 않다. 그러나 같은 재능, 같은 노력이라면 당연히 실력은 시간에 비례한다.

숨법을 연구할 것이다. 낱낱이 해체한다. 그 역발상으로 격을 획득하여 월향과 같은 키메라 부대를 양성하여 침공하겠다는 것이 목적일 테지만, 엎드린 신진권부터도 크게 개의치 않고 있었다.

그래 봐야 이용택이라는 인간의 수준으로 보는 탓이다.

'위험하군.'

비록 일그러진 류으로 이용택 관장조차 나를 어찌할 수는 없지만, 글쎄? 그와 같은 무인이 아바타화되어 수십 명, 수백 명이 달려든다면 막을 수 있을까?

물론, 가능은 하다. 스킬로 꽁꽁 둘러싸면.

단, 나만 살아남을 것이다.

'그건 의미가 없다.'

생각을 마친 나는 그의 판단에 따르기로 했다.

그가 옳았다. 만들어질 수 없고 만들어져서도 안 되는 키메라가 무한 생성된다면 양쪽 세계 모두에 재앙이 된다.

이제 약간의 연기가 필요한 시간이다.

"나는 나를 따르는 이를 함부로 버리지 않는다."

말하며 추어올렸던 손을 내렸다.

"그러나 그대로 놓아둘 수는 없으니 제약을 가할 셈이다. 만약 그 고통을 네가 감수한다면 나는 언제까지고 내 그늘에 너를 두겠다."

"어떤 고통이라도 감내하겠나이다."

예상했던 대답이다. 나는 지금껏 단 한 번도 사용한 적이 없는 스킬, 바로 '망상의 희열'을 사용했다.

손을 내려 접촉하는 찰나, 그의 몸이 정령의 눈으로 보는 오행의 속성력처럼 총천연색의 선들로 보였다. 이윽고 그 선은 각각의 무게

추가 되어 절묘하게 균형점을 찾는 저울로 화했다.

힘, 지혜, 민첩 등으로 표시되는 육체적 가능성부터 그가 익혀 온 지식의 모든 것까지 보인다. 이에 손을 가져가려 하자 모든 살아 있는 것이 가진 본능적인 저항이 느껴졌다.

그러나 엎드린 그는 이조차도 순응하며 저항감을 스스로 없애기까지 하였다.

훗날의 그는 어떨지 모르나 현재의 그는 누구보다도 충성된 종의 모습이었다.

무수히 많은 신진권의 가능성. 그것은 new century의 상태창을 조작하고 캐릭터의 능력치를 편집기로 조정하는 것과 흡사하였다. 단지 조율당하는 이가 어마어마한 고통을 느낀다는 것. 실제로 몸이 변할 정도로 극심하다는 차이가 있을 따름이다.

'짧게 끝내마.'

본래 망상의 희열은 임시적인 능력치 이동이다. 그러나 현실에서의 나의 스킬은 법칙에 버금가며 나의 마력은 마르지 않는다.

내가 고정하여 마력을 유지하는 한 그는 영원히 그렇게 살 수밖에 없다.

나는 그 힘으로 허영의 신진권. 그의 불균형을 바로잡았다. 총체적인 능력이 안정화를 되찾는 과정. 가장 인간답게 바꾸어 그릇을 넓힌다. 그 결과 처절한 비명이 울렸다.

[소원을 이룰지, 처참히 죽을지는 그에게 달린 셈이지.]

그 조언을 끝으로 에일락 반테스는 다시금 관망자가 되었다.

이것이 그가 말한 속박이다.

먼 훗날, 신진권의 계획이 이루어져 new century의 격으로 내가 골고루 넓힌 거대한 인간으로서의 가능성을 가득 채울 수 있을지도 모른다. 그로서 높은 경지에 도달할 날이 올 수 있을 것이다.

그가 그 상황에서도 나를 배반하지 않는다면 모른다. 그러나 만약 그런다면 나는 망상의 희열을 거둘 것이다.

'맞다. 나를 믿는 사람을 난 버릴 수가 없어.'

피를 토하는 그. 한편 정신적인 안정으로 점점 심유해지는 신진권의 눈을 보며 손을 거두었다.

그를 지키며 보호하겠다.

이제 어떤 결말을 초래할지. 그 선택은 너의 몫이다.

✦　　　✦　　　✦

강유나로부터의 권한 회수. 신진권의 사형선고를 마친 나는 떠나보냈던 월향을 찾아 나섰다.

눈보라 몰아치는 히말라야에서 수행 중인 그녀는 내가 주었던 흑표범의 포효를 입은 채 자연 그 자체와 하나가 되어 있었다.

산등성에서 깊고도 고요하게 명상 중인 월향.

만년설처럼 변함없는 그녀의 호흡은 정확하게 보였다. 월향의 들숨에 엷게 깔린 하얀 눈이 파도처럼 출렁였고 눈송이를 품은 바람이 흰 뱀처럼 요동쳤다. 날숨은 때아닌 여름의 열풍과도 같아 눈발을 촉촉한 물로 만들었고 종국에는 기화되어 히말라야의 찬 공기와 뒤엉켰다. 이 현상은 비단 마력의 조화만이 아니었으니 눈이 있는 자라면 목도하고는 기함하며 주저앉거나 숭배까지 할 수 있다.

나는 그녀를 보며 초창기 숨법을 개량했던 이용택 관장을 떠올렸다. 그에게 new century와 성륜이 돌파구였다면, 월향은 나와 함께한 경험. 그리고 유적에서 얻은 비전이 도약의 토대로 보였다.

볼수록 허영의 신진권을 죽이지 않은 것은 옳은 선택이었다.

최강의 키메라라는 에일락 반테스의 말대로 월향 같은 이들이 쏟아진다면 그만한 재앙이 없었을 것.

에일락 반테스의 선견지명에 감사하며 나는 월향을 불렀다.

그러나 명상에 깊이 든 탓인지 대답이 없었다.

'저 정도 집중력이면 위험할 텐데.'

제법 크게 불렀는데도 반응이 없었다. 신진권이 떠나기 전에 꽤 공격했다는데, 완전히 물리치며 긴장이 풀리기라도 한 걸까.

더 크게 소리치면 깨울 수 있겠으나, 오래간만의 만남인데 그런 식으로 방해하고 싶지는 않았다. 나는 지키기도 할 겸, 조금 더 다가가 기다리기로 했다.

풍류의 걸음으로 발자국조차 남기지 않으며 눈밭을 가로지르는 그때.

순간, 번쩍 눈을 뜬 그녀가 내게 손을 뻗었다.

솜털을 날리듯 가볍게 젓는 손. 그 안에 실린 놀라운 파괴력!

"멋지다."

이렇게 스스로 지켰을 줄이야.

예전, 이용택 관장이 반사적으로 고양이를 죽였을 때와 같은 것이었다.

이 한적한 설산에 홀로 앉아 있는 이유가 과연 있었다. 잠을 자지 않고 버틸 수 없으니 감각을 끌어 올리고 아예 모든 접근에 대처하도록 각인시킨 것.

의식을 나누어 동시에 다른 생각을 하듯 수면 아래 정신을 가라앉히고 육체는 본능의 영역에서 대응했다.

나보고 할 수 있느냐 묻는다면, 지혜를 100은 더 올려야 가능하다 답할 일이지만, 이들은 가능했다.

겪을수록 진화하는 괴물들이니까.

한 줄기 미풍이 날아들었다. 내리는 눈발에 섞여 하얀 뱀처럼 다가오는 스멀스멀한 그것은 처음 보는 형태의 공격. 신진권 대처용의 수준이니 위협적이지 않을 터.

맞아 보기로 했다.

'부드럽게 다가와 강하게 치는 방식일 테지?'

예상대로 슥 다가온 미풍이 와락 입을 벌린 악어처럼 삽시간에 팽창한다. 예측이 빗나간 것은 그다음.

폭탄이 터진 듯 몸 전체를 휩쓸 줄 알았는데, 웬걸. 찐득찐득 달라붙더니 구렁이처럼 휘감아 꽉 조였다.

압박감이 제법 대단했다. 철판도 우그러뜨릴 정도이니 평범한 이였다면 살이 터지고 뼈가 부러지며 정말 흉한 죽음을 맞이했으리라.

와락.

환혼력으로 얼린 뱀을 잡아 뜯었다. 곧 양손을 다시금 움직이는 월향. 뱀과도 같은 장력이 두 줄기 은밀히 날아들었다.

나는 더 자극하여 무엇하랴는 마음에 그 자리에 서서 쇼크웨이브로 밀쳐 냈다.

칭-!

얼음장 깨지는 소리. 장력이 부서지며 그녀의 주위를 나누던 경계가 미세하게 부서졌다. 그제야 자세히 본 나는 자신을 공고히 쌓은 월향의 벽이 얇고 투명한 막들로 겹겹이 이루어져 있음을 알 수 있었다.

그 최외곽의 벽이 부서지자 그녀가 일어섰다. 흑표범의 포효 위에 검은색의 넓은 천으로 흘러내림을 방지한 옷차림이다. 옛 장군가의 무사와도 같은 모습의 월향.

그녀는 몰아치는 눈 속에서 우뚝 서서 눈을 감은 채 고개를 돌렸다. 눈이 아닌 기로서 감지한 그녀.

기마 자세로 중심축을 낮추더니 손날을 세웠다.

익숙한 자세. 변형된 날카로움.

'설마.'

부정하는 나를 비웃듯 마력의 직선로가 내 심장을 향해 사선을 긋는다. 고개를 내려 집중된 월향의 의식이 손날에 실리는 것을 보았다.

재빨리 풍류보의 질풍을 써 피하는 찰나, 예리한 칼날이 옆구리를 스치고 뒤편의 지형을 바꿔 버렸다.

체모는 물론, 살갗마저 베이는 예리함.

"기막힌 일이군."

모태는 일점집중의 권. 이를 그녀만의 방식으로 발전시켰다.

신진권이 불가해의 유적을 모으기 전의 이용택 관장. 유적을 부수기 직전의 나. 그리고 이를 내가 시전하는 것을 고작해야 한 번 본 월향이다.

헌데 그 응용기를 만들어?

'무슨 비전을 보는 족족 쓴단 말이냐.'

자칭 천재인 자들조차 불가해로 놓았던 것을 천품의 무재가 뭔지

단숨에 베긴다. 과연 에일락 반테스의 우려대로 저런 재능은 비극적
으로 위험했다.

칭-!

월향의 마력이 청명하게 부서졌다.

눈을 뜬 그녀가 초점 없는 시선으로 나를 응시했다.

내리는 눈이 그녀를 중심으로 회전했다. 손날에서 뿜어져 나오는
예기에 눈송이가 모여 그 크기가 마치 발테리아스의 위용처럼 무지
막지하게 더해갔다.

거대한 눈보라의 검이 나의 몸은 물론, 피할 동선까지 점하고 들
어섰다. 이용택 관장이 광검을 무한 사용할 때와 마찬가지의 막대한
위용이다.

전방위에 대한 무차별 폭격을 날릴 요량.

'아메바가 도망칠 만하구나.'

도달한 경지에 비해 지나치게 뛰어난 위력이다. 그대로 두었다간
눈사태에 지진 등 온갖 민폐를 끼칠 터.

덕분에 하나는 알았다. 이용택 관장뿐 아니라, 누구라도 저러한
위치, 저러한 격을 얻는다면 신과 같은 위용을 현실에서 발휘할 수
있다는 사실을.

좌우간 어쩌랴. 재해를 막으려면,

'가서 깨워야지.'

높낮이를 무시한 월향과의 거리는 400m. 풍류로서 달리며 질풍
으로 2차 가속했다. 공기의 벽을 돌파하여 단숨에 주파하자 월향의
손날이 무섭게 내려쳤다.

'질충!'

3차 가속. 강철보다 단단한 호캄의 몸이 떨리며 시계가 흐트러졌다.

덜컥.

월향의 몸이 멈추었다. 그녀가 무의식의 수준에서 안배한 대처보다 뛰어난 탓. 현실에서 호캄과 같은 무시무시한 포식자를 감히 경험할 수 있으랴.

질충의 파괴력은 가히 일격필살이다.

나는 이 주먹을 그녀의 검에 휘둘렀다.

모인 마력의 크기만큼 굉음이 울렸다. 검이 부서지자 폭풍이 강풍이 되어 산에 모은 눈발을 우르르 쏟아 낸다.

칭-! 칭-!

월향의 두 눈에 초점이 완전히 잡혔다.

"넌……."

깜빡. 깜빡.

두 번 눈꺼풀을 움직이는 그녀에게 내가 반갑다 말하려 할 때였다.

이용택 관장의 그것처럼 고요하게 가라앉은 두 눈이 나를 담았다. 찰나 그려지는 무채색 검로.

섬뜩함도, 살의도 없이 움직이는 손에 들린 군용 나이프. 칼날에 어린 두 광채가 내 손과 팔의 힘줄을 갈랐다.

놀라 팔을 빼는 찰나 낭심으로부터 전해지는 묵직함. 치솟은 발끝이 내 하체를 그대로 친 상태였다. 바위라도 부서뜨릴 맹렬한 각법이다.

"허!"

절로 헛바람이 나오는 나와 눈을 깜박이는 월향.

그녀의 옷자락이 펄럭였다. 삽시간에 마력으로 신체를 강화한 그녀.

전진해 왔다. 밀착하여 단검의 영역에 나를 넣었다. 무채색의 투로가 다시금 번뜩이고 스러졌다.

도르도로부터 얻은 감응 스킬이 전하는 월향의 감정은 전의도 살의도 없는 공허함 그 자체.

앞에 있으니 그저 죽일 뿐이다.

가장 효과적으로.

'말할 짬을 안 주는군!'

전력으로 공격할 수는 없는 노릇. 번뜩이는 광검을 피하며 나는 쇼크웨이브로 우선 밀치고자 했다.

정면의 그녀를 밀쳐 내는 찰나, 월향의 몸이 빙글 회전했다. 아스라이 잔영을 만들며 나를 중심으로 원을 그리는 그녀.

강직하리라고만 생각했던 그녀의 유려한 보법에 후위를 내준 나는 쇼크웨이브로 몸을 돌렸다. 이에 다가오던 그녀가 밀려나더니 품에서 총을 꺼내 쏘았다.

탕탕! 날아든 총알마저 거짓말처럼 밀리는 것을 본 그녀.

방아쇠를 당기며 바로 비탈진 산을 오르더니 발을 굴렀다. 그리고 눈사태에 휩쓸렸다. 그 채로 나는 상공에서 마력이 운집하는 것을 온몸으로 느꼈다. 생매장해 버릴 셈이다.

이건 가히 생사 대적의 수준이 아닌가.

"월향!"

대지의 뿌리로 버티고 쇼크웨이브로 밀쳐 낸다. 좌우로 밀린 채

폭포수 같은 눈의 파도 속에서 위를 보았다.

위쪽으로 음영이 졌다. 강대하게 모인 마력. 내 정수리를 찍어 오는 그녀의 의념.

쾅!

대수인으로 꺾었다. 그 채로 쌍수를 펼쳐 환혼장벽을 사용. 108수로 체공하는 월향을 휘감았다. 이에 그녀는 허리에 감은 넓은 천을 풀어 쥐었다.

도처럼 예리한 곡선을 그리는 그녀의 천이 종횡하자 환혼장벽이 썩둑썩둑 잘려 나갔다.

'평범한 물건이 아니구나.'

기이한 문양이 빼곡히 새겨진 금속 재질의 연검이었다. 보광을 줄기줄기 뿜어내는 그것을 쥔 월향이 뒤따르는 한기를 태극의 힘으로 무마하려 했다.

전보다 능숙하고 강해진 기세였다. 그러나 환혼력의 한기는 현실의 그 어떤 힘으로도 방어할 수 없는 힘. 모든 저항력을 관통한 냉기에 그녀가 몸서리쳤다.

그리고 나를 제대로 보았다.

"이상현?"

"그래, 나다."

괴수와도 같은 호감의 몸뚱이를 바라보는 그녀.

"많이 달라졌군요."

"어쩌다 보니."

올려다보자 고요한 시선 아래의 입가로 미소가 그려졌다.

진작 나를 증명할 스킬을 사용할 것을, 괜히 부르니 다가가니 하다가 몸만 썼다. 나는 떨어지는 그녀에게 비로소 고개를 끄덕였다.

"잘 지냈나?"

안부를 물으니 그녀의 고요한 눈가가 완만한 선을 그렸다. 눈웃음에 이은 월향의 답변은 없었다. 대신 연검이 둥근 원을 그렸다.

그리는 원으로 붉고 푸른 마력이 넘실거리더니 허리띠의 위와 아래에 물들었다. 손목을 회전하자 얽히고설키던 두 마력이 한데 어우러졌다.

그 끝에 나타난 황금빛. 이용택 관장의 뇌전이 한없는 응축이었다면 월향의 이 힘은 융합되어 탄생하는 파괴력이었다.

"이것이 나의 대답입니다."

이를 내게 겨누는 그녀.

뜻 모를 소리와 함께 황금빛 포화가 일대를 휩쓸리려 하였다.

대체 무슨 대답을 이런 식으로 한단 말인가. 저 정신세계를 이해하기엔 내가 아직도 모자란 걸까?

'어휴.'

답답함은 우선 미뤘다.

"그 대답."

나는 양손을 활짝 펼쳤다.

비축했던 환혼령주의 환혼력을 모두 꺼내어 그녀의 공격을 감쌌다. 불꽃조차 얼리고 법칙상 모든 것을 얼리는 힘이 그녀의 황금빛을 그대로 얼려 버렸다.

이를 그대로 하늘에 던져 환혼력을 풀자 두터운 눈구름이 뻥 뚫리더니 확 사라지고 청명한 하늘이 모습을 드러냈다.

후끈하게 내려앉는 열기가 일순간 계절을 바꾼 느낌이다. 실로 살벌한 위력. 이런 말도 안 되는 초인을 막기 위해서라도 현실 마력을 new century화시키는 작업을 신속히 진행해야 할 성싶었다.

"말로 했으면 싶다."

나는 절레절레 흔들어지는 고개를 의식적으로 고정하며 그녀를 보았다. 떠나던 날의 모습.

"방금 인사드린 것처럼 여행이 부족했습니다. 방해꾼도 있었고 상현 님이 너무 빨리 찾으셨습니다."

'……그게 그 뜻이었나?'

피식 웃는 내게 그녀가 물었다.

"정말 멋진 육체입니다. 어떻게 해야 그 정도로 몸이 단련되는지요?"

"너무 커져서 이상하지는 않고?"

그녀는 단호히 부정했다.

"크고 강할수록 좋은 겁니다."

인사를 마친 나는 그녀에게서 묘한 열망을 보았다. 무표정하게 움직이던 살육 기계가 사라진 자리에 집요하게 머리끝부터 발까지를 훑는 월향이 있었다.

감응 스킬이 알려 주는 감정은 강한 호기심, 그리고 열정이다. 강유나처럼 육체관계를 위하여 끈적하게 보는 것이 아닌 수련과 단련에 대한 열의였다.

'호기심을 갖다니.'

궁금증을 보인 것이 매우 반가웠다. 태생이 그렇고 신진권의 추격 탓에 힘에 몰입하는 것 같지만, 더 경험하고 일상을 살다 보면 하나둘 깨쳐 나갈 것이 선하게 보였다.

"할 말이 제법 많다. 너를 귀찮게 하는 신진권이 정리된 이야기부터, 궁금해하는 모든 것이니까."

"시간은 많습니다."

나는 여느 때처럼 야영과 평화의 불씨를 피웠다.

"아참. 나는 여전히 주인님인 거냐?"

"이상현. 그 이름일 뿐입니다."

일고의 망설임도 없는 대답에 절로 고개를 끄덕였다. 만들어진 월향이 드디어 자신의 삶을 살려 한다는 걸 안 탓이다.

문득 생각했다. 얼마 전 현실의 룬들까지 영력으로 흡수하며 격을 올린 나. 그런 나에게 과거의 이용택 관장 정도의 수준으로 그녀가 당당히 행동할 수 있을까.

저 모습이 내 지시에 충실하게 따르려는 또 다른 모습이지는 않을까 하는 생각이 들었다.

'혹시 모르니까.'

해 보자.

까딱까딱.

손짓해 보았다.

그녀가 의아하게 나를 보았다. 그리고 성큼성큼 다가왔다. 과거보다 더욱 강해진 기파. 보광과 황금빛 잔영마저 어린 연검을 든 그녀의 위용은 누구보다도 권위적이며 개선장군과도 같은 군기까지 갖춘 바.

'아니겠지?'

나는 그런 월향의 머리칼을 만지고 턱까지 강아지를 만져 주듯, 처음 보았을 때 칭찬해 주듯 쓰다듬었다.

그러자 첫날의 자세로 무릎 꿇고 그녀가 대기하였다. 만짐당하기 좋게 숙이고 자연스럽게 자세를 낮추기까지 한다. 서로가 익숙하게 하다가 둘 다 놀랐다.

"이건!"

당황한 월향의 눈.

어색하게 시선이 마주쳤다. 미묘한 침묵의 시간이 지났다.

"월향아."

"네, 주인님."

"여행 더 다녀야겠다."

"……네."

그러고도 한참 뒤에야 나는 비로소 본래의 이야기를 할 수 있었다.

사실을 감추거나 하는 일 없이 월향에게도 모든 것을 알려 주었다. 그녀는 아바타들과 마찬가지로 복종하고 충성하게끔 만들어진 탓이다.

줄을 풀어 줘도 도망가지 않는 애완동물. 주인에게는 꼬리를 흔들지만, 도둑에게는 용서가 없는 충견과 같았다.

'이런 취향이었나?'

처음에 메그론을 흉내 내며 월향에게 권위적으로 굴었다. 사람 취급을 하지 않고 강아지 다루듯 꿇리고 지시한 뒤 잘 이행하면 쓰다듬어 줬었다.

그 탓인지, 감응 스킬로 느껴지는 그녀의 감정은 참으로 기분을 묘하게 만들었다. 머리를 쓰다듬는 것도 좋다.

귀는 물론, 머리칼을 훑으며 턱을 들고 그 밑을 긁어 주는 것도 기뻐했다. 표정에 변화는 없었지만, 손을 떼려 하면 섭섭해하였다.

왠지 여기서 호감의 종족 특기. 환락의 눈과 환희의 손으로 만져 주면 금단의 영역에 눈을 뜰 거라는 생각이 스쳤다.

'살짝은 좋겠지만 말이야.'

사실 호감의 스킬에 대한 관대함은 이용택 관장에게 배운 부분이 기도 했다. 부부 간의 시간 도중 뛰쳐나온 남편. 보통은 바가지가 긁히고 숙이고 들어가야 하는 것이 일반적이지 않던가.

그런데 이용택 관장은 외려 꽉 잡고 살고 있었다. 나 역시 남자인 지라 비결을 은근히 물어보았다.

그가 알려 준 방법은 '결점은 꼭 죽이라고만 있는 것이 아니다' 라는 것.

고통과 쾌락은 한 끗 차이. 온갖 무공을 창안하는 그가 아내를 기 쁘게 하고 마사지하는 요령 정도를 모르겠는가. 성감대를 자극하고 진한 여운을 선사하니 이용택 관장에게 그녀가 껌뻑 죽을 수밖에.

알게 모르게 그는 잠든 아내와 딸의 몸을 마사지해 주고 숨법을 익히는 데 도움을 준다 하였다. 그리고 그 기술을 부부 관계에서도 써먹고 말이다.

그러고 보면 견딜 정신력만 있다면 호감 종족의 특수 스킬은 부 부금실에 최고일 것이다. 평범한 관계로는 절대로 도달하지 못할 극 도의 쾌락을 만끽하는 것이니까.

뭐든지 쓰기 나름이다.

"월향아."

"네."

"상황이 이리되었으니 너는 지금처럼 여행하며 이 접속기를 통해 new century를 경험해라. 지금까지처럼 어떻게 살 것인가, 무엇을 할 것인가를 생각하는 기회로 삼으면 된다. 안팎에서의 경험이 네게 진정한 자유를 줄 거다."

"알겠습니다."

나는 강유나로부터 받은 곤바로스의 유물, 잘라서 소책자로 만든 펠마돈의 비서를 꺼내 주었다. 하늘하늘 뒤덮은 체모 덕분에 손바닥에 닿지 않게 물건을 쥐는 것은 실로 쉽게 된다.

일반 접속기와 달리 강유나가 내게 준 펜던트형, 실제 그녀의 권한을 나누어 만든 이 물건은 그 자체로 유물이었다.

이로써 new century에 접속할 수 있는 유일한 통로는 오직 이용택, 정혜란, 이한나, 이블린, 나, 강유나, 그리고 월향만이 갖게 되었다. 물론, 가장 큰 크기와 권한은 내가 가졌지만 나는 쓸 줄을 모르니 그저 보관만 할 따름이다.

사용 방법과 new century의 접속 방법, 그리고 몬스터 플레이를 할 때는 나를 부르고 함께해야만 한다는 주의 사항을 알려 주었다.

"감사합니다."

손목보호대로 만들어 감았다가 펜던트로 만들어 홈에 거는 월향. 그 끈을 점점 줄이며 활동에 쉽도록 조절하는 그녀에게 물어보았다.

"그간 어떻게 지냈지?"

그녀의 답은 명료했다.

"지시대로 여행하였습니다."

월향의 스승은 나와 자연이라 했다. 그녀는 여행하며 심상에서 나를 본떴고 태극의 힘으로 만물을 보며 지냈다 한다.

그 생활이 이어질수록 구체화된 나의 힘과 비등해졌지만, 내가 보인 힘. 시간 회귀를 통해 관통시켜 일대를 초토화한 그 힘에는 미치지 못했다고 말했다.

그때 발견한 것이 바로 유물.

"운이 좋았습니다."

기는 두루 통한다. 도시는 물론, 산간벽지 어느 곳에나. 그런 기류가 중국의 황산을 지나던 중 발견한 불상에서는 단절되어 있었다고 했다.

아울러 월향의 마력. 그녀가 태극 기공이라 명명한 그 힘을 빨아들였다 한다.

호기심에 문화재 급의 불상을 부순 월향.

그녀가 잔해에서 발견한 것은 연검과 토우였다.

"인형?"

"지금은 부서지고 없습니다."

검을 찬 흙 인형은 월향의 힘을 잠시간 받아들이더니 몇 가지의 동작을 보였다고 했다. 다섯 가지의 검식과 네 가지의 움직임. 그리고 허물어졌다고 한다.

'흥미진진한데?'

내가 관심을 두자 월향은 바로 일어났다. 검을 들어 하늘을 겨누며 원을 그린다. 사선으로 원을 갈랐다. 작은 원을 그리며 비틀어 찔렀다. 거두며 역으로 원을 그리고 고요하게 서 있는 것으로 끝.

네 가지의 움직임 역시 단순하기는 매한가지였다. 발끝을 안으로 둔 채 사선으로 전진. 빙글 돌며 재차 전진. 물러나며 우뚝 섰다가 크게 발을 굴렀다.

강강술래라도 하는 걸까.

춤추는 것도 아니고 공격도 아니며 복잡하지도 않았다. 저 동작 어디에서 월향이 보였던 검식과 움직임이 나오는가 하는데, 저편의 에일락 반테스가 손뼉을 치며 고개를 끄덕이는 것이 보였다. 정교한 수정을 쓰는 상태에도 특별함을 느끼지 못한 나와는 달리 월향은 땀을 흘리며 내게 다가왔다.

"아직 부족하지만, 최대한 원형을 살린 것입니다."

"그래, 고생했다."

격려해 주니 굉장히 기뻐했다.

이후의 이야기는 단순했다. 강유나에게 들었듯 수련하며 유적과 비전을 찾아 나섰다는 것. 그러다 신진권의 집요한 공격에 실전을 병행하며 오늘에 이른 이야기였다.

"하면, 발견한 비전은 그게 전부인 거냐?"

"아닙니다."

강유나가 여럿 발견했다는 듯 말한 것이 떠올라 물으니 월향이 무릎 꿇은 채로 옷을 벗었다. 흑표범의 포효 속에 입은 내의를 홀렁 벗고 속옷까지 끄르매 눈동자를 얼른 하늘로 올렸다.

사륵. 사르륵.

옷자락 스치는 소리가 여과 없이 들려왔다. 스쳐 본 육감적인 몸매가 참으로 허영의 신진권이 만든 여자다웠다.

강유나의 도움으로 간신히 만든 이블린의 아바타보다 나으면 나았지 부족하지가 않다.

헛기침이 절로 나왔다.

"여자가 아무 곳에서나 옷 벗는 거 아니다."

"알고 있습니다. 하지만 보셔야 합니다."

"응?"

시선을 그녀에게 향하자 등을 보이는 월향이 있었다. 이용택 관장의 몸처럼 조금의 낭비도 없는 완벽의 육체. 여성이기에 더욱 매끈한 피부에는 일렁이는 문자들이 있었다.

육안으로는 보이지 않는다. 마력의 흐름과 일치하여 아지랑이와도 같이 일렁이는 유색의 그것은 108자로 쓰인 경구로 보였다가 삽시간에 이어지며 자연의 순환처럼 위아래로 흘러내렸다.

넘실거리는 그녀의 마력만큼이나 천변만화하는 기이한 문신이었다.

마치 내 다리에 새겨진 그것처럼.

"어디서 생긴 거냐?"

"정확히는 알지 못합니다. 단지 태극 기공의 흐름을 따라 도착하는 장소에서 하나씩 변화를 얻었다는 것만 알 뿐입니다."

"장소라면 유적지를 말하는 건가?"

"아닙니다. 일반 가정집도 있었고, 몽골에서 백두의 천지 속 등 태극 기공이 인도하는 장소는 달랐습니다."

"인도했다?"

"근처에 가게 되면 알 수 있습니다."

살결을 주의 깊게 보았다. 빠르게 흐르고 유동성이 있어 많아 보였지만 실제 문신의 크기는 내가 가진 펠마돈의 비서만 못했다.

절반도 되지 않는 그녀의 문신에 나는 펜던트를 가져가 보았다. 정보를 확인할 요량이었다.

'뭐지?'

그런데 뜻밖의 상황이 일어났다. 닿기가 무섭게 펜던트가 쑥 빨려들어 가는 것이 아닌가. 녹아내리듯 끝 부분부터 사라지는 통에 나는 급히 손을 가져갔다.

그렇게 내 손과 월향의 등이 맞닿는 순간,

착!

자석과 같이 내 오른손이 달라붙었다. 커튼처럼 둘렀던 체모를 투과하여 당도하는 기이한 힘!

륜이 회전하는 것이 느껴졌다. 그녀 등의 문신도 잔잔히 떨리며 부상했다. 마치 일그러진 겁륜과 성륜의 조각이 박혀 들었던 때처럼.

'왜?!'

영혼이 꽉 조여 오는 숨 막힘. 그때와 비교도 안 될 만큼 성장한 나이건만 이 압박감과 공포는 감히 어찌할 수준의 것이 아니었다.

'륜……!'

아킬레스건이다.

성장의 동력이자 치명적 약점. 평화로운 날이 너무 길어 간과한 건 아니다. 충분히 주의했지만, 이런 물건이 불쑥 튀어나올 줄은 상상도 못 한 탓이다.

그렇기에 대처도 못 했다.

이전의 것과는 비교도 되지 않는 강한 속박.

의식이 멀어져 갔다. 무언가 거대한 구멍으로 송두리째 빨려 들어가는 최악의 기분. 시간이 멎은 정적 속에서 죽어 간다.

그런 나의 뇌리로 내 기억보다도 큰 상념이 뭉텅 넘어왔다. 에일락 반테스가 보내온 그것은 수백, 수천 번의 같은 움직임을 표현했다.

그 스킬.

익숙한 힘이었다. 그 기억에 육체가 반응했다.

쇼크웨이브.

팡―!

월향이 밀쳐 나갔다. 나동그라지는 것 없이 균형을 잡는 그녀와 달리 나는 오른 손목을 쥐고 고통에 눈을 질끈 감았다.

손바닥이 통째로 뜯겨 나간 것 같다.

'오만했었나.'

육신의 감각을 넘어서는 감당 못할 공포감에는 도저히 어찌할 방법이 없었다.

스킬이 없었다면, 저편에서 에일락 반테스가 돕지 않았다면 정말 어처구니없이 죽을 뻔했다.

"괜찮으십니까?"

"……잠깐 옷 입고 기다려라."

"네, 주인님."

간신히 무마하는 그때, 반동으로 튕겨 나간 펜던트가 내게 정보를 보였다. 그와 동시에 월향의 몸이 등 쪽에서부터 변하기 시작했다. 퍼져 가는 태극 문양.

우두둑.

뼈마디가 부서지고 허물처럼 피부가 벗겨졌다. 머리칼이 빠졌다가 자라며 막강한 기파를 사방에 뿌렸다.

월향이 넘실거리는 기를 한 몸에 받아들이는 그때, 나 역시 펜던트가 전한 정보창을 보고 다급히 움직였다.

[혼불의 서]

등급 : 神話

속성 : 〈眞魔〉〈極善〉

기록된 바.

현, 유로타 왕국의 국보, 전승의 서와 짝이 되는 물건으로 고대에 존재했다가 사라진 부를 수 없는 자, 최초의 기록하는 자가 남긴 유물이다.

명예를 기록하는 전승의 서와는 달리 혼불의 서는 말할 수 없는 것 알릴 수 없는 것 '비의'로 통칭하는 모든 것을 담을 수 있다.

고대의 비의가 모두 담겨 있어 힘을 원하는 자, 초월하고자 하는 자 모두가 탐을 내었지만 소유한 모두가 영혼을 잃었다 한다.

최후 소지자이자 사용자였던 융켈은 추격자를 피해 세계의 끝에 몸을 던졌고 행방을 수백 년간 알 수 없었다.

이후 생환한 융켈은 신이 되었다.

〈〉 확인한 결과 바다 건너의 세계가 지구임과 함께

1. 혼불의 서는 영혼 없는 자, 만들어진 자가 소유할 수 있다는 것

2. 혼불의 서는 열망과 갈망을 지워 버릴 수 있다는 것

3. 혼불의 서는 륜과 동급의 유물을 흡수할 수 있다는 것

4. 혼불의 서를 품었던 융켈 역시 만들어진 자였음을 알아냈다.

혼불이라는 생소한 단어.

융켈의 위에 다른 존재가 있다는 추가 정보보다 더 충격적으로 다가온 것은 바로 혼불의 서라는 물건이 륜을 흡수한다는 부분이었다.

'제임스와 분리된다!'

실제로 쇼크웨이브로 밀려났던 월향의 등에는 전보다 선명해진 문양이 있었다. 반대로 내 일그러진 성륜. 그 검은 톱니바퀴는 틈새가 벌어진 상태.

그 틈새가 흩날리는 재처럼 부는 바람에 날아가고 있었다.

내가 륜을 부수고 먹었던 것처럼 그녀의 문신이 내 일그러진 륜을 부수고 삼킨 잔해였다. 실제로 호캄의 강건한 육체로부터 힘이 서서히 빠져나가는 것이 느껴졌다.

일그러진 성륜이 사라지면 나는 평범해진다. 시신을 먹어 치워 회복하는 힘. 피해를 전가하는 힘. 타격량 만큼의 체력 흡수보다 가장 중요한 것. 그것은 바로 육체 동기화다.

그러나 지난날 넘쳐나던 륜들을 모두 나누고 부순 마당이다. 빼앗긴 영력을 채워야 륜이 형체를 유지할 수 있는데 가진 것이 없으니 어쩌랴.

환혼령주를 하나씩 으깨서 넣었다.

효과가 있으나 미봉책일 따름.

펜던트도 부쉈다. 지금까지 함께하며 다량의 륜 조각을 먹인 것이니만큼 틈새를 일부 메운다.

하지만 여전히 역부족. 영력의 크기로는 충분한데 부수는 것과 만드는 것의 차일런가. 펜던트 급의 영력이 네 개는 더 있어야 할 성싶었다.

그만한 물건을 어디서 구할까.

'포기할까?'

생각하곤 웃었다.

현실의 모든 위협은 사라졌다. 이토록 강한 육체는 오직 new century에서만 있으면 충분하다. 들어가서 다른 룬을 얻어 밖으로 나와서 태워도 새 능력을 얻을 수 있다.

그러나 동기화를 포기할 순 없었다. 만약 이 힘이 사라지면, 애써 올린 이블린과 한나의 격만큼, 진화하는 월향조차도 나는 인식할 수 없게 돼 버린다.

이들이 나를 버릴 거라고는 생각지 않으나 짐이 될 수는 없었다. 더군다나 정상적으로 어느 세월에 이들과 견줄 격을 쌓는단 말인가.

답은 이미 나와 있다.

곤바로스의 유물을 거머쥐었다. 일그러진 룬을 유지키 위해 그 상위이자 주인이 된 곤바로스의 유물을 꽉 움켜쥐었다.

책이 즙처럼 빨려 들어갔다.

넘치는 영력에 흠뻑 젖은 룬이 새로이 바뀌었다.

더 깊고 더 진해졌다.

색과 선이 더욱 선명해지더니 어우러져 회전했다. 그러며 가지를 뻗어 크기를 더해 가는 나무처럼. 줄기를 뻗고 잎을 무성케 하는 것처럼 손바닥에서 손등으로, 팔뚝으로 뱀처럼 타고 올라왔다.

자양분을 쭉쭉 빨아 당겨 급속 성장하는 기형 식물. 목은 물론, 머리와 상체 전부를 뒤덮으려는 기세가 무서울 정도다. 삽시간에 생소한 정보와 기억들이 무수한 파편이 되어 밀어닥쳤다.

순간 왼쪽 허벅지가 후끈 달아올랐다. 그 열기에 상반신을 감싸던 륜이 다급히 움츠러들었다. 고통조차 없는 살벌한 후끈함이 용솟음치자 화들짝 놀란다. 그리고 냅다 도망쳤다.

머리 쪽으로 오르려던 길도 포기. 일부는 미처 합류하지 못하고 왼손으로 도피하여 잠잠해졌다. 둘로 나뉜 곤바로스의 유물 중 괴물이 쫓은 것은 더 큰 먹잇감.

태반이 뭉친 오른쪽을 맹렬하게 쫓아갔다.

륜은 차지했던 영역들도 버리고 내달려 어깨에서 멈췄다.

더는 못 간다는 뜻.

오른쪽 어깨에서 승부를 볼 요량이다.

–……!

천둥 같은 포효.

바리케이드를 쳐서 버티지만, 대번에 찢겼다. 세 개의 얼굴이 와작 씹으니 륜이 뭉텅 뜯겼다. 상당량의 손실을 본 륜이 도망쳤다.

팔로, 팔꿈치로, 손목까지 밀려 나갔다. 각 부위에서 한 번씩 나름 버텨 보지만 두 쌍의 발에 짓밟히고 네 개의 꼬리가 천참만륙해 버린다.

넝마가 된 륜이 좁디좁은 손에 갇히고 꽉꽉 눌려 어찌할 바를 모를 때, 다리의 괴물이 넓은 아량을 베풀어 주었다.

살랑살랑.

오래간만에 재밌었다는 듯 꼬리를 흔들며 돌아간 것이다.

그렇게 일련의 사건이 마무리되었다.

꽈악.

나는 비로소 오른손을 쥐었다. 눈동자조차 이제야 굴렸다. 육신에서 일어나는 이 같은 변화에 조금도 반응할 수 없었다. 온갖 기술을 쓰고 마력을 다루지만, 격에 오른 영력의 충돌에는 실로 속수무책.

나를 살린 것은 최초로 얻은 펠마돈의 비서. 초월한 괴물의 힘이었다.

'제법 세지긴 했는데.'

역시 제대로 된 존재들에게는 조족지혈이었나 보다.

더 노력해야겠다.

월향의 뼈가 재구성되고 허물을 벗어 던지는 모습을 지키며 나는 간단히 육신을 점검해 보았다. 내 몸은 내 뜻대로 다룰 수 있어야 한다. 륜과 곤바로스의 유물이 일으킨 변화조차 놓치고 있지는 않은지 꼼꼼히 확인했다.

'이럴 땐 상태창이 좋은데 말이지.'

아쉬움에 펜던트를 떠올렸다. 공백이 꽤 크게 느껴진다. 잘 정리하고 명료하게 보여 주어 많이 애용했었던 탓이다.

환혼령주부터 펜던트까지 다목적으로 잘 썼는데 남은 것은 오른손을 손끝에서 손목까지 빼곡하게 채운 한가득의 문신뿐이었다.

멀리서 보면 검은 장갑을 꼈다 오해받을 정도로 검은 손.

다가가서 보면 줄줄이 알 수 없는 문자와 문양으로 넘실거리고 더 가까이서 유심히 쳐다보면 선 하나하나가 바퀴 모양의 점들로 이어져 있음을 알게 된다.

모자이크 기법으로 조각조각 붙여 만든, 매우 치밀한 그림 같았다.

"엄청나게 복잡하구나."

내가 쓰지 못할 뿐, 잃은 기능은 없었다.

월향의 등에서 본 문자처럼 이지러지며 순환하는 착각마저 들었다. '상태창'을 생각하자 점과 점이 조합되며 뇌로 정보들이 넘실거렸다.

쓸모 있고 쓸모없는 모두가 뭉쳐 상태창이 어른거렸다.

'new century 접속'을 생각하면 각자의 시선과 내가 아는 인물들. 더 나아가 마주했던 몬스터들까지 무수히 떠오르고 지워졌다.

여행했던 장소들이 파노라마가 되어 흐르는데 어느 한곳을 찍기 전에 휙휙 넘어가 도무지 정돈되지 않았다.

나는 이내 포기했다. 20년 전의 게임을 최첨단 컴퓨터로 하는 기분. 너무 첨단기기라 아날로그적인 나는 차마 손댈 엄두가 나지 않았다.

후일 가족들에게 보여 주기로 하고 당장은 나름대로 육체를 돌아보았다.

후읍―!

들숨과 날숨이 실로 경쾌했다. 더 깊어지기까지 하여 흐르는 피, 느껴지는 감각, 넘실거리는 마력까지 어느 하나 부족함이 없었다. 최상의 상태다. 한 단계 더 성장했음이 분명했다.

실제로 기본 검술을 사용하듯 검계를 구현해 보니 나의 영역이 팔 길이만큼 전체적으로 확장되어 있었다.

흐르는 물에 비친 내 모습.

설인과 같은 거대한 몸집에 백색 머리칼. 하늘하늘 길게 덮은 체모는 비단결 같으며 투명하지만 강하고 질기다.

정령의 조합으로 만든 눈동자는 그 색이 지나치게 검다. 옷 수선 스킬로 손수 재단한 적법사의 의복은 피처럼 붉은 불꽃이 특징.

내의조차 없어 펄럭일 때마다 보이는 근육은 그 자체로 갑옷이고 눈에서 자갈까지 거침없이 밟아 대는 발바닥은 언제나 흙조차 묻지 않는다.

눈으로 정령의 힘을 뿜어내고 오른손으로 흡혈하며 왼손으로 얼린다. 이게 괴물이 아니면 뭐가 괴물이랴. 해 보지는 않았으나 호감처럼 와그작 씹으면 내 치아는 굵은 정강이뼈라 할지라도 과자처럼 씹어 삼킬 수 있을 것이다.

그러나 개의치 않는다.

피식.

내가 떳떳하고 내가 사랑하는 이들이 나를 두려워하지 않는다. 불특정 다수의 여린 마음 따위 신경 쓸 이유도, 필요도 없다.

그렇게 상태를 점검한 나는 월향에게 돌아와 그녀를 보살폈다. 격전의 여파로 녹아내린 눈. 맑은 물웅덩이에 몸을 씻은 그녀는 처음보다 강한 기도를 줄기줄기 흘렸다.

"아주 좋다."

향상된 기도. 넘치는 힘을 갈무리하는 원숙함. 어느 하나 빠지는 것이 없었다.

"감사합니다."

"그래도 부족하다는 건 알지?"

"네."

"여행하며 이도 수련해라. new century에서 행여 몸이나 다칠까 걱정된다."

검을 달라고 하자 그녀가 무릎 꿇어 연검을 공손히 바쳤다. 나는 이렇게까지 할 필요는 없다고 하려다 그냥 받았다.

지금 지적하면 순종하여 바뀐 양, 연기할 것이 분명했던 탓이다. 후일 스스로 벗어나고자 하면 그때 바뀔 터.

언제나 마음의 문을 열고 기회의 손을 항상 내밀면 된다. 그렇게 기다리기로 했다. 그런 연후에야 가족들에게 월향을 소개하고 보일 수 있을 것이다.

지금의 그녀는 집 지키는 개일 뿐이니까. 강하고 아름다운 충견 말이다.

"현실의 비전은 그 단계가 빠져 있다. new century의 마력과 달리 지나치게 순종적이고. 이제 이를 바꾸려 하니 너도 바로 배우고 네가 가진 힘만큼만 다루는 습관을 갖도록 해라."

말하며 이용택 관장과 했듯이 검식을 보여 주었다. 한차례 보여 준 뒤 검을 돌려주자 참 쉽게도 따라 한다.

이쪽은 기억하는 만큼 구현해 줄 뿐, 에일락 반테스의 실시간 지도가 없으면 즉흥 비무는 엄두도 못 내는데 말이다.

검계를 구현하고 올바른 기술을 더하며 광검에 이르는 방도까지 전하는 데 걸린 시간은 고작 10분. 깨달음을 음미한 그녀가 당장에라도 몸을 움직이고 싶어 하매 함께 손을 나누니 거짓말같이 이용택 관장과 같은 시간에 그녀의 경지가 불쑥 올랐다.

딱 하나. 전광으로 번뜩이던 이용택 관장과 달리 그녀의 연검은 무광(無光)이었다는 것. 그리고 보이지 않는 무형의 검이 감각까지 썩둑 잘라 내며 들이닥친다는 차이가 있을 뿐이었다.

'완성되면 메그론처럼 되려나.'

의지로 제임스를 절단 내던 그를 떠올렸다.

불현듯 피가 뜨거워졌다. 평화롭고 따사로운 이곳과 달리 저 세계의 긴장이 그리워진 것이다. 호감을 사냥할 때의 긴박감, 몬스터 떼에 둘러싸였을 때의 압박감이 심장을 두근케 했다.

생사의 간극 속에서 나누는 진한 피. 그 열기가 나를 달군다.

"……주인님?"

"어, 그래."

"괜찮으십니까?"

태극 기공을 몸에 두른 월향이 보였다. 순간 정신이 든 나는 무감정해 보이는 그녀로부터 우려의 감정을 감응하고는 어깨를 두드리려 했다. 이에 손 위치에 가만히 머리를 가져가는 그녀.

감응 스킬이 없었다면 저 무표정 아래 잠긴 강한 기대를 감히 어찌 짐작이나 했겠는가. 괜찮다며 쓰다듬는데 머릿결이 참으로 비단결이다.

'……이렇게 익숙해지면 위험할 것 같은데.'

습관적으로 턱까지 만져 주다가 고개를 저었다. 풀어 준다고 해 놓고 내가 계속 애완견 취급하면 어쩌란 말인가.

턱턱.

어깨를 두드렸다. 그리고 일어났다.

"가십니까?"

"내가 있어서야 네 여행이 어찌 순탄하랴. 그래도 보름에 한 번씩은 찾아오마. 경험을 쌓는데 몬스터 플레이만 한 것이 없거든. 원래는 오늘 그 일마저 끝내려 했는데, 너도 네 나름의 무공을 만들고 수습도 해야지. 지금 떠오르는 게 많지?"

이용택 관장과의 일을 회상하며 나는 가진 바 스킬들을 모두 보여 주었다. 정확하게는 구성하고 있는 힘들. 표현되는 혈력, 기력, 마력, 속성력들의 관계였다.

"한 번씩 느껴 보고 응용해 봐."

나는 숨법을 모른다. 태극 기공 역시 알지 못한다. 단지 스킬이라는 도움으로 길을 열었고, 에일락 반테스의 경험으로 능숙하게 사용할 뿐이다. 그렇기에 나는 오리지널이 없다.

그러나 이런 나를 보며 저들은 자신만의 길을 척척 개척해 나갔다. 그 사실이 즐겁다.

'오늘따라 감정적인데…… 괴물의 여파인가?'

몸을 쓰다 보니 월향이 따라 했다. 그 모습이 아빠 행동 따라 하는 과년한 딸 같았다. 곧잘 따르는 모습에 미소가 절로 지어졌다.

두근거리는 심장 박동과 감정의 굴곡이 전보다 커진 것 같았다.

곤바로스의 유물을 몰아낸 괴물의 힘. 본능적이며 폭발적인 그 힘이 남긴 잔향으로 생각된다만, 딱히 조절하고 절제해야 한다고 여겨지지는 않았다.

즐거운 탓이다. 그 기꺼움에 나는 이용택 관장에게는 선보이지 못했던 스킬까지 보였다.

"new century의 북극에는 두두라는 거인 몬스터가 있지."

두두의 땅 구름을 사용하자 땅거죽이 용솟음치며 그녀를 향해 달려들었다. 땅에서 하늘로 치솟는 일직선의 파동.

"발 조심."

재차 밟노라니 망치와도 같은 묵직한 일격이 그녀의 발밑에서 솟구쳤다. 그대로 맞더니 태극 기공을 운용하며 한차례 더 견딘다. 이어 유사한 파동을 보내며 상쇄시키려 들었다.

스킬의 절대적인 효능 덕에 그녀의 기술은 그대로 부서졌지만, 미흡하나 길을 안 것. 그거면 충분하다.

다음. 메킨의 집착하는 손을 사용했다.

왼손을 내밀며 사용하니 대수인을 약간 운용하듯 끈적하고 단단히 옥죄는 손 하나가 덧씌워졌다.

이 왼손으로 월향의 손을 쥐고 흔들어 보았다. 뿌리칠 수 없는 손의 느낌. 질척한 마력을 한껏 감상케 한 뒤 거리를 벌렸다.

이어 나의 입에서 긴 함성이 터져 나왔다. 높게 뜨며 전의를 고취하는 늑대의 영혼 울음. 나를 적대하지 않는 월향의 심장박동이 빨라지고 잠시나마 감응 스킬을 쓴 양 서로의 의지가 뒤섞였다.

이 상태로 지시를 내리면 그녀는 즉각 따른다. 일사불란하게 통솔하는 스킬의 효과였다.

"잘 알겠지?"

"네, 주인님."

"그럼 여행을 마저 하거라."

"감사합니다."

결의에 찬 대답이다. 그렇게 손을 흔드는 것을 끝으로 만남을 마무리했다.

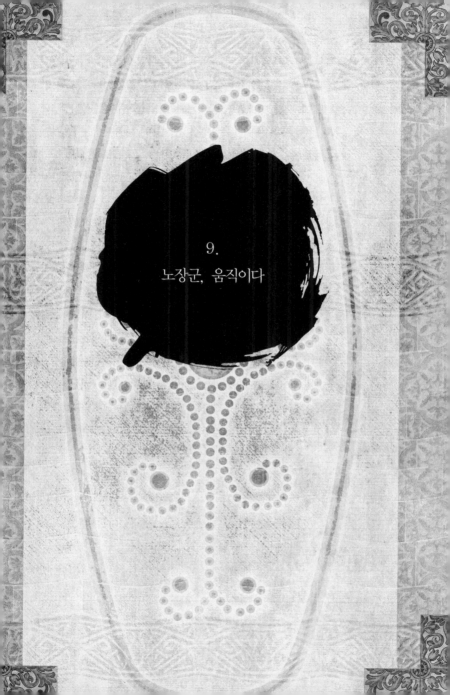

9.
노장군, 움직이다

　강유나부터 신진권 잔재의 제거, 월향의 교육 등등 개인적인 단속으로 바빴던 나와는 달리 이블린은 더욱 큰 의미로 바삐 움직였다.

　격이 상승함과 동시에 일찍이 말했던 활동을 시작한 것이다.

　그녀의 활동은 말 그대로 봉사. 빈민국에 의료 서비스를 제공하고 굶어 죽는 이들에게 먹을 것을 제공했다.

　의식주를 바로잡는 일. 극빈층을 구제하여 질병에 고통받고 똥물을 마시는 비위생적인 상황으로부터 해방한다.

　전 세계적으로 최소한의 복지가 가능하도록 편중된 부를 Z&F의 이름으로 기금을 조성하여 나누었다.

　"어느 정도까지 할 예정입니까?"

　"상식이 통할 만큼만요."

　아프리카를 비롯하여 인도 등 모든 국가에 같은 원칙을 적용한 그녀는 일찍이 언급했던 팩트 체커. 바른 정보를 제공하여 건강한 언론의 역할을 했다.

이로써 국민이 스스로 선택할 기회를 주었다.

그 이상은 개입하지 않았다. 단지 부질없이 죽어가는 목숨을 살리며 모두에게 최소한의 기회를 제공하는 일. 그만큼은 공정하게 처리한 것이다.

이를 곁에서 본 정혜란은 한나와 함께 그녀의 일을 도왔다.

마땅히 해야 할 일이라며 함께하는 여자들을 이용택 관장과 나는 지켜볼 뿐이다.

딱히 응원하지 않았다. 그렇다고 나무라지도 않았다. 선을 넘지 않도록, 자신의 욕망으로 타인의 삶을 좌지우지하는 일이 없도록 항상 같은 자리에서 바라보았다.

그렇게 세상이 전보다 밝아졌다. 최악의 굶주림과 고통에서 벗어난 세계의 만족 지수는 이전과는 확연히 달랐다.

이용택 관장이나 나로서는 할 엄두조차 않는 그녀들의 기적이었다.

'적응 능력이 빠르다니까.'

태진이는 예상대로였다. 와장창 바뀐 세상. 사라진 접속기들로 절망하던 녀석은 클라우드를 통해 마주하게 된 현실 능력자들. 장환과 손향을 비롯한 그들의 존재에 다시금 오뚝이처럼 일어섰다.

그렇게 현실 속 새로운 new century의 문이 열렸다.

일반인들의 세계. 신문과 언론에서 말하는 일상의 역사다.

능력자들의 세계. 현실을 무대로 펼치는 활극이자 이야기의 역사였다. 그 세계의 등용문은 클라우드가 쥐고 있고, 핵심 키워드는 강유나가 관리한다. 아바타들을 직업 NPC처럼 통제하며 능력자들을 양성하고 양혁수, 강하성 소장 내외처럼 일반인을 웃도는 모든 이를 다스린다.

그리고 그 너머에 우리가 있었다.

잊힌 자들. 정상적으로는 얻기 힘들 만큼의 격을 얻어 부를 수 없게 된 우리야말로 진정한 new century를' 여행하는 여행자였다.

'현실은 이제 작별이군.'

모든 위험이 사라지고 어떤 위기에도 대처할 수 있는 완벽한 대응시스템이 마련되었다. 월향을 비롯한 인연들 역시 나의 세계에 함께 넣었다.

손등 문신으로 바뀐 접속기 탓에 여러모로 난항을 겪었다. 분명히 기능은 많아졌는데 전보다 수십 배, 수백 배는 민감해져서 아차 하는 순간 다른 기능들로 확확 넘어가는 탓이다.

그런 탓에 new century로의 접속에 나는 상당한 시간이 걸렸다. 이 문제에 대해 이블린에게 도움을 청하였지만, 내 몸과 완벽히 하나가 된 마당이라 딱히 도움을 줄 수 없다고 한다.

그러니 어쩌겠는가. 될 때까지 부단히 노력할 수밖에.

'몬스터 플레이의 시야도 정신없이 바뀌니…….'

기능이 개선된 탓인지 양쪽의 회선에서 유입되는 정보량이 대폭 증가한 상태였다. 어느 하나 수습하기가 만만찮은 터라 나는 우선 접속에 주안점을 두고 인내했다.

그 결과 간신히 제임스로 접속할 수 있었다.

"여전히 북극이구나."

한결같은 경치. 광활하게 펼쳐진 순백의 눈밭을 보니 현실의 고민이 착 가라앉는 것을 느꼈다.

저 멀리에 천공수가 있고 강력한 몬스터가 넘쳐 나는 이 세계에서 나는 새삼 라탄트라의 퀘스트를 떠올렸다.

▽ 초월을 향해······.

[달성 조건]

[1. 포식하여 환혼령주를 완성한 그 종(種)에 불멸(진화)의 씨앗을 심으십시오.]

[2. 짝을 완성하여 지적 생명체를 탄생시킬수록 라탄트라의 흔적이 휘발됩니다.]

[3. 상위 정령계와 라탄트라의 소멸······ 7/40]

□ 보상

1. [정령계 상층 소멸의 여파. 백마력(호캄) 대륙 유입]

2. [라탄트라 소멸의 여파. 북부 문명 활성]

3. [펠마돈 : '불멸' 획득(퀘스트 성공과 동시 즈운에서 소유 가능)]

'초월을 향해'라는 이름의 퀘스트는 북극의 몬스터에게 진화의 씨앗을 심고 이로써 지적 생명체를 탄생시키는 것이 조건이었다.

북극의 몬스터가 진화할수록 문명이 활성화하고 반대로 라탄트라와 그의 계약 세계인 정령계는 소멸한다.

'초월자의 죽음이 세상을 살찌우는구나.'

정확하게는 그들이 모았던 가치들이 와르르 쏟아지는 셈이었다.

그리고 나는 이 중요 퀘스트를 잠시 접어 둘 수밖에 없었다. 씨앗을 심는 일이 불가능해진 탓이었다.

퀘스트 달성의 순서에는 진화가 반드시 필요하다. 그런데 보관함에 가득 찬 불멸의 씨앗은 오직 환혼령주를 완성한 종(種)에 심었을 때 진화를 일으킨다.

결정적인 역할을 해주는 환혼령주는?

없다.

오른손으로 몽땅 흡수해 버린 까닭.

'지혜가 부족하니 방법이 없다.'

실력이 나아지면 오른손에서 환혼령주의 스킬만 뽑아내 용도에 맞게 쓰면 될 일이었다. 하지만 당장은 지도 창조차 불러내는 데 어려움을 겪으니 어쩌랴.

고정된 지혜가 상승하기를 소망하며 하염없이 명상하고 경지를 높일 수도 없으니 퀘스트를 보류할 수밖에 없었다.

'훗날 곤바로스의 유물을 잘 다루게 되면 그때 즈음에 와야겠어.'

자연히 궁금해진 것은 극지가 아닌 대륙 북부의 생활상이었다. 호캄과도 같은 특이한 이가 지배하지 않는 보통의 문명은 어떤 모습을 보일까.

여유가 생긴 김에 호기심을 채우고자 남쪽을 구경하고 오는 것도 괜찮을 성싶었다. 그렇게 이런저런 생각을 하는 그때였다.

갑작스레 달려드는 원숭이가 있었다. 보통 때는 멀리서 눈덩이나

던질 메킨이 몸소 달려든 것. 항상 무리 지어 다니는 것이 메킨인데 지금 내게 달려드는 녀석은 홀로 떠돌고 있었다.

크기도 작고 털도 빠져 있는 것이, 늙고 따돌림받은 형편없는 몰골이었다. 그런 주제에도 내게 와락 달려들었다.

나는 날카로운 발톱을 피하고 팔목을 낚아채며 확 당겼다. 관절을 꺾고 나아가 손으로 눈을 꿰뚫었다. 말캉한 것을 터뜨리며 안에서 꽉 잡으니 메킨이 미친 듯이 발광을 했다.

도가 지나친 적대감. 짐작 가는 바가 있었다.

"벌써 조짐인가."

연결 동작으로 발버둥치는 원숭이를 걷어찼다. 중상에 초주검이 된 메킨은 그 상황에도 내게 달려들었다. 악에 받친 모습. 결코, 정상적이지가 않다.

신진권이 본능의 영역으로 스며들었다더니만, 확실히 몬스터들이 더욱 난폭해져 있었다. 과거였다면 세가 밀릴 때 도망가던 괴물 원숭이가 지금은 결사적으로 나를 적대했다.

이 성향은 몬스터뿐만이 아니라 북극의 노예 인간들에게서도 찾아볼 수 있었다. 호캄만 보면 위축되어 벌벌 떨어야 하는 노예가 나를 힐끔힐끔 보며 눈살을 찌푸리는 정신 나간 행동을 보인 것이었다.

그런데 정말 어처구니가 없는 것은 얼굴에 복면하는 것만으로도 이와 같은 이유 없는 적대감이 싹 사라진다는 사실이다.

'치밀한 듯한데 꼭 나사가 한두 개씩 풀린 계획이라니.'

아무래도 아메바의 주목적은 자신의 안전이었고 나를 괴롭히는 것은 부차적인 영역일 듯싶었다. 그러지 않고서야 얼굴만 가리면 되는 이런 우스꽝스러운 일을 벌이진 않았을 것이다.

그렇게 며칠째 쭉쭉 남하한 나는 북극 초입의 작은 마을에서 기이한 풍경을 목격했다.

가죽 옷에 작살과 활, 화살통을 멘 사냥꾼들이 수레 가득 토끼와 여우 따위를 싣고는 그대로 땅에 묻는 모습이었다.

가죽을 벗기지도, 살을 바르지도 않았다. 그냥 묻었다. 또한, 짐승 가죽이 옷감처럼 널려 마르고 고기 냄새 가득 풍기는 풍요로운 마을에는 작은 어둠이 내려앉아 있었다.

"엄마…… 채소는 없어요?"

"그냥 고기나 먹으렴."

"이젠 고기가 질려요."

가정집에서 아이의 투정이 나왔고 수레 가득 질 좋은 가죽을 싣던 장정들 역시 고개를 흔들었다.

"가득 싣기는 하오만, 팔 수나 있을는지."

"동전이라도 받아야지 별수 있겠나."

"흰털 여우 가죽이 이렇게 많아질지 누가 상상이나 했겠나."

"향신료가 금값일세."

품질 좋은 물건들을 가득 싣고서도 걱정 근심이 끊이지 않는 이들이었다. 나는 청장년으로 이루어진 그들 무리에게 다가가 물어보았다.

적당한 천으로 복면을 한 모습으로 다가갔다.

"말 좀 여쭈어도 되겠습니까?"

"누구요!"

그들은 거진 작은 성인의 두 배만 한 덩치의 나를 보고는 놀라 활을 겨누었다. 나는 양손을 들어 대항할 의지가 없음을 표현했다.

감응 스킬을 써 그들이 긴장할라치면 더 낮추고 심리적 거부감이 없는 거리를 유지하며 말을 이끌었다.

"지혜의 신, 곤바로스를 따르는 사제올시다. 세상을 떠돌며 유랑하고 있지요."

"……사람이 맞긴 한 거요?"

"얼굴을 가리고 있긴 하지만 분명히 사람이 맞습니다."

문답하며 목소리를 부드럽게 하자 그들이 비로소 안심하는 기색이었다. 나는 기세를 몰아 물었다.

"오며 이상한 풍경을 보았습니다. 멀쩡한 사냥감들을 그대로 땅에 묻는 모습에서부터 질 좋아 보이는 고기와 가죽임에도 아무도 즐거워하지 않는다는 사실이었습니다. 이유를 알려 줄 수 있는지요?"

"뭐, 어려운 일이라고."

"어휴. 우리도 알 수 없는 일이지만, 얼마 전부터 이렇게 됐습니다."

"모르기는! 전부 그놈들이 없어지면서 생긴 재앙인 게지."

그들이 앞서거니 뒤서거니 하며 말했다.

"그놈들이 누굽니까?"

"모험가들이오."

"융켈을 따르는 것들이지."

"그들이 사라지면서 동물에서 몬스터들까지 몽땅 늘어났어요. 그리고 아무리 잡아 죽여도 줄지를 않는 겁니다!"

"이러다간 정말 큰일이 나도 단단히 날 거요."

이웃 마을로 가죽을 팔러 떠나려던 그들은 내게 줄줄 토로했다.

플레이어들의 수와 함께 늘어났던 동물이, 그들이 사라졌음에도 같은 수를 유지하고 있었다.

여기서부터 문제가 생겼다. 토끼들이 먹어 대는 어마어마한 양의 풀. 그 이외의 초식동물들이 잎을 먹어 버리는 통에 인근 숲이 쑥대밭이 되고 있었다.

또한, 마르지 않는 동물들 탓에 이를 잡아먹는 육식동물에서 몬스터들까지도 가뜩이나 많은 수를 더욱 폭발적으로 늘리는 중이라 했다.

장년인은 크게 탄식했다.

"뭐든지 균형이 맞아야 하는 거요. 그런데 지금은 뭔가 미쳐도 단단히 미쳐서 돌아가고 있지. 고깃국 먹고 고기반찬 먹는 게 나쁘다는 건 아니지만, 불안하다는 거요. 사람도 넘치고 몬스터도 넘치는데 숲만 사라진다면…… 과연 어찌 될까 하고."

"그래서 아이들도 모두 사냥 중이었던 거군요."

"그렇소. 하나라도 나서서 망할 토끼들을 없애야 하거든."

그 얘기를 끝으로 그들과의 대화를 마무리 지었다.

'이거 난감하군.'

플레이어들의 부재로 이런 판국이 벌어질 줄이야. 높아진 리젠률이 얕아질 생각 없이 현재의 틀을 유지한다는 것. 이것이 new century의 질서를 근본적으로부터 흔들고 있었다.

나는 변방의 마을에서부터 더 돌아다니며 정말 그러한지, 또 얼마큼 퍼져 있는 것인지를 정확히 살펴보았다. 그 결과, 가는 곳곳마다 사슴 따위가 넘쳐 난다는 것을 확인했다.

"접속기를 없애도 지난 흔적만큼 new century는 흘러간다는 건가?"

이 문제는 굉장히 중차대한 문제였다. 플레이어들이 접속한 모든 위치마다 현재의 사건이 진행되고 있으면 일대의 먹이사슬은 물론, 환경 자체에 극심한 변화가 일어난다.

그러나 이를 막고자 다시금 현실에 new century의 문을 열 수는 없는 노릇.

나는 잠시 토끼들이 끝없이 등장한다는 초보자 사냥터, 마을 위쪽의 언덕으로 올라가 보았다. 그곳에서는 남녀노소를 막론하고 넘쳐 나는 토끼 떼들을 잡아 죽이는 이들로 분주했다.

바글거리는 토끼 떼는 마치 바퀴벌레처럼 보이기도 하는 바.

반대편 공터의 초보자 사냥터에 간 나는 스킬을 사용하여 바글거리는 토끼들의 씨를 몰살시켰다. 108수의 환혼장벽을 연거푸 펼치니 수백 마리가 얼어 죽는다. 그리고 기다리니 마력이 흔들거리더니만 저들의 말대로 땅에서 한 마리씩 토끼들이 모습을 드러냈다.

'뭐지?'

지잉-! 떨리는 오른손이 나를 인도했다.

나는 보이는 마력의 흐름을 좇아 오르막길의 한 곳을 파 보았다. 그곳에는 흔하디흔한 돌 하나와 함께 일그러진 룬을 연상케 하는 문양이 새겨져 있었다.

오른손으로 쥐려다 문신 가득한 손이 무슨 일이라도 저지를까 싶은 나는 왼손으로 쥐려 하였다.

파삭!

만지기 무섭게 부서지는 돌. 왼손의 겁륜이 꿈틀거리며 날름 삼켜 버렸다. 그 이후 잡아 죽인 토끼들은 더는 모습을 드러내지 않았다.

나는 반대편으로 가 그곳과 관련된 돌멩이를 찾아보았다.

"지금 뭐 하는 겁니까?"

"원인을 찾은 듯하여 해결하는 중입니다. 한 번 부숴 보시지요."

거대한 덩치 탓인지 사람들이 순순히 내 말에 따랐다.

마을 사람을 시켜 부수게 하니 웬걸. 손쉽게 박살 나는 것이 아닌가. 비록 그 잔재가 바람에 날아가며 다른 사물에 철썩 달라붙었지만, 처음처럼 토끼 증식을 만들어 내는 일은 꽤 오래 기다려야 할 성싶었다.

그러나 이만하면 이 변방의 마을에서는 충분히 버틸 만할 것이었다.

"도무지 알 수가 없구나. 화수분도 아니고……."

아직 더 알아보아야 할 것투성이지만, 생각보다 심각한 일은 아니라는 사실이 나를 적잖게 안심시켰다.

토끼 증식은 중 도시 이상만 해도 쌍수를 들고 환영할 일이다. 인구가 과하게 몰린 대도시인 만큼 저렴하고 배불리 먹을 수 있는 고기의 지원이 더욱 큰 영향을 미칠 테니까.

걱정이라면 인적이 드문 곳에서 일어나는 생태계 변화인데, 다소 혼란은 일지언정 감당 못 할 파국으로 귀결될 일은 없을 것이다.

"이 정도면 안심이지."

new century는 마법사를 비롯한 실력자들이 즐비한 세계. 그들이 고작 이런 물건을 발견하지 못하겠는가.

에일락 반테스는 이상현을 주시했다.

얼어붙은 육신. 이를 움직이는 이상현의 의지가 활활 타올랐다. 밝아진 불길만큼 에일락 반테스 역시 더욱 자유롭게 사고하였다.

주어진 목표, 당면한 상황에만 충실했던 것이 이전이라면 지금은 더욱 능동적으로 앞날을 대비할 수 있게 된 것이다.

[운신의 폭이 넓어졌구나.]

스스로 봉인한 공동에서 그가 몸을 일으켰다. 언데드 군단이 그의 몸짓에 붉은 안광을 번뜩였다.

현 상황을 가장 확실하게 인지한 이는 그였다.

본래의 형체를 유지하고 있던 곤바로스의 유물이 본신의 육체에 완전하게 녹아들었다. 펠마돈의 힘이 왼쪽 다리에서 중심을 잡고 펠마돈의 지혜인 곤바로스의 유물이 전신을 일주했다.

그 여파로 이상현의 몸은 내적, 외적으로 모두 성장했다. 일그러진 룬 탓에 본신이 그 차이를 아직 자각하지 못하고 있지만, 확장된 정신의 여백만큼 동시 접속 중인 에일락 반테스는 자유로워졌다.

그리고 이상현이라는 정신의 씨앗이 에일락 반테스라는 토양에서 그 싹을 틔웠다.

[승격이라!]

지금, 그는 새 삶을 시작하기로 했다.

지킬 이도 사라진 세계다. 지난날의 충정이 어리석음이었다는 사실 역시 깨우쳤다. 조국 그란시아는 지워진 지 오래이며, 그 복수를 하는 것 역시 알량할 따름이다.

풀라의 의도대로 복수와 증오에 물들어 있다면 무차별 학살이라도 일으켰겠으나 깨끗이 해방된 상황.

당연히 남는 것은 하나였다.

초월.

형이상학이며 관념적으로만 느껴졌던 격의 상승이 그의 관심사가 되었다. 이상현이 곧 그 자신인 까닭이다.

이에 에일락 반테스는 펠마돈의 비서를 new century에서 찾기로 했다. 쭉정이로 대체된 1,000억 이벤트. 그 준비물이었던 껍데기들을 활용하기로 한다.

남은 각종 몬스터들과 미완성 상태의 베제인들. 그 각각의 것에 혼주와 혈주를 사용한 에일락 반테스는 군세를 일으켰다.

백골 병사를 비롯한 기사들과 각종 몬스터들. 여기에 베제인이라는 괴물이 더해져 흉성을 터뜨렸다.

그러나 에일락 반테스에게는 참으로 마뜩잖은 수준이었다.

[부족하다.]

백전불태가 아닌 백전불패를 위해서는 혼자로서는 한계가 있다. 전쟁이라는 괴물을 지배하기 위해서는 집단을 살아 움직이는 유기체로 만들 부관이 필수. 이를 위해 전우이자 부하였던 옛 그란시아의 5성 장군을 되살릴 필요가 있었다.

자신 못잖게 버림받아 죽었으니, 원한이 뼈에 사무쳤을 터.

뼈라도 좋다. 한 점 가루라도 충분하다. 혈주와 혼주를 통하여 불러들이고 다시금 옛 그란시아의 최강 군세를 일으키는 것이다.

그 연후에야 펠마돈의 비서를 아낌없이 모을 수 있으리라.

코마 중령술사를 거두고 옛 부하를 일으키는 동선을 정리한 그가 백골마에 올랐다. 스스로 가둔 암벽을 꿰뚫어 문을 활짝 열었다.

[전군.]

그의 손짓에 군대가 혈광을 번뜩였다. 몬스터들이 파편들을 거두었다. 언데드 총사령관이라는 지위도 지위이거니와 강유나라는 존재가 이상현에게 충실하며 그의 분신체인 자신까지 인정했기에 몬스터들을 통제하는 데는 조금의 무리도 없었다.

건들건들거리던 팔, 모가지를 들고 있던 몬스터부터 이빨을 딱딱거리던 녀석들이 잠잠해졌다. 질서정연하게 서며 복종하니 비로소 하나 된 기세로 정리됐다.

[출진.]

크르릉!

쿠왁!

까각! 따닥!

흥성을 참고 본능을 억누르며 언데드 군단이 질서정연하게 진군했다.

펠마돈의 비서. 세계의 유물을 얻는 것이 목표지만 에일락 반테스는 여기서 멈추지 않았다. 이상현의 행보를 주시하며 그가 증식의 마석을 발견하는 것 역시 놓치지 않은 것.

그는 사냥터 한 곳을 정복했다. 백골 병사들만으로도 유린할 수 있는 소형 몬스터들이 증식되는 핵심지. 그곳에서 증식의 마석이라는 에메랄드 결정을 발굴했다.

[설계자와 악마.]

이상현의 기억 속에는 초월자와 악마에 대한 가설이 있었다. 이

중 설계자는 정밀한 세계관을 만들며 악마는 그 세계에 기생하고 생육하는 생명을 만든다는 부분이 있었던 것.

당시 '생명을 만든다는 악마가 왜 속도 조절을 못 하는 걸까?' 고민했던 때를 떠올린 에일락 반테스는 최근에 단서 하나를 더했다.

바로 융켈이 만들어진 존재라는 사실이었다.

[륜, 유물, 집착, 악마. 불리는 대로 만들어진다. 아울러……]

읊조린 그가 에메랄드 결정을 거머쥐었다.

[증식의 마석이라.]

꽈득!

부서져 내린 파편을 조각조각 얼린 에일락 반테스가 이를 띄워 회전시켰다. 나선을 돌며 원주를 그리는 기기묘묘한 움직임에 내부에서 시린 청광이 번뜩였다.

파편을 잇는 빛이 삽시간에 주위를 푸르게 밝히자 순간, 지옥도가 보였다.

그것은 사냥당한 몬스터들이었다. 터져 죽은 거대 거미의 체액이 번들거리고 키메라가 짓씹고 있는 트롤부터 오체분시가 된 오거 등 중형, 대형 몬스터들이 섞였다.

척!

광채가 어른거림과 동시에 어둠으로 가득한 동굴에서 그림자가 넘실거렸다.

늪처럼 깊어진 핏물 위로 두리번거리며 나타나는 트롤이 손톱을 세우는 찰나,

대기 중이던 언데드 병사들이 창으로 꿰뚫었다. 기사가 난도질하며 키메라가 산 채로 씹어 먹는 것이었다. 나오기 무섭게 살육당

한다.

"꺼어억-!"

뚫린 배가 부를 만큼 포식한 어보미네이션이 창자를 쓸어 담으며 시체들을 우겨넣었다.

표정 없는 에일락 반테스의 손이 붉은 구슬을 꺼냈다.

번쩍.

혈주의 빛이 어른거리자 시체가 꿈틀거렸다. 혼주를 꺼내니 뿌옇고 서린 한기가 응어리졌다.

그리고 죽은 것들이 움직이기 시작했다.

그러다 불현듯 멈추었다. 땅을 기고 외발로 겅중겅중 뛰다 덜컥 세운 이유. 총사령관의 가혹한 지휘가 몬스터들을 꽉 움켜쥔 탓이었다.

[모을수록 결정화되는 힘. 이 역시 흩어진 영혼의 조각이었군.]

과거 풀라로부터 얻었던 때처럼 군단을 회복한 그는 에메랄드 결정을 손에 거두었다. 하나의 세계처럼 회전하던 결정이 모여들어 영롱한 빛을 발했다.

꽤 흥미로운 부분이었다.

몬스터를 증식시키는 이 돌은 필시 융켈의 것이리라. 초월했다손 쳐도 그 잔재는 남는 것인지 모으면 모을수록 결정화되며 더욱 다양한 몬스터들을 생성시킬 수 있게 되었다.

더군다나 이 힘의 패턴은 자신이 쉬이 간파할 수 없는 영역에 도달했으니 가히 권능의 영역일 터.

[본신은 곤바로스요, 분신은 융켈인가. 사라진 두 존재를 우리가 모두 흡수하다니, 재미있는 일이다.]

그는 살육과 식욕의 본능만 남은 언데드들을 대거 거두어들였다. 수를 채우기도 했거니와 혈주와 혼주의 사용 방법을 충분히 익힌 탓이었다.

군대를 이끌고 두트라 산에 오른 에일락 반테스는 무너진 돌을 치우고 파묻힌 코마 족을 일으켰다. 얼음이 녹아 부패하고 있었다.

굼벵이가 기어 다니는 늙은 중령술사에게 혈주를 박아 넣고 눈이 뽑힌 탈령술사 손자에게 혼주를 넣었다.

-끄으아아-!

-컥!

비명과 함께 깨어난 그들은 악의에 찬 절규를 내지르기도 전에 무릎을 꿇었다. 에일락 반테스의 카리스마에 짓눌린 그들이 오체투지를 한다.

[나를 보라.]

간신히 고개를 들어 보는 그들에게 백골마에서 내린 그가 친히 뚫린 눈을 어루만졌다.

[참지 마라. 그 원한을 억누르지 마라. 약자이기에 핍박받았던 너희의 분노를 보여 주어라.]

에메랄드 결정을 사용한 그의 다독임에 두 코마 족의 눈이 다시금 생성되었다. 썩은 살이 부풀고 터지더니 싱싱한 핏줄기를 내뿜었다.

역시, 몬스터에게 있어 융켈의 힘은 최고이자 최강의 보물이었다.

"우리를 어찌할 셈이오."

그의 예상대로 원한으로 깨어났음에도 코마 중령술사의 물음에는 지성이 있었다.

[기회를 주마. 힘을 주겠다. 너의 종족을 지키고 오만한 인간에게 복수를 해라.]

"정말 그것뿐이외까? 당신 역시 같은 인간이지 않소."

[내 몸을 보라. 나 역시 죽임을 당한 몸일 뿐이다.]

침묵하던 코마 중령술사가 이내 이를 갈았다.

"믿을 수 없소. 허나, 믿으리다. 내 죽는 그 순간까지 간절히 빌었소. 복수의 기회만 주어진다면 저들의 뼈를 갈아 먹으리라고!"

[그래. 그거면 된다.]

무심히 지켜본 에일락 반테스는 곧 말에 올라 길을 떠났다.

홀로 된 그는 일대의 사냥터를 돌며 융켈의 힘을 흡수했다. 그러면서 깊은 후드 망토를 쓴 채 제국 황실의 직할령이 된 옛 그란시아의 땅, 스볼리에 스며들었다.

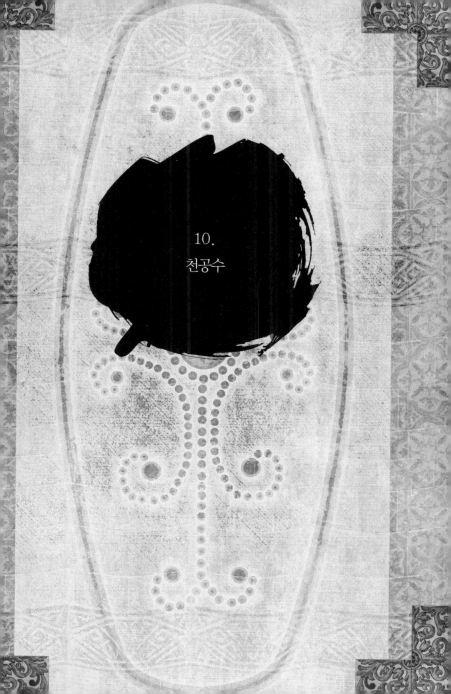

10.
천공수

　요즘은 저택에서 이용택 관장과 담론하는 시간이 늘어났다. 바쁜 여자들과 달리 한가로이 수련만 하는 남자들인지라 그런 것이다.

　무공에 관해 이야기하지는 않았다. 공유하면 닮아 가게 마련인지라 서로의 길만 확인할 뿐, 그 결과물로만 간접적으로 경쟁했다. 대신 요즘은 기이하게 변해 가는 세상을 두루 구경하는 재미가 쏠쏠했다.

　여기에 정도가 지나치는 이가 있는지, 혹은 가족이나 강유나를 비롯한 세력에서 실수가 있지는 않은지 점검한다.

　이것이 우리의 오전 일과다. 오후에는 가족을 돌아보거나 흥취가 일면 무인도에 가 한바탕 겨루기를 했다.

　그런 일상의 하루. 여느 때처럼 대련을 마치고 냉수를 마시는 때였다. 땀을 흘린 김에 앉은 우리는 서로의 이야기를 나누었다.

　붓사를 떠나 암시장을 직접 찾고자 하는 이용택 관장에게 나는 시작 포인트에 남은 토끼의 증식.

그리고 이를 해결한 일을 말했다.

"일찍이 접한 일이지. 네가 있는 곳과 달리 이쪽은 곳곳에 사냥터가 있으니 말이다. 덕분에 몬스터가 풍년이라 용병들도 활황이고."

"마을 간의 이동도 대신 어려워졌겠네요. 더 부지런히 움직여야겠습니다."

"용켈의 흔적을 제거하는 것 말이냐?"

"네. 사냥터로 인식된 곳마다 전부 포인트가 있어서 모두 회수하는 데는 수십 년은 족히 걸릴 것 같습니다."

이용택 관장은 부정적으로 답했다.

"낯설구나."

"달라진 세계관이 말입니까?"

증식하는 동물들로 일어난 변화를 생각하면 확실히 그러할 것이다. 그 하나만 떼어 가서 특정 몬스터를 사육하는 식으로 악용할 수도 있을 테니 매우 큰 혼란이 일어날 터다.

하지만 그의 답은 달랐다.

"아니."

이용택 관장이 나를 가리켰다.

"네가 변했다는 거다."

"제가요?"

"그래. 정작 중요한 일을 외면하고 엉뚱한 일에 열의를 보이고 있잖나."

의미 없는 지적을 하지 않을 그이기에 나는 한차례 더 고민해 보았다. 하지만 마땅히 떠오르는 바가 없었다.

퀘스트 수행 중에 겪게 된 펜던트의 증발. 잃어버린 환혼령주 탓에 잠시 일을 멈추고 가족과 합류하기 위해 남하하는 중이다.

그러다 내가 막은 플레이어들 탓에 new century의 생태계에 문제가 생겼다.

생명체 증식이라는 이 현상은 악용하기에 따라 얼마든지 new century 세력 간의 균형이 흔들릴 터. 여행하며 이 역시 함께 해결하고자 한다.

'이게 잘못인가?'

이보다 중요한 일이 있다니 그게 무엇일까?

알려 달라고 청하니 그가 내 손을 가리켰다.

"없어진 것이 아니라 했지. 노력하고 익숙해지면 가진 바 능력을 되찾고 향상할 수 있다고 말했다."

"네."

"그런데 왜 내려오고 있지?"

"언제라 기약할 수가 없으니 함께하며 알아 갈 생각이었습니다."

"그래서 변했다는 거다. 충분한 여유가 있음에도 알지 못했거늘, 사건을 겪으며 깨닫겠다니……. 내가 아는 너라면 라탄트라의 불멸을 먼저 해결함이 옳다. 지금 괜찮다 하여 정작 다루지도 못하는 유물을 무턱대고 사용하지 않았을 것이다."

"해결할 수 있고 중요한 일부터 진행하려 한 것인데, 잘못된 거였습니까?"

이용택 관장은 '사춘기가 온 건가'라고 읊조리더니 고개를 저었다.

"상현아, 내가 아는 너는 약속의 선후는 있을지언정 경중을 헤아리지 않았다. 마음에 추를 달아 서로 저울질하는 우를 범하다니, 더군다나 개인적인 욕구를 상황에 합리화까지 하다니 도통 이해되지 않는구나."

턱을 쓰다듬으며 생각하다 물었다.

"네 몸이 전보다 더욱 커진 것은 알고 있겠지? 육체가 성장하며 패기 왕성해졌던데 혹, 그 힘에 취한 것은 아닌가 싶다. 한 번 확인해 보아라."

그제야 짚이는 바가 있었다. 치솟는 부끄러움에 주먹에 힘이 꽉 들어갔지만, 뜨거워지는 머리 한편에서 얼음장 같은 마력이 스며들고 있었다. 마력 응집. 정신을 맑게 하는 스킬의 효용이었다.

전과 똑같은 효과의 마력 응집. 반대로 왕성해진 혈력이 내 정신을 퇴행시킨 셈이다.

'멍청하기는!'

그의 말대로 사춘기 청소년이나 다를 바 없는 상태였다. 펠마돈의 힘의 여파로 혈기 왕성해졌는데 이를 쓸 핑계와 해소할 구멍만 찾고 있었다.

그러니 골치 아픈 북극, 한참 수련해야 공략할 수 있는 지루함보다 더 쉽고 더 즐거운 일을 찾아 남하하는 중이었다.

여기에 함께한다는 마음으로 스스로 설득을 당했다. 내가 있을 곳, 나를 반겨 주는 곳에서 있고 싶다는 욕심이 더 큰 것인데 세계 평화라는 얼토당토않은 핑계를 댄 것이다.

사냥터 몇몇을 해결한다고 해결될 문제도 아닌데 말이다. 나는 당장 정교한 수정을 조절하여 마력 응집 스킬에 집중시켰다.

그러자 창피함이 아닌 고마움의 감정이 떠올랐다.

"죄송합니다. 확실히 펠마돈의 힘에 취해 있었군요. 우선 몸을 좀 식혀야겠습니다."

"네 정신을 흔들 만큼 그 유물이 무서운 것이라는 뜻이겠지."

별다른 인사치레 없이 이용택 관장은 고개를 끄덕인 것으로 마무리 지었다.

대담을 마친 그날, 접속하기가 무섭게 나는 걸음을 반대로 돌렸다. 침엽수와 드문드문 눈 자국이 있는 얼어붙은 땅. 숲길을 따라 내려가던 것을 되돌린다.

그리고 어제 질주한 걸음걸음을 조용히 되짚었다.

풍류보와 유수행을 쓰지 않은 두 발.

똑같이 흐르던 풍경에서 산짐승의 배설물부터 푸드득거리는 새들의 날갯짓이 드러나기 시작했다.

설원을 걸으며 눈을 열고 귀를 기울였다. 마시고 내뱉는 마력에 따라 정신이 침잠했다.

'마력 응집의 끝을 보겠다.'

정신의 중심이 비로소 딱 잡혔다.

반나절을 걸어 어제의 마을이 멀리서 보였다. 산자락 밑에 있는 풍경. 모락모락 연기 피어오르고 돌담과 널린 가죽들로 누덕누덕하기까지 한 이채로운 풍경.

피식.

실없이 웃었다.

어처구니가 없었던 탓이다. 분명히 전날 들렀던 마을이며, 동물

중식을 해결해 주기까지 했다. 그런데 정작 마을 사람들의 얼굴이 선명하게 떠오르지 않고 있었다.

대화를 나누었는데 내용만 기억날 뿐이다. 마을 풍경 역시 그냥 '마을'이라고 인식되었을 뿐 하나하나가 익숙한 다른 기억에 덧칠되어 있었다.

용건만 해결하고 그냥 헤어졌다. 일과 효율만 있을 뿐 사람이 없었던 것이다.

"정말 의미 없는 만남이었구나."

인연을 소중히 여긴다 하며 만남을 간과했다니. 내가 줄 수 있는 도움만 강조하고 해결사처럼 잘난 척만 했었다.

그걸 이제야 알았다. 좁은 생각으로 혼자 거룩하다, 자아도취에 빠진 다 큰 아이였으니 그야말로 질풍노도의 시기.

참으로 혈기에 취한다는 것은 유쾌하고 낯 뜨거운 경험이었다.

"어? 거인 아저씨다!"

"어디?"

털모자 쓴 두 아이가 나를 보았다. 시선이 마주치자 고개를 갸우뚱한다. 그리곤 배실 웃었다.

반면, 나이 든 이는 마뜩잖은 표정으로 바뀌었다. 흠칫 놀라는 것이 거부감이 일어난 듯 보인다.

'감수할 일.'

나를 제대로 봐 주는 사람, 불러 줄 수 있는 사람을 바란다고 떠들어 대면서 어제는 상황에 따라, 필요에 따라 얼굴을 가렸었다. 반추할수록 떠오르는 하나하나가 부끄러움의 연속일 따름.

그러고 보면 신진권이 난 놈은 난 놈이었다. 복면 쓰면 그만인 엉뚱한 짓을 왜 했느냐 비웃었더니, 내가 나를 숨기는 치졸한 짓을 하지 않으리라는 확신이 있어 그리했던 것이다.

뭐, 관계없다.

떠올릴 수 없는 상태창의 내용을 곰곰이 되짚었다. 그러면서 정신과 육체의 불균형을 바로잡을 수련과 곤바로스의 유물을 진정 내 것으로 체화할 방법. 끝으로 천공수를 올라 라탄트라의 부탁을 완수하는 것까지를 점검했다.

다짐했다. 북극을 떠나는 것은 불멸의 펠마돈을 얻은 이후라고.

"거참. 답이 이렇게 쉽게 나올 줄이야."

크게 웃어 창피함을 털어 버렸다.

지혜를 올릴 방법이 없긴 왜 없단 말인가. 계기 역시 있으면 좋으나 없어도 무방했다. 정교한 수정에 힘입어 묵묵히 스킬을 수련하면 된다.

요행을 바라지 않고 일로 정진하는 것. 그것이 정도였다.

'이 세 가지는 반드시 극의를 보고 말겠어.'

하나는 도둑의 시야.

드넓은 하늘. 펼쳐진 침엽수림. 그 너머의 설원.

크고 넓게 볼 것투성이다. '넓은 시야를 확보할 수 있다'라는 설명에 딱 맞는다. 산에 올라 세상을 내려다보겠다.

둘은 마력 응집.

'마력으로 정신을 맑게 유지한다'고 했으니 얼어붙은 호수에 들어가 전심전력으로 운용하면 더욱 좋을 것이다.

끝으로 마법사의 본능이다. '마력의 움직임을 파악하여 기술의 효용성을 높인다'라는 설명이 있으니 마르지 않는 마력으로 접속하여 마치는 시간까지 몸을 휘감겠다.

이를 도둑의 시야로 자세히 보는 것도 좋을 터.

이 수련에는 한바를 사냥했던 빙벽이 제격이었다.

나는 처음 떠났던 그 자리로 되돌아갔다.

자리를 차지하고 있던 몬스터들을 때려잡은 뒤 좌정.

야영의 불꽃과 평화의 불씨를 피웠다.

그리고 3개월 후.

세 개의 극의를 비롯한 유물의 사용법을 터득했다.

도둑의 시야. 마법사의 본능. 그리고 마력 응집!

'드디어……!'

길고 긴 명상의 끝. 마력의 흐름과 동화되어 보낸 100일로써 나는 특별한 세상을 보게 되었다.

도둑의 시야로 얻은 극의, '비밀의 시선'. 일찍이 경험했던 심안과는 또 다른 제3의 눈이 허락한 세계였다.

'보인다.'

그것은 육체 없는 것들이 형체를 이룬 세상이었다. 예전, 멜도란의 도서관에서 접한 가스벨 유랑기에 나온 세상의 경계였다.

나의 두 눈은 북극의 설원을 보았지만 새로 뜨인 눈은 유색 투명한 설녀와 귀신과도 같은 뿌연 영체들의 세상을 비추고 있었다.

하늘의 마계와는 달리 세상에 펼쳐진 또 다른 영혼의 경계. 생기 없는 그들을 내가 보는 순간, 그들 역시 나를 보았다.

-인간이다…….

-인간이다…….

안개처럼 움직이며 구름처럼 밀려들었다. 수천수만의 눈과 입을 보던 나는 환혼력을 끌어 올려 만약의 사태에 대비코자 했다.

　그때였다.

　[뭐 하우!]

　손목을 끌어당기는 이가 있었다. 색동옷을 입은 양 오색빛깔이
비치는 그녀. 지난날 암시장에서 보았던 위시 노파가 틀림없다.

　'뭐지?'

　기다렸다는 듯 나타난 이유를 생각하는 나를 그녀가 재촉했다.

　[급하우! 냉큼 이리 오시우!]

　순간, 웃음이 새어 나왔다.

　다급함에 섞인 우려와 걱정. 그 감정이 몸의 힘을 탁 풀었다. 그
리고 나는 지면 밑으로 쑥 빨려 들어가 버렸다.

8 권에서 계속

도서출판 뿔미디어 홈페이지 OPEN!!

안녕하세요.
지금껏 저희 뿔미디어를 응원해 주신
독자님들의 성원에 힘입어
이번에 새롭게 홈페이지를 오픈하였습니다.

저희 뿔미디어는 홈페이지에서 독자님들께서
보다 빠른 출간 소식과 미리보기 등
알찬 내용을 제공하기 위해 많은 노력을 기울였습니다.
또한 독자님들에게 도서 할인, 이벤트 등
다양한 혜택을 제공하고자 합니다.

저희 뿔미디어 홈페이지 오픈을 계기로
한층 더 독자님들과 가까워질 수 있는 기회가 되었으면 합니다

보다 많은 관심과 사랑 부탁드리며,
앞으로도 더 좋은 컨텐츠 제공에 힘쓰도록 하겠습니다.

감사합니다.

-도서출판 뿔미디어 올림-

 www.bbulmedia.com